U0515677

奎文萃珍

補天石傳奇

上册

[清] 周樂清 撰

文物出版社

圖書在版編目（CIP）數據

補天石傳奇 / (清) 周樂清撰. -- 北京 : 文物出版社, 2022.6
（奎文萃珍 / 鄧占平主編）
ISBN 978-7-5010-7429-7

Ⅰ. ①補… Ⅱ. ①周… Ⅲ. ①雜劇 – 劇本 – 中國 – 清代 Ⅳ. ①I237

中國版本圖書館CIP數據核字(2022)第017753號

奎文萃珍
補天石傳奇　〔清〕周樂清　撰

主　　編：鄧占平
策　　劃：尚論聰　楊麗麗
責任編輯：李子裔
責任印製：張道奇

出版發行：文物出版社
社　　址：北京市東直門内北小街2號樓
郵　　編：100007
網　　址：http://www.wenwu.com
郵　　箱：web@wenwu.com
經　　銷：新華書店
印　　刷：藝堂印刷（天津）有限公司
開　　本：710mm × 1000mm　1/16
印　　張：42.5
版　　次：2022年6月第1版
印　　次：2022年6月第1次印刷
書　　號：ISBN 978-7-5010-7429-7
定　　價：220.00圓（全二册）

序言

《補天石傳奇》八種，清周樂清撰。清道光十年（一八三〇）静遠草堂刻本。雜劇劇本。

周樂清（一七八五—一八五五），字安榴，號文泉。别署鍊情子。浙江海寧人。早年科場屢試不第，清嘉慶十九年（一八一四）因父蔭出任道州通判，後在湖南、山東兩省任知縣、同知等職。其爲官清正，平反冤案，頗受士民愛戴。咸豐三年（一八五三）以病衰辭官，咸豐五年（一八五五）在山東萊州病逝。周樂清著述甚富，著有《静遠草堂初稿》《静遠草堂詩話》《静遠草堂麈談》《補天石傳奇》等。

《補天石傳奇》雖題『傳奇』，實則由主題類同的八個彼此獨立的雜劇劇本組成，包括：一、《宴金臺》（《太子丹耻雪西秦》），叙燕丹興兵滅秦之事；二、《定中原》（《丞相亮祚綿東漢》），叙諸葛亮滅了吴、魏二國，而統一天下；三、《河梁歸》（《明月胡笳歸漢將》），叙漢將李陵得機會，復歸漢而滅了匈奴；四、《琵琶語》（《春風圖畫返明妃》），叙出塞之王昭君復歸于漢宫。五、《紉蘭佩》（《屈大夫魂返汨羅江》），叙屈原爲漁父救起而後聯趙滅秦，執掌楚國國政；六、《碎金牌》（《岳元戎凱宴黄龍府》），叙秦檜被誅死，岳飛終成滅金之大功；七、

《紞如鼓》（《賢使君重還如意子》），敘鄧伯道終于復得失散之子，并不絶嗣；八、《波弋香》（《真情種遠覓返魂香》），敘荀粲獲异香『波弋香』，其妻薰染香後死而復生，夫妻重聚。以上八種雜劇，每種或四出，或六出不等，所演之事，『皆千古之遺恨，天欲完之而不能，人欲求之而未得者』（周樂清自序），如『李陵之降虜不反，諸葛武侯之志决身殲，而漢祚終不可復；岳忠武之耻和金虜，而痛飲黄龍之願不克副』。（吕恩湛跋）作者以文字之力，更改史實，虚構情節，翻新關目，達成喜劇或者大團圓的結局，即其自序中所説的『鍊五色雲根』補之，『所以銷熔塊壘者』。

卷端題『練情子填詞　吹鐵簫人正譜』。吹鐵簫人，即譚光祜（一七七二—一八三一），字子受，號吹鐵簫人。江西南豐人。官至寶慶府知府。能詩善文，精書法、樂譜，曾作《紅樓夢曲》。詩集有《鐵簫詩稿》。譚光祜爲周樂清至交，其《補天石傳奇序》言周樂清『謬引餘爲同調，訂金石之交者有年矣』，又言『既正其譜，又以鐵簫度其曲，雅合九宫』。今見《補天石傳奇》道光本曲文旁俱標注有工尺譜，即爲譚光祜所譜。張家榘題詞謂此劇本『快事奇文似此文，宫商况可葉吴歈』。『吴歈』，指昆曲，可見譚光祜的工尺譜即爲昆曲演唱而譜。

道光静遠草堂刻本詳注工尺，又每出有圖（共四十二幀），有眉批。該書另有清咸豐五年静遠草堂刻巾箱本，僅有眉評，而卷前題詞較道光本多。茲據道光本影響。惟所用底本卷前較他本多道光十七年（一八三七）吕湛恩序，應爲後印時增入。

編者

二〇二二年三月

道光庚寅仲冬

疇人傳

靜遠草堂藏板

敘

文泉明府以樞曹功蔭作宰
錦江三月政成一時輿論適
余偶覩其補天石傳奇一冊
爲奏擢赴都途中近作擴前
人所未莪補前人所未逮而

乃秘不示人則以寄情詞齣
於文學政事均非所宜爲畫
而余則曰否否夫文生於情
情根於性性[illegible]者教忠教孝之
不得已而託爲歌詠或播諸
管絃甚有補乎缺陷從離恨

天上極意形容使人觀感此
後世樂府院本所由肇始而
乃歧之類者則以造意選詞
之深淺爲區別如此集中之
宴臺歸塵求盟醉凱諸齣
其忠愛懇摯百折不回之忱

皆能於閱目扼要處立案翻新令閱者擊節稱快歎未曾有至於歸璧合鉉之情得其正墓封鼓圓之事動以誠與忿挾持倫常何在非秉彝之所同好者　明府以浙西名家子

屢膺鶚薦一行作吏知必有學

道愛人而以弦歌敷爲雅化者

矣夫何鑷置清詞使都人士不

先聆至至和而鼓舞精神耶

是以代付剞劂爲鼓吹休明一

助焉夫響成金石調叶宮商

錢蕭子守已引為知己而余以
粗疏遺謏之聲又安能於紅豆
紫雲弦作解事人乎是為序
道光歲次庚寅冬泗州陳階平識

序

余初識文泉明府於邵陵讀其古今詩及咏史樂府鏗鏗然有絲竹之聲因知尊人從軍辰沅未竟其志歿而君浮洞庭涉湘灢抱西河之戚又有錦瑟之傷發為詩歌慷慨激昂纏綿悱惻謬引余為同調訂金石之

交者有年矣頃見金臺陶以途中所撰
補天石傳奇詞屬余正譜蓋毛聲山
琵琶記序中所擬之目也省博浪沙
於燕太子宴金臺之中埋岳鵬舉痛
飲黃龍府為碎金牌而刪南霽雲
殺賀蘭趙治昭坳趙普二子餘皆如
聲山之舊而傳奇八種見吾曰錄情子

撰詠足以填東南之隘扶西北之傾矣
前人院本如易水寒大轉輪吊離騷
琵琶怨南陽樂諸作亦有短長為之借
彩作證補恨甘心慰古人叫閶之靈恣
後人破昔之想終不若此本之淋漓痛
快也其曲終之語曰把轉輪王大權
奪轉曰謹肖畫依樣與葫蘆曰倒爰春

秋太史公曰鐵鑄犴人頸葦傷曰是民是子皆平等作者之胷臆於是乎見而殿之以荀奉倩之波弋香宰章之亂曰塊壘難消借酒杯澆情子之情可謂一往而深矣余既正其譜又以鐵簫度其曲雜合九宮因揭其意旨所在視昔所為古今詩及詠史樂府蓋誅

有異曲同工者是爲序

道光十年七月七日吹鐵簫人譚光祜

書於吹簫家細讀書處

鐵簫

譚光祜

二

序

庚寅仲夏文泉明府自都旋任錦江寄示途中懷古名咏並所製補天石傳奇時天久不雨嘗空火傘如坐甑中余方病瘧伏枕忽接嘉訊驚喜丞再亟取讀

之神甦魄與如張此風圖畫不知
身之所苦聲節高吟家人呼晚
餐勿應也友某館宅之東廂異而
問曰久不閱君書聲今而復若此
豈驟獲生平未見書耶予作而
應曰然此文之奇而新新而至者也

吾讀之而二豎遁焉繳奩頭風果非虛語焉友求閱未及半謂予此特傳奇耳舊事翻新實者虛之虛者實之殆亦文人狡獪子特傾倒之甚可得閱厥旨乎應之曰自兩儀既判以後無陳陳相因之世界

山川民物飛潛動植無刻不新盛
平之世民氣數龐物無夭札舊
矣無竒焉迨運數否而刑賞失中
殘賊起而忠孝不明其於善惡有報
應全爽者天知若莫可如何如後人
讀史每為之扼腕流涕思欲於舊

事之判乎常者務反之正而後即
安此非人心自然感發之新機乎
羲經卦象特名曰易解者謂交
易變易而卒歸於不易非交不
奇非變不新非卒歸不易不可
言至夫忠臣孝子離人怨婦感

時傷事不平之鳴釀成缺陷宇宙當時已莫之救而聽之矣若使慘魄幽魂賫憾泉臺者千載永戴覆盆揆諸民彝物則之衷究屬百世未定之案嗚呼士無上下千古之識不克為古人擔憂則已矣如其不

然天生才人必能重開生面補苴罅漏於舊史之傳譌者一朝盡易其局雖爲異樣翻案文章即是生大歡喜故事蓋理之不易而協乎人心之所同然故也被絃管而登歌場令觀者無不悦目快心觸發

天良則誅奸慝於既死發潛德之幽光不是過矣戲也云乎哉傳奇多矣若此文之奇而新新而至者得未曾有友曰如君言信非強作解事者明府此書所關在倫常非同小補吾心終當不沒曷不以此意跋其後

友退乃敘次所論如此
道光庚寅六月既望立秋後一日湘
漁邱開來頓首拜書於煙谿
之猶興書屋

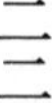

跋

天道無親常與善人豈非古今通論乎哉顧有時愚夫愚婦慷慨發憤徑行己志其精誠所感通天亦若或默相之至舊聞所傳忠臣孝子仁人義士扶綱常而輔世

教慨然欲有所為於天下而天若阻塞撓抑之使不克竟其志如李廣之不侯李陵之降虜不反諸葛武侯之志徒身殲而漢祚終不可復岳忠武之恥和金虜而痛飲黃龍之願不克副讀史者未

嘗不廢書三彰終歸於天道之不可知此天之缺也抑造物者故為此狡獪使後人代為之不平耶周子文介秉異才經術飾治以上計入都邃中雜取古人事蹟可為托擬太息無可奈何者譜傳奇八種

名曰補天石攜思於車塵馬足之間擲筆於土炷篝鐙之側物彩生奇代伸其志而平其憾使不得於天者而皆償於人之讀者眉飛色舞若真有其事者信所謂筆補造化天無功也信乎天不可知於前

若天缺而搏土為石以補之豈非

補天之手余故樂書於後

道光十有七年歲次丁酉秋九月

純如子江左呂恩湛識

補天石傳奇八種自序

天居高而聽卑何以楚騷有天問而無天對蓋憧憧來往萬殊不均或氣運之偶乖若造化之力絀天亦有難言之者雖村夫牧豎祁寒暑雨猶指而憾之故爲懵懂不顧此所以成天之大也然使竭人事以彌縫之天又未嘗不爲許可亦足以見六合蒼蒼初無成見矣余曩閲

毛聲山評序琵琶傳奇云欲撰一書名補天石歷舉其事皆千古之遺恨天欲完之而不能人欲求之而未得者雖未見其書而覽其條目已爽心快膈如食哀梨使人之意也消三十年來遍訪其書杳不可得豈聲山當時本無是書但標其目使後人過屠門而大嚼以虛饞快意耶嘗竊訝之已丑冬北上雨雪載

途征車無事偶憶及此輒假聲山舊鼎
補鍊五色雲根時颸輪硌碌鈴語郎當
若代爲按腔應節者越宿輒成一劇抵
都而八劇就焉寄情抒恨人有同然如
離騷和親等事前輩坦菴西堂諸公及
明人雜劇往往及之不揣固陋别𣷹規
模非好與古人争勝也正如共此一副
洪鑪所以銷鎔塊壘者用各不同耳至

其閒參差信史不協宮商余既非太史公世掌典章亦非柳屯田善謳風月知我者定有以諒之倘必欲事事考其正僞則有通鑑二十一史在無庸較此戲場面目也余僅爲補聲山有志未逮又何嘗欲以區區頑石塞東南缺陷聲聞於天耶　鍊情子題於別有鑪軒

題詞

新化歐陽紹洛 磵東

往事誰能叩九閽茫茫天意總難論憑將旋轉乾坤手一洗人間萬斛冤

文章舊價數瓊[illegible]羸得清詞付雪兒試遣老龍吹鐵笛不應新調犯龜茲

湘潭　張家槼蓉裳

大塊蒼蒼恨可穿郎陽鍊石總徒然多
君五色生花管盡補媧皇萬古天
快事奇文似此無宮商況可叶吳歈銅琶
鐵綽當筵上處仲應防碎唾壺

黔陽　危焕臺漢南

千秋缺陷事如林精衛難填北海深八破
應輸公識曲驚飛殊愧我知音剪裁經史
翻疑案旋斡乾坤費匠心莫向癡人前說
夢高山流水伯牙琴

補天石傳奇八種

凡例

一各劇中有與史鑑背謬者勢處不得不然所謂戲者戲也然亦有借正史發揮者如樊於期因成嶠事逃燕李陵爲當戶遺腹子降胡族誅爲管敢公孫敖所誤其他

任立政李禹等皆列傳所有至陳湯甘延壽功高賞薄呼韓牙后妒均可借以敷演他如趙武靈王英偉足爲秦敵岳忠武遣梁興招集太行豪傑李若虛因班師致書微及檜事亦皆傳中實事至叩馬書生雖不知名姓而秦檜航海而歸有王姓者爲

之邋應因牽合之鄧伯道與周伯仁相契循良爲南渡冠因焚廄事胡人報以牛馬苟奉倩好談黃老皆傳志中班班可考者餘散見於他書更難指屈苟可引証亦牽類及之毋謂予虛賦一概烏有先生焉

一明人有易水寒一劇作爲荊軻生刼秦

王繞殿追逐幾如村夫毆撲令人齒冷且一經秦政虛諾卽隨王子喬仙去作如此不了事漢何苦以田樊性命爲兒戲尤令人挹悶又徐坦庵大轉輪則以三國爲韓彭黥後身以亡漢與晉爲關目然六出祁山者何以慰厥躬盡瘁余以爲葫蘆谷之

火及拜斗等劇已梨園熟演童稚皆知又何妨就題變幻較之另創排場者似更快心悦目

一尤西堂太史弔離騷琵琶怨兩劇見於本集時人又有懷沙和番兩記焉若作屈子乘龍仙去懷王終死於秦恐未足以暢

忠魂至昭君本係掖庭之女何以竟作后妃遠嫁夫一介小民亦未肯輕分伉儷豈萬乘和親如是喪氣怨則寫矣如漢帝何至懷沙記組織離騷語句入曲備極苦心竊恐知音難得和番則曲白鄙俚已極關目亦毫無情理自宜另出心裁不敢輕拾

牙慧非好與前人辯難也

一聲山所列名目尚有博浪沙始皇中擊

一條余以爲事類燕丹未便複見故於科

白中表出卽荊軻刺刃漸離擊筑亦以片

語及之蓋文熟求生事詳宜畧相題所應

爾也此外又摭古人遺憾之事添列數種

以補聲山所未及魚魚鹿鹿未克蒇功然未敢如聲山之先標名目使閱者作望梅畫餅想也

一此卷歌詞塡於途次隨手而錄信口而歌祇求達意快心不能律以南北套數觧鞍之後繙閱院本塡注九宮聊以分别牌

名而已移宮換羽亦行樂之一端顧曲者
幸勿拘拘以格譜繩之也
一自蒞錦江催科撫字昕夕不遑何暇作
曉風殘月之問久已東諸高閣乃荷　譚
鐵簫郡伯爲之按譜正拍　陳雨峯都督
又復欣賞再三敦勸付梓並代爲鑒定開

雕適增余之愧怍然簿書叢午究未嘗自
校魯魚亥豕也

鍊情子附記

補天石傳奇提綱

太子丹恥雪西秦　宴金臺

丞相亮祚綿東漢　定中原

明月胡笳歸漢將　河梁歸

春風圖畫返明妃　琵琶語

屈大夫魂返汨羅江　紉蘭佩

岳元戎凱宴黃龍府　　碎金牌

賢使君重還如意子　　紞如鼓

眞情種遠覓返魂香　　波弋香

補天石傳奇總目

鍊情子　塡詞

吹鐵簫人　正譜

凱筵　仙慨

紞如鼓

酬乘　賜泉　繪賑　鼓圓

波弋香

警紘　取冷　籲冥　判醫

乞香　合紘

補天石傳奇卷一

第一種

太子丹恥雪西秦

宴金臺　定計　餞易　獻圖
　　　　潛師　滅秦　宴臺

定

計

同人參評

補天石傳奇卷一

鍊情子　塡詞

吹鐵簫人　正譜

宴金臺　定計　餞易　獻圖　潛師　滅秦　宴臺

第一齣　定計

〔小生扮燕太子丹二雜扮内侍隨上〕

絕妙本地風光

〔南呂宮引〕〔步蟾宮〕春風南國古甘棠，看襟帶山河屏障。築金臺餘烈念先王，畫千秋憐才榜樣。

〔集唐〕氣衝魚鑰九關開。沈佺期 旅夢天涯相見回。韓偓 舊業漸隨征戰盡。盧綸 安危須仗出羣材。杜甫 〔白〕自家燕太子丹是也、自幼出質趙邦、與秦世子嬴政相交頗厚、後來各歸本國、他今已立為王、漸肆吞并、父王命俺往質、冀圖永好、以免

恰好兩個
陪客

侵凌不料他將俺挫辱百端屢屢加兵我國、不但性命危於呼吸、且恐宗社亦亡在旦夕、因此乘間逃回、至今喘息未定、想起情形、兀的不令人忿恨也阿、

【大勝樂】幾年形影傍徨萬里孤身困異鄉、函關月落馬蹄霜、誰相傍、計倉黃見了個相如懷璧潛歸趙、黑夜鳴雞走孟嘗、管不得冷雨蠻煙苦也、亦條條一身脫兔亡羊、

早間約下太傅鞠武、大夫田光、樊於期、荆軻、到宮會議國事、想可來到、內侍們祇候者、〔雜〕領旨、〔末〕扮鞠武外扮田光生扮樊於期淨扮荆軻同上〔末〕久侍青宮愧寡謀。〔外〕壯心未遂雪盈頭。〔生〕常懷家國無窮根。〔淨〕一劍風寒、萬里秋。〔合〕今日殿下相召、就此同進、〔見介〕〔小生〕秦政日肆鯨吞、列國必遭蚕食、諸卿過我、願賛良謀、〔末〕昨聞韓趙割地、魏復求和、齊既遠觀成敗、楚更甘受謊愚、雖有合從、斷不足恃矣、

戰國縱橫羅如指掌

荊卿果能守此必無擿柱提囊之事

東甌〔介〕裂城土獻封疆那管唇亡齒亦亡合從的袖手徒觀望還捨著倒戈向眼見得東鄰流水入西塘倩若箇築隄防〔外〕殿下歸國、恐彼翻得藉口、兵端又啟、〔生〕臣自離虎口、朝夕痛心、願假一旅之師、必當為殿下雪恥、微臣亦得報寃也、〔淨〕臣一腔熱血、久欲為殿下傾灑、但須計出萬全、不敢輕於一擲、〔小生〕前日秦國遍問、欲得我督亢之地、朝議未定、諸君以爲何如〔外〕依臣愚見、莫若就此索地機會、將督亢地圖赴彼求和、驕其心志、畱爲內應、一面潛師直壓其境、照會各國分擾邊隅、使彼內有切膚之患、外多掣肘之虞、此舉必可得志〔末〕田大夫之言誠然、秦人雖詐、視列國如几上之肉、小覷已久、必不防備、臣聞秦右庶子蒙嘉、得君特寵、言無不從、性最貪婪、先以重賄屬其引進、事無不妥、

〔秋夜月〕那（上）、秦（四上尺）。邦（上）、狠（上）如（工）飢（四合）。虎（工合）賽（四上）、貪（四上合）△、狼（合工）、不（上）想（四）到（尺）

實事虛見
匠心獨運

西飛黃雀捕螳螂、更教他家犬自難防把

賈人兒玩諸掌

〔生〕臣聞秦國購臣之頭、賞金千觔、爵邑萬戶、臣願就此自刎、殿下以臣頭進之、彼必見信、勝督亢之圖多矣、〔小生〕這斷不可、俺方與君共圖大事、豈可以輕一死鴻毛、而忘仇讎大義、〔外〕臣有一計、覓一面目相似之人、取其首級、作爲樊將軍頭送去、彼更相信、〔小生〕諸卿之策雖妙、但吾國呵、

纏枝花思覇業空追往連年兵革多勞攘
矛頭淅米籌邊餉劍頭炊火料軍使須廣
開選武場待高掛招賢榜恰渾如蜂採百
花香須向那蜜窩同釀

（外）吾國士卒軍糧、也還充足、可無顧慮、惟賢士良將、自應多多益善、（末）臣知郭隗之孫郭全、蘇秦有子蘇嗣、夙精韜畧、郭樂毅之子樂閒、將渠之子將應、極稱驍

勇摘工妙如採花釀蜜紅碧皆甜

勇現在伏處田閒〔爭〕臣有友數人願舉同事

〔又一體〕奇傑士迥非常隱屠沽休皮相有一個漸離擊筑情悲壯有一個烱雙眸的秦舞陽有一個魯勾踐歌聲暢他們包義胆豎俠腸若教他當大事眞个是萬夫難攩

紙上亦有疾雷破山光景

〔小生〕一并奏明、隨卿出使、今請鞫太傅與田大夫分往列國、再堅合從之約、部署戎裝、同時並發、樊將軍操演三軍、簡師以待、荆卿齎帶地圖假級、先期馳赴秦邦、作爲內應、太傅所舉諸人、候奏明主上、各各授職、即隨同樊將軍征伐、

〔尚〕按節拍煞轟雷疾雨從天降破咸陽宻起戎行〔白〕嬴政呵嬴政〔唱〕你只道我圖畫分明獻督亢

易

異樣渲染

第二齣　餞易

（末扮鞠武外扮田光同上）（末）俺鞠武、（外）俺田光、請了、今日太子因荊卿赴秦、設餞於易水之上、會集諸臣、想可齊到、（小生引二雜上）

〔仙呂宮引〕糖多令

勁氣爽高秋青林橫遠岫奔

六 上尺 上尺 工 工二 尺 上 四 上尺上四 尺上四一 工

騰易水向東流看取英雄西走惟願取風

尺上 尺上 四 工六 工 尺上 六 工尺 尺 四 尺上四 合四一 上 尺上四 合 工

雲湊

上尺上四 尺上四一

〔末〕荆卿何以未來、〔小生〕主上早刻召見、荆卿授職亞卿、高魯秦三人各拜下大夫之職、偕同出使西秦、頃於便殿賜宴想可就到、〔淨〕扮荆軻老旦扮高漸離副淨扮秦舞陽丑扮魯勾踐同上〔各見介〕臣等已束行裝、就此拜别、〔小生〕薄治一杯、少壯行色、〔衆〕謝殿下、〔外〕樊將軍爲何不到、〔小生〕他在東郭操軍、先辭過了、看酒、〔雜〕應介吹打定席介

〔一盆花〕想當初逢駿骨千金求購今日裡

上四 尺 尺 上 工 上、 尺上尺 上○ 四上 工工尺、○一 尺 上 尺合

幽秀

祖餞臨岐滿傾玉卣、聽楓林深處吽鈎輈、似唱徹陽關青青折柳緩著鞭、緜精神抖擻、且莫管遠浦霜濃斜陽影瘦

〔外末〕荆卿匆匆祖道、毋待絮談、秦人狡詐萬端、諸宜隄防意外、〔淨〕是、〔小生〕諸卿到彼、作何分任、〔淨〕臣與高漸離爲正副使、秦魯兩臣、裝爲僕者、〔小生〕妙呵、諸卿再舉一杯、〔外末〕某等亦當把盞、〔同唱〕

〔風入松〕平生知己不輕酬腰橫著一劍吳鈎安排酕注貪夫受憑仗著圖軸骷髏渭水裡埋藏虎豹潼關外擁貔貅

〔淨唱〕

〔黃鍾宮〕〔鮑老催〕遠探虎口好從潭穴擒兇獸這回要展擎天手謝儲君酒似淮肉如阜

英氣辟易萬夫

映帶好

俺可也雄心陡激、渾如斗折、將七尺非吾有、前程趲莫拖逗、

〔雜〕啟上太子、空中白虹一道冲天、不知何故、〔衆〕起望〔介〕呀、果然、〔小生〕荊卿可知諸卿義烈之氣、上凌霄漢、此舉必然成功、可喜可喜、〔衆〕臣等請問太子、聞昔質秦邦、仰天嘘嘆、烏頭白、馬生角、果有此事麽〔小生〕卿等不知、即如此刻天貫白虹呵、

仙呂宮【風入松】英風直指碧天愁光芒劃斷鴻溝當年困軛難禁受直感得天鑒孤囚馬生雙角似龍游烏頭白眞希有

（淨）天色已晚、臣等就此登程、（衆）前途保重、（淨衆）帶馬過來作各上馬（介）（淨）高唱老旦副淨丑同和（介）風蕭蕭兮易水寒。壯士一去兮得志還。（急下）（老旦副淨丑同下）（小生）妙呵、你看荊卿揚鞭直去竝不回頭好烈士也、

較白衣冠而送者何如

〔園林好〕疏不灑英雄淚眸傾盡了筵前碧甌立地征袍抖擻如電掣似風颼望不見紫驊騮〔同下〕

補天石傳奇卷一

献

著眼

第三齣　獻圖

〔丑扮蒙嘉上〕

〔雙調〕〔字字雙〕嬉、游、朝、暮、侍宮中、得寵、口、如甜、蜜、耳、如風、胡、弄、上、天、入、地、不、留空、鑽、孔、若、還、要、我來、慫、恿、快、送、快、送、

〔笑介〕自家、秦邦頭兒腦兒第一個寵臣、右庶子蒙嘉是也、托賴我王雄威赫赫、

總成下官財源滾滾、人皆道貨悖而入、必悖而出、我只說爲仁不富、爲富不仁、正是莫笑氷山容易倒。且須儘力鑄銅山。昨日燕國使人荊軻、帶了地圖首級、求和吾國、先托下官轉奏、重餽禮幣珍寶、〔笑介〕我想督亢是主公所欲、樊於期是主公之仇、今一旦齎奉而來、就幫襯幾句、也不算錯、因此約下使臣先到宮門伺候、道言未了、諸臣皆到、〔外扮尉繚生李斯末白鬚扮王翦同上〕〔外〕俺尉繚、〔生〕某李斯、〔末〕咱王翦、〔見介〕請了、請了、主公將次升殿、理當祗候、〔雜扮兩內侍旦

小旦扮兩宮娥引副淨扮秦王上

〔仙呂引〕鵲橋仙〔列祖稱雄、鄰邦惴恐、惱著我

工 六 工 尺工 合 四 尺 四上 上 四 上

上 上 四尺上四 尺上四 工 工 六 五上五六五 工尺 上尺 工 工 六 工尺 上 上尺

刀兵齊動、連衡近處把遠方攻、怕他不割

工 上 上 合 合四 四尺上四 尺上四

地土向殺函呈送

〔副淨白〕分封當日僻西羌。寶雞雄鳴積漸强。直問成周索九鼎。不圖稱霸與稱王。寡人秦王是也、賴得祖宗威力獨覇諸侯、昨日蒙庶子奏聞、有燕使來到、納

欵獻地、願爲屬國、寡人今日臨朝、廷設九賓、使他呈貢、然後宴饗告廟、遍示諸侯、可不洒樂人也、〔衆見介〕〔丑〕燕國使臣在外候宣、〔副淨〕著他進見、〔丑〕領旨、〔淨老旦同上〕〔内唱〕外國使臣虔肅上殿者、〔淨老旦〕領旨、〔拜伏介〕燕國下臣荊軻高漸離見駕、願大王千歲、呈獻禮幣圖級、俱在朝門、恭候鑒納、〔副淨〕那地圖界址可分明、樊於期首級是眞是假、蒙嘉速即查驗囘奏、〔丑〕領旨、〔下〕〔副淨〕荊軻、你那燕王前聽蘇秦游說、列國從約要與寡人爲難、又使質子逃囘、種種輕藐寡人、今

不亢不卑恰合情景

日求和，恐非本意，莫非另有奸謀麽。（淨）大王聽啟，臣主公呵，（唱）

【春從天上來】深悔當年聽合從勉強興戎，眞懞懂。臣主公遠居薊北，那知聖主當陽日正中。今日裡願爲附庸，求保君陳一綫封，因此把地圖呈獻，代報讎還把頭顱送。

（白）前日太子急急逃回，別無他意，（唱）爲的

是主公病重望垂憐人子愚衷待他時巡
方到北親陪從

〔丑上〕臣撿視督亢地圖、界址分明、即可遣官分守、樊於期首級面貌如生、識認的眞、賀喜主公、今日罪人既得、疆宇恢增、列國定然響應、燕人喪胆求和、情殊可憫、〔副淨〕可書答燕王、永無侵伐、患難相濟、〔淨老旦〕謝大王恩、〔淨〕下臣風霜途路、偶感微疴、求假調治、再領國書、〔副淨〕且赴客館、病好再行不遲、寡人親卿等

龍游天外
珠走盤中

英犖、必係才士、各有所能、不妨面奏、（淨

臣荆軻呵、

（解三醒）生不慣雕龍舞鳳、祇落得三尺青銅、鹿盧繞處霜花擁、冲牛斗望眼空濛（老旦白）臣高漸離呵、

（唱）縛雞却步全無力擊鼓鳴金亦未工、心神動習慣了哀音擊筑、自訴秋風

〔副淨〕寡人最喜觀舞劍、愛聽擊筑、荆卿且赴客館、調治病軀、高卿待詔入宮、祇候擊筑者、就此退朝、〔副淨等下衆隨下〕〔淨老旦弔場〕〔老旦〕荆卿、你看他志驕意滿、事必有濟矣、你請假之意、可是守待來師麽、〔淨〕然也、我纔自誇舞劍、只待外師緊急、即藉舞劍之便、立梟其首、就使我荆軻粉身碎骨、亦可含笑以酬太子矣、〔老旦〕我纔應善筑、亦是此意、只要得近左右、即以重鉛潛置筑中、舉筑撲他、安能逃命乎、〔淨〕極是、以後相機而行便了、〔同下〕

潛

師

補天石傳奇卷一

第四齣　潛師

〔外〕扮田光乘車雜扮車夫隨〔上〕俺田光、奉命往三晉訂約、邀主公福庇、欣然樂從就此取道回朝者、

〔仙呂調〕〔憶王孫〕不辭長路馬蹄寒幾日兼程趙魏韓那管鄲亭長共短一飯不遑餐怕勞煞青宮凝望眼

呀、那邊來者、好是鞠太傅模樣、不免上前相見、〔末扮鞠武乘車雜扮車夫隨上〕

俺鞠武奉命往楚齊二國合從、幸得如願、就此歸朝覆命、

勝葫蘆歷盡了水虐風饕道路難今日個卸征鞍望不見三晉雲山年老伴奕奕南冠泱泱東海計取報功還

〔末〕來者可是田大夫麽、〔外〕正是〔見介〕〔末〕大夫連訂三晉、可得成約麽、〔外〕俱已訂

約、但不知我國曾否興師，當與太傅同回覆命也。〔同行介〕那邊塵頭滾滾、來者何人、〔雜扮四卒引旦扮樂間上〕小將樂間，乃昌國君之子，仕趙返燕，蒙太子奏聞主上、授爲先鋒，隨同樊將軍滅秦，想起舊事、好不感傷人也。

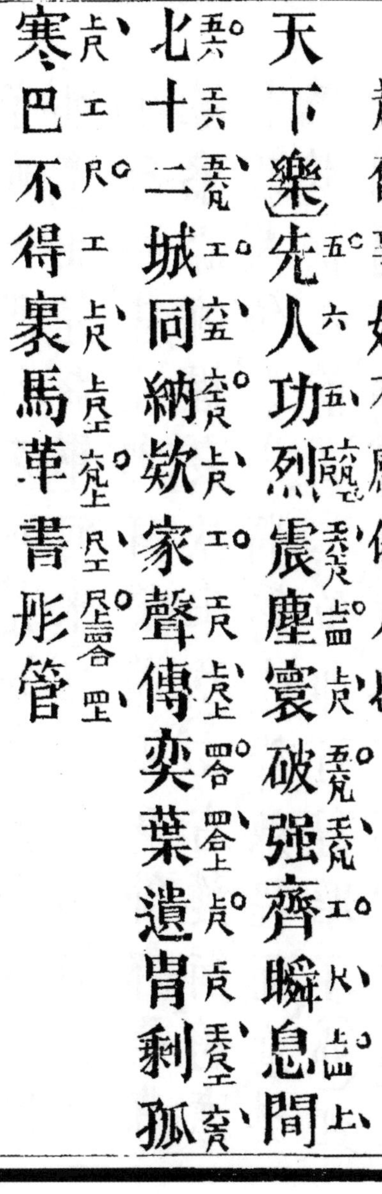

【天下樂】先人功烈震塵寰，破強齊瞬息間，七十二城同納款，家聲傳奕葉，遺胄剩孤寒。巴不得裹馬革書彤管

前面兩車行來、可是鞠太傅田大夫麼、（外末）正是、將軍何來、（旦）二位不知自荊卿行後、主上即拜樊將軍爲帥、郭全蘇嗣參謀帷幄、夏扶宋意左右護衛、將應督理糧餉、點小將爲先鋒、兼程而進、樊將軍就在前面、二位即可會晤了、（外）如此別過了、請、（旦）請、（繞場下內吹打介）（生內）軍士們天色已晚、軍行勞乏、就此安營者、（衆應介作吹打鳴金安營介）（雜扮四卒四將引生上）

【柳葉兒】管領著貔貅百萬氣騰騰拜將登

工尺 上 尺工 六五 六〇、 五六尺 上四〇一 尺〇 上一 四、 四 合凡、工尺〇 上一〇

壇報仇心事今纔顯明恩怨瀝心肝那怕他百二重關

本帥樊於期、敵國逋四、蒙太子推誠相待、升擢列卿之上、掌握司命之權、惟願血戰成功、豈惜厥躬盡瘁、前命探子往探列國、想田大夫鞠太傅也可不日回來了、(卒報上)報、報鞠太傅田大夫到、(生)道有請、(末外同上見介)二公往說列國、其事何如、(外)元帥聽啟、那三晉羣然欣諾、趙將廉頗、出常山平陽一帶、韓將公孫嬰、出南陽太行一帶、魏將公子無忌、渡汴河直叩函谷關、分道伐秦、刻期無誤、〔末〕那楚將項燕、由平輿出天平山一帶、齊將田單、由緇川歷下而來、專待吾師行信息〔生〕二位勞苦了、〔卒上〕報、報、探子到、〔生〕命他進來〔小旦扮探子上〕〔上〕元帥在上、探子叩頭、〔生〕你探得各國兵信若何、起來講〔小旦〕元帥聽啟、

〔游四門〕有一路旌旗閃閃出邯鄲有一路渡汴河氣桓桓有一路把黃陂山壓滿有

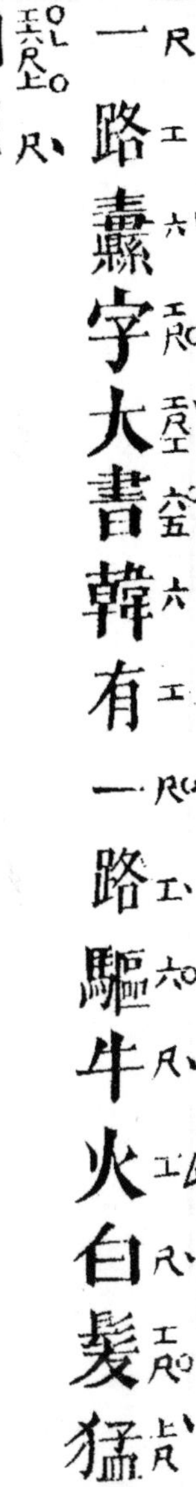

餘波裊娜

一路纛字大書韓有一路驅牛火白髮猛田單

〔生〕妙呵、各國齊心、嬴秦當滅矣、太傅大夫先請回朝覆命、〔外末〕某等就此告別、請、請、〔唱〕

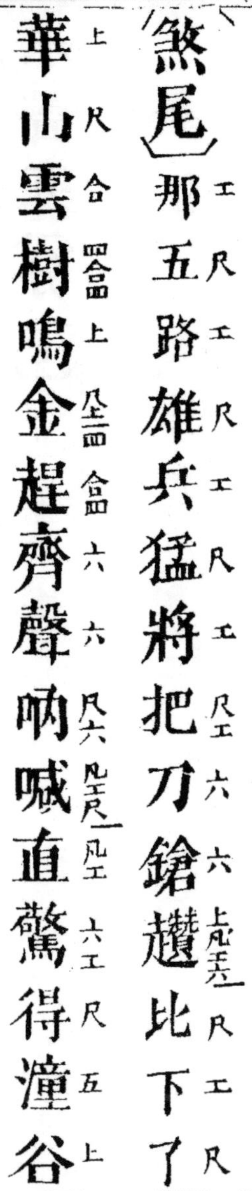

〔煞尾〕那五路雄兵猛將把刀鎗攢比下了華山雲樹鳴金趕齊聲吶喊直驚得潼谷

上尺 工六尺上 尺一

水聲寒〔分下〕

第五齣　滅秦

〔外副淨老旦丑扮鄉老上〕

【正宮引】〔梁州令〕扶犁南畝侶漁樵。征戍忽喧嘈。農功盡廢築城勞。怎能彀晝于茅。宵索綯。

鍤雨犁雲苦不妨。難安耕鑿太郎當。大風吹倒梧桐樹。自有旁人說短長。俺們長安城外、一班村老是也、生在村庄、耕種爲業、靠天地都活了七八十歲、不想那秦王欺并列國、時動刀兵眼睜睜要奪那周天子八百年的天下、日前竟改號稱尊、昨又東巡去了、咳、如此無道、斷不能久、今聞得燕邦邀同各國、直破函關、將次可到、因此邀了鄰衆弟兄、備下酒漿、向前途迎去、一則求保全身家、二則訴訴苦情、正是不是人心思亂、須知天道難欺〔下〕

〔生衆上〕本帥樊於期托賴天佑統領兵將、轉戰西來、無堅不破、無城不摧、現已

將牴咸陽，聞得秦政竟巳僭號稱尊，將遷周鼎日前東行封禪太山，如此無道，天奪其魄矣，

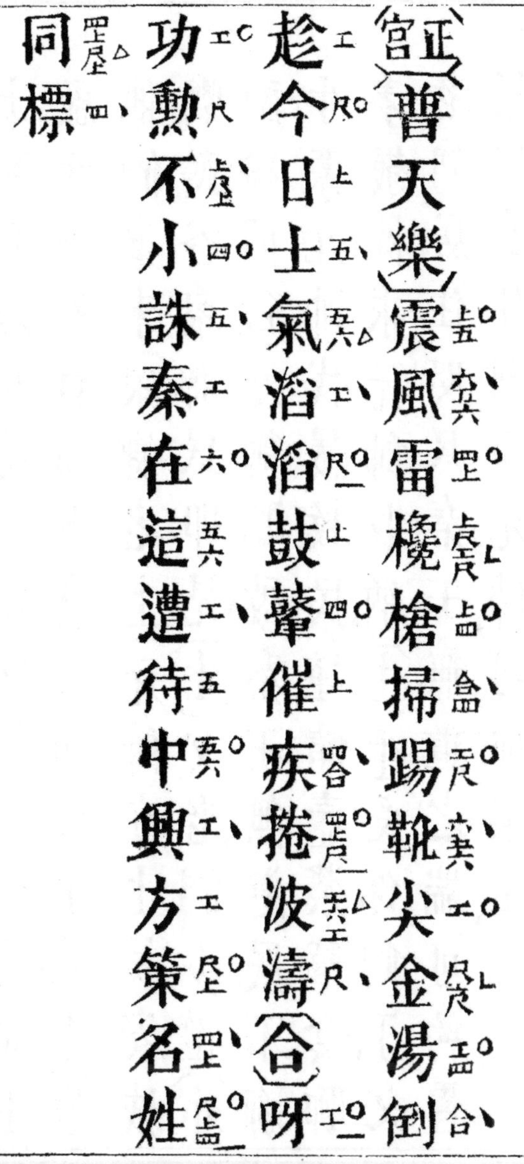

【正宮】【普天樂】震風雷欃槍掃踢靴尖金湯倒趁今日士氣滔滔鼓鼙催疾捲波濤【合】呀功勳不小誅秦在這遭待中興方策名姓同標

士卒們埋鍋造飯、（作吹打安營介）（雜上）啟元帥、外有鄉老多人、叩營求見、（生）著他們進來、（衆鄉老上）元帥在上、長安城鸚鵡谷衆鄉民叩見（生）父老們少禮（外副淨同白）元帥聽啟秦王無道、民不聊生、蒙元帥伐暴救民、謹備壺漿簞食、聊表敬忱、求元帥收納、（生）生受你們了、父老們居住咫尺、秦王無道之端、可約畧指說麽、（外副淨）元帥可那秦王、

【黃鐘宮】（啄木兒）問周鼎褻廟朝割地鄰疆不

五六凡乙 上尺上 四上 上乙 尺上 四 工 六 四六尺上 四 合

納須彌于芥子勝讀一篇過秦論

用刀坑儒生焚盡經書一處處寃魂哀吽

離宮阿房萬人造東禪西祀窮方到更聞

得高築長城萬里遥

〔生〕父老們、本帥兵臨城下旦夕亡秦、你們、不必憂念身家、本帥軍行嚴肅、苟有不遵軍法從事、

仙呂〔僥僥令〕謝你壺漿情意好陌路迓弓

囊俺這裡約束兒郎誰敢擾不動你鄉村

中半寸草

〔外副等〕謝過元帥、〔同下〕造飯已畢、就此起營〔吹打生衆下〕〔四卒引末白鬚病容扮王翦上〕老夫王翦、久仕秦邦、自幼兒南征北討、斬將搴旗、立下多少功勳、做了若干事業、不料主上氣滿志驕、任聽羣小、改號稱尊、現又東巡封禪、因此列國會兵、捲甲而來、勢如破竹、各關將士毫無堵截、庶長尉繚早巳挂冠而去、那

畫出一老將臨戎圖

一班倖臣逃的逃躲的躲那一箇肯奮身為國老夫因病重在家久不與聞國事今奉世子扶蘇令旨協同楊端和出師應敵只得扶病出城在這臨潼要道下寨咳天吓想當初

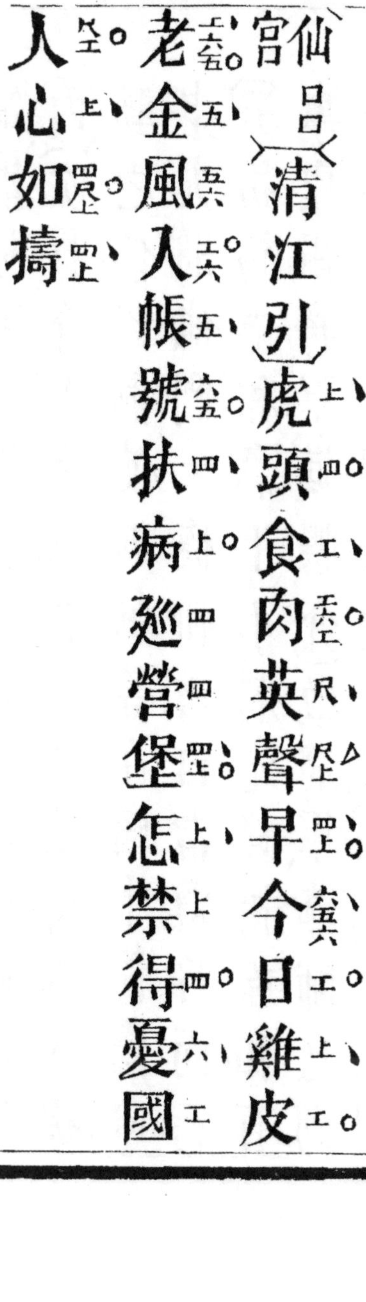

仙呂宮【清江引】虎頭食肉英聲早今日雞皮老金風入帳號扶病巡營堡怎禁得憂國人心如擣

〔雜〕報、將軍、旨下、〔末〕待我向前途迎接、〔下〕
〔內〕吹打〔介〕〔末上〕原來主公接得各國擾
動之信、恐燕使荆軻等在國中內應、命
老夫將他們一槩斬首、自當遵旨而行、
〔丑〕扮楊端和急上〔上〕小將先鋒楊端和、有
事稟報將軍、〔進帳介〕啟將軍、燕師已到、
在外挑戰、〔末〕開營迎敵者、〔同下〕〔生旦同
四卒上〕本帥兵抵臨潼、聞前面領兵的
就是那王翦老匹夫、我正好臨陣問他
一番、樂先鋒挑戰者、〔末丑同四卒上〕咊、
原來是樊將軍、爲何輕投外邦、今日用
兵本國、令人不解、〔生〕咳、王翦

無意不搜
無恨不補
妙在天衣
無縫

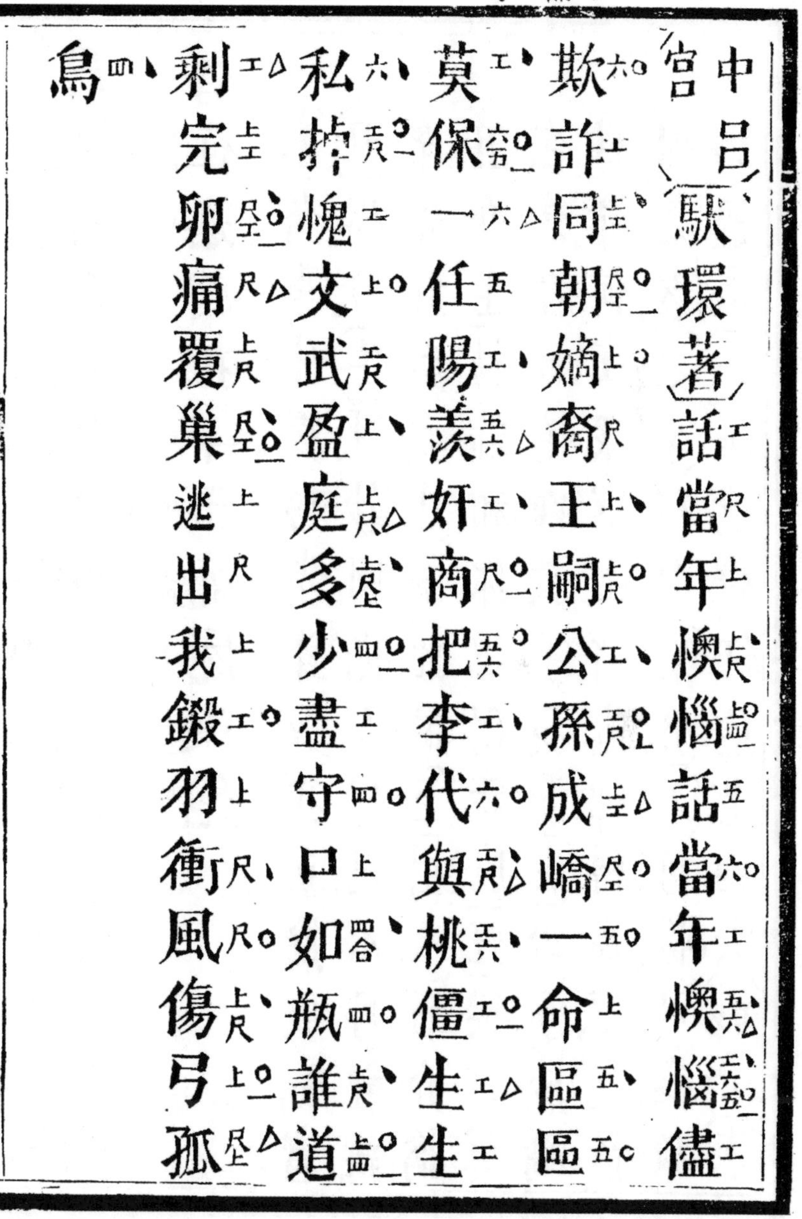

中呂宮【駐環著】話當年懊惱，話當年懊惱，儘欺詐同朝。嫡裔王嗣公孫成嶠，一命區區莫保。一任陽羨奸商把李代與桃僵，生生私拚愧。文武盈庭，多少盡守口如瓶，誰道剩完卵。痛覆巢逃出，我鎩羽衝風，傷弓孤鳥。

丹鳳吟〕我知已恩叨亟思圖報不見那伍胥在逃終把平王死屍鞭飽

〔末〕舊事休提、楊先鋒與我立擒叛賊者、〔丑〕得令、〔生〕呀、妙呵、仇人相見、不可輕縱、樂先鋒與我生擒、此賊、〔旦〕得令、〔戰介擒丑介〕〔生〕楊端和你認得我麽、〔丑〕樊將軍乞念往日情面、放了我罷、〔生〕公子成嶠性命何在、衆軍士將他綁縛高竿、亂箭射死者、〔衆卒〕得令、〔射介〕〔末〕可惱、可惱、放馬過來、〔生〕誰還懼你這老匹夫、〔戰介〕〔末

將雷侯事從此處插入省却多少浮烟漲墨

敗下、〔生〕追下〔末〕三戰三敗介〔末上〕了不得、了不得、且退五里安營者、〔內〕報、報、探子到、〔末〕傳他進來、〔雜扮探子急報介〕將軍不好了、不好了、〔末〕有何急事、如此慌張、〔雜〕將軍呵、主公東巡至博浪沙地方、不知何人飛一鐵椎打中主公、霎時顖碎、駕崩了、〔末放聲哭介〕兀的不痛殺人也、

上、四 上、四 四上、四、四、上 四、四 四、上、四

〔風蟬兒〕霎時胆落魂消從此乾坤誰造那

四 上、四 四、四 上、四 上、上、四 四、尺、上 四上、上、上

知東巡玉輦上雲霄攀龍髯恨不早九泉

下塗肝腦

尺、四、上、四上、

（作昏暈雜扶下）（淨扮荊軻老旦扮高漸離副淨扮秦舞陽丑扮魯勾踐同上）

（雙角）雁兒落城裏人聲擾城頭殺氣高黑夜度重濠錦囊中秘計眞奇妙

五六 上 工、 六五 六五 尺 尺 五六 五六 工、 五六 上尺 上、 四 上、 尺 尺 工 五 六五 六凡 五六 五、

（淨白）俺荊軻等、久藏城內、原指望先斃秦王、再連外應、不料他斃於途中、王翦得信驚亡、現在人心惶急、正好用計、早刻已傳暗箭、約樊將軍今夜越城而進

你看淡月朦朧天助成功也、〔生〕領衆上
作扒城介〕
〔慶東原〕諸軍向前跑昏黃趁黑宵楓林烟
樹相圍繞馬啣了雙枚兵藏了戈甲將捲
了旌旄靜悄悄扒上那百雉城塞滿那咸
陽道
〔雜扮守城將士上〕〔接戰介敗下淨等作
開門介〕城門已經砍開、大隊雄師進城

好安頓

者、〔作吹打金鼓進城介〕報元帥、秦世子扶蘇、閤宮自焚了、〔生〕知道了、樂先鋒會同荆高各位、點收圖籍、封貯府庫、安揷三軍、傳諭兵將、市肆毋驚、秋毫不犯、倘違軍令、立即梟首示衆、〔淨旦等同應介〕得令、〔俱下〕〔雜報上〕列國將軍、同到候見、〔生〕道有請、〔雜應下〕〔淨虬髯扮項燕外白鬚扮廉頗老旦扮公子無忌末黑面花鬚扮田單小生黑鬚扮公孫嬰同上〕賀喜元帥、强秦頓滅、列國沾恩、〔生〕豈敢、此皆列國大王福庇、衆位將軍功勲、某有何能、理當肅謝、〔各坐介〕請問元帥、秦王

此詰斷不可少

節短勢勁言下懍然

虎踞諸邦、列國雄師屢挫、何以此番一

戰成功、勢如拉朽、〔生〕衆將軍不知、

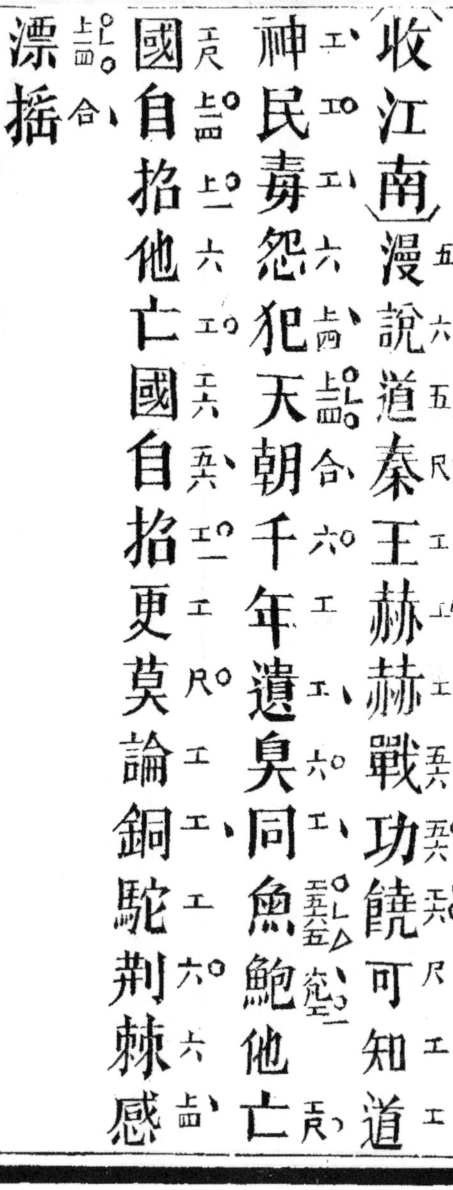

五 六 五 尺 工 上 工 五六 五六 五六 尺 工 工

〔收江南〕漫說道秦王赫赫戰功饒可知道

工 工 工 六 上四 上四 合 六 工 工 六 工 五六五 六五 尺

神民毒怨犯天朝千年遺臭同魚鮑他亡

工尺 上四 上 六 工 工六 五六 工 工 尺 工 工 工 六 六 上四

國自招他亡國自招更莫論銅駝荊棘感

上四 合

漂搖

〔衆〕元帥所論極是、小將們別過了、〔生〕俟

奏聞主上、再當聘謝、〔衆〕不敢、〔下〕〔旦〕上〕稟

史裁

元帥均已曉諭三軍了〔生〕一面飛章奏聞主上、一面獻俘於周、遣將分守各邑、候主公示下、再行班師、〔旦〕是〔同下〕

第六齣　宴臺

〔外〕扮田光末扮鞠武紅袍繡服同上〔末〕田大夫請了、〔外〕太傅請了、白元師滅秦奏凱獻俘於周、蒙王朝遣卿士慰勞、列國將軍同來覆命、衆諸侯又專使聘賀、主公與太子就在黄金臺上、大宴三日、第一日宴饗天使、第二日欵酬列國將軍聘使、今日纔賜宴本國文武勳僚、你看易水之旁、春風藹藹、金臺之下、萬姓歡呼好一派昇平景象也、

高潭

〔中呂宮引〕〔菊花新〕乾坤整頓力迴天百戰勳成

工 六 五六 五六 尺 上尺 工一 尺 工 上 四

奏凱旋燕喜奏詩篇消受得太平華宴

工 尺上四合 四上四一 五 工 五六 工 工一 上 尺 上 尺 上 四尺上四 尺上四一

道言未了、太子早到、〔生〕扮樊於期爭扮荊軻雜扮兩內侍引小生〔上〕

〔太平令〕托賴諸賢國恥身仇一旦捐山河

上 尺上 上○ 四○ 上一○ 四上○ 尺上 四○ 上 上尺上△ 尺△ 工 尺上○

鞏固經綸展望金臺意翕然

上 尺上○ 尺上 四合○ 四 尺○ 上尺上 四 尺上四 尺上六 上尺

〔見介〕〔小生〕今日奉旨宴賜本國勳臣、朝班文武都在金臺左右、肆筵設席、你看

霽思繽紛

濟濟羣才、糾糾英氣、好不令人嘆羨也〔外末〕樂先鋒與高秦魯三大夫並參謀護衛諸臣、因何不到、〔小生〕都在那邊領宴、天色尚早、儘可從容把盞、那些酺觴歌舞、亦是平常故套、聞得民間、因俺始祖名公、甘棠遺愛、譜有聲詩、何不傳來一奏、以助雅興、內侍們傳來、先此安席者、〔雜〕領旨作傳介〔內〕吹打安席介〔小生正坐末外生淨傍坐介〔內〕作鑼鼓登場介副淨丑雜扮四鄉民〔上〕俺們扶風郡雍邑村民是也、自從那紂王天子登基、弄得百姓們睡夢皆驚、天可憐見、周室更新、我們這裏來了那名康公、眞是念慈悲的菩薩、化丹藥的神仙、你看他每日巡行南國、在那甘棠樹下憩息、坐理民事、把百姓們煦養得坐在春風中過日、俺們生享其福、無可報恩、只得將那幾顆棠樹、愛惜保護、不但不敢剪伐一枝一幹、就是樹葉落將下來、也像打破了頭的一般、今日耕種餘閒、不免把甘棠遺愛、歌舞一回則箇、（吹打畢）衆唱舞介）

（爲悲詞）春風南國遍交數呀一箇低都呀

六、六　工、工　五六、五　六、五乚　六、五　六凡　工、五、

一箇低都蔭滿棠株低打都打低都碎錦
鋪呀一箇低都呀一箇低都感深召伯嘗
罥惣呀一箇低都呀一箇低都萬載千秋
低打都打低都永不枯呀一箇低都呀一
箇低都

你看前面採桑人囘也（衆下）（老旦旦小
旦貼扮婦女擕桑籃上）（小旦貼）姐姐你

科白高妙不落尋常窠臼

看那邊棠樹之下又長出許多新芽株來了〔老旦〕妹妹們不知那花木如爲人一般培植得好自然綿綿不絕倘或砍伐多了就是千尋大樹也要枯了這些棠樹都是當年召伯憩蔭那往來人人愛惜個個留連自然日逐滋生昨日聞得俺們國王滅了强秦名揚四海難道不是這新棠株的模樣麼〔旦〕小旦貼是也今日歸來甚早不免就在這棠樹之下歌舞一回〔老旦〕使得〔内〕吹打介衆唱舞介

〔前腔〕

珊瑚滿綴煥流霞呀一箇波查呀一箇波查愛樹思人波打查打波查人愛花呀一箇波查呀一箇波查除了毛蟲培了土呀一箇波查呀一箇波查稠枝密葉波打查打波查發新芽呀一箇波查呀一箇波查

〔貼〕姐姐們回去罷、明年廿棠蔭滿、再來
歌舞。〔同下〕〔小生〕這班村民、却也點綴得
極有意思〔衆〕此皆先王遺烈、主上與太
子克紹前徽、自然民樂其樂也、〔雜〕報上、
天使到、要太子迎詔、〔小生〕呀、王朝鄉士、
未回、何故又有使到、〔兩雜〕引副淨扮天
使〔上〕聖旨到、跪聽宣讀、〔小生前跪外末
生淨後跪〔介〕副〔淨〕詔曰、我周寢衰、暴秦
日肆、開河流而思運鼎、卜筮兆以致投
竈、神民胥怨、社稷是虞、爾燕王義師奮
起、列國合從、一戰踹關、獨夫斃路、張坤
轉乾旋之力、成補天浴日之功、是宜獎

錫酬庸、以嘉乃績、現據該國王、自陳年老避位、允當曲從、今封爾燕太子丹爲定秦王、永鎮燕山之土、上承名伯之勳、並賚彤弓九錫、爲方伯長、鞠武田光樊於期荆軻、或運籌幃幄、或戮力戎行、均用策、封以酬勞勩、所有秦邦疆土、分爲四境各守一隅、位並藩封、等於諸侯之列、樂閒克繼家聲、能昭父績、仍嗣爲昌國君、爲燕國命卿、子孫世襲、其餘高漸離等、即著定秦王、疊加褒擢、以恤勤勞、至三秦歷世侵削鄰封疆土、逐一歸還本國、其亡秦所遺忠臣孝子、蠹賊奸臣、並聽定秦王裁奪、嗚呼、賞罰重符人願、循環允洽天心、欽哉謝恩、（小生等）萬歲、（丙吹打各更衣介）（副淨）恭賀大王、威加中夏、勳冠桓文、（小生）不敢、

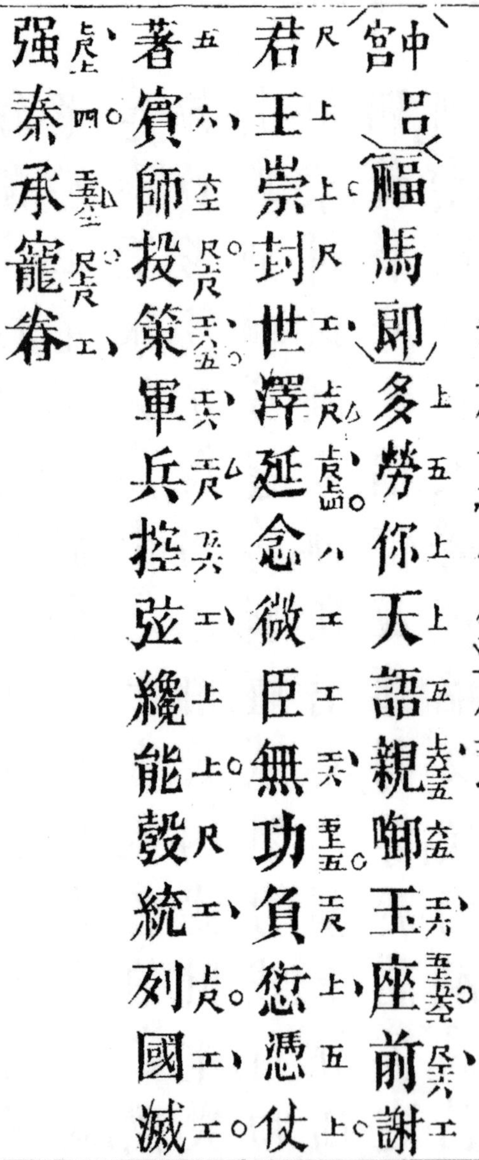

（中呂宮）（福馬郎）多勞你天語親卿玉座前謝君王崇封世澤延念微臣無功負愆憑仗著賓師投策軍兵控弦纔能轂統列國滅強秦承寵眷

補筆靈幻若隱若現豈凡手所能

慨當以慷讀竟當滿浮一大白

恭送天使、賓館暫停車馬、再當趨侍、〔副爭〕別過大王、〔下〕〔衆賀介〕臣等仰托大王、得以世受國封、但不知擊斃秦王者究係何人、現藏何地、〔小生〕卿等不知天下有心人正多、難以遍訪、況仰察天文、芒碭之間、帝星已現、安知他將來不爲一朝佐命之臣、吾等但當謹守臣節、以聽天命便了、〔衆〕是、〔同下〕

〔意不盡〕恩仇報復都如願、把轉輪王大權奪轉、儘任他說笑稱奇衆口傳。

應在鸚鵡谷象父老

〔集唐〕

淚滿征衣怨暴秦　陳標

傳聞闕下降絲綸　戴叔倫

隴山鸚鵡能言語　岑參

飛入宮墻不見人　劉禹錫

〔其二〕

弓刀千騎鐵衣明 韋蟾
海畔雲山擁薊城 祖詠
天子坐平秦隴地 張籍
諸侯不復更長征 楊巨源

補天石傳奇卷二

第二種

丞相亮祚綿東漢

定中原

禳星　敗懿

禪誅　歸廬

禳

星

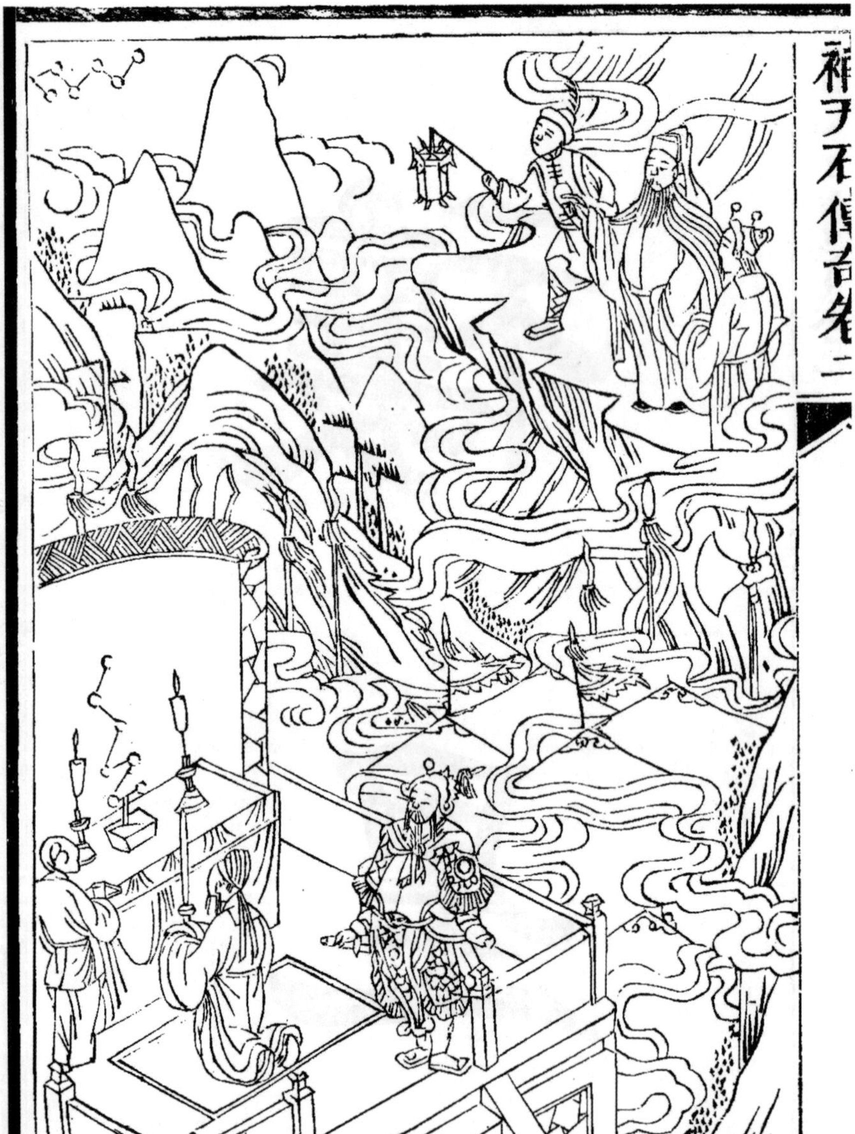
石傳奇卷二

補天石傳奇卷二

鍊情子　塡詞

吹鐵簫人　正譜

定中原　禳星　敗懿

禪諶　歸廬

第一齣　禳星

〔生綸巾鶴氅扮諸葛孔明上二雜隨上〕

仙呂調〔玉花秋〕猛回首茅廬杳方寸裏國事焦勞狼跋狐嗥龍虎嘯紛紛卅載割據剩孫曹好、好、好、我一統金甌期再造

〔集〕三顧曾逢賢主尋。白居易兩朝開濟老臣心。杜甫天荒地變心難折。李商隱日暮聊爲梁父吟。杜甫老夫諸葛孔明、栖隱南陽、不求聞達、荷蒙先帝眷顧恩深、託孤任重、出山以來、倏忽二十八載、鞠躬盡瘁、吾之願也、今當建興十二年八月、

南征討賊、駐師祁山之左、五丈原頭、可笑那司馬懿、跡似狐疑、形同龜縮、遺之巾幗、甘受不辭、只得屯田耕鑿、寓兵於農、示爲久計、國賊未平、鬢絲漸老、可不令人悵恨也呵、

【攤破天下樂】幾度裡摩壘搴旗把戰挑鼓也波敲陣雲高怎奈他藏頭縮尾埋烟竈閉著那塞門深悄悄任譏嘲巾幗願粧妖

可不道畏西川如虎豹

我想尋常挑戰他斷不敢輕出一師一旅、不免用那六丁六甲之秘、將我本命將星暗掩、一面虛傳病重、料理旋軍、他必然輕師追襲、那時便可用計了、

祅神子陰陽運六韜丁甲借三霄黯黯合垣法力遮宮昴罡星按部移斗宿虛心觽秉笏燃燈早晚朝仙棋一著高教他刼後

空尺工煩尺惱上

傳姜維馬岱進帳、〔雜傳末扮姜維旦扮馬岱同上〕〔末〕俺姜維、〔旦〕俺馬岱、〔進介〕丞相有何將令、〔生〕你們命人靜掃內營、安排油燈四十九盞、候我在內步禱、你二人選派軍士二十人、晝夜巡邏、不得擅離、一應軍務、命趙雲魏延攝理、三日後再聽傳令、〔末旦〕得令、〔下〕

〔淨扮司馬懿丑扮司馬昭雜扮四軍引上〕

驕亢

【黃鐘調】出隊子倚天劍嘯身被龍章冠戴貂功成汗馬舊勳僚笑捋虬髯保魏朝今日裡敵勢偏强堅守好

【爭白】南征北討著勤勞、二十年來擁節旄、求牧求芻全仗我、不妨三馬應同曹、本帥司馬懿、奉命前禦蜀軍、屢被孔明所敗、無奈謹守、不敢與他對敵、不料麾下將士以怯敵爲恥、屢求出戰、本帥只得密請主公、頒下一道諭旨、說只宜堅守不可出兵如有不遵軍法從事〔笑介〕饒把這些驕兵悍將壓伏住了孔明遺我巾幗亦笑而受之總總不動其奈我何現當秋夜月明不免到高崗之上眺望一回吾兒同往〔丑〕是〔雜掌燈同行介〕

〔淨〕

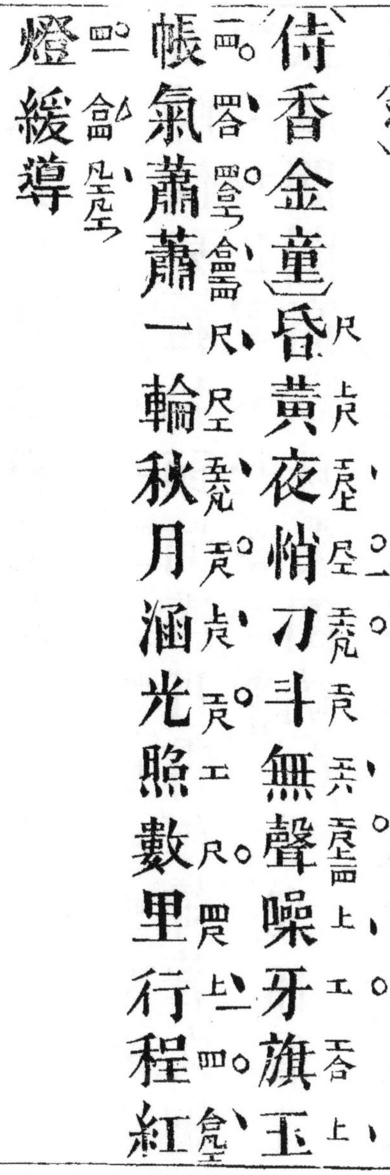

〔侍香金童〕昏黃夜悄刁斗無聲噪牙旗玉帳氣蕭蕭一輪秋月涵光照數里行程紅燈緩導

來此巳是高崗就此登眺〔唱〕
〔古神仗兒〕猛抬頭河漢丹霄經緯著文纏
武曜閶闔高懸珠囊圍繞〔白〕吾兒你看孔
明將星昏暗、三投三起、隱隱欲墮必然巳
得病、不久要身亡了、此人一死、魏國安如
磐石矣、〔唱〕看他芒隱中階似懸空欲掉喜、
當塗國運終昌使諸葛身殲了

如春鶯作齒兒物便成

〔白〕吾兒明日帶領三軍、前往挑戰、如果他們依然鳴鼓出戰、速卽退回、不可失利、倘或無人出應、營中有慌張之狀、卽壓陣立營、飛報前來、再候將令、〔丑〕是、〔淨唱〕

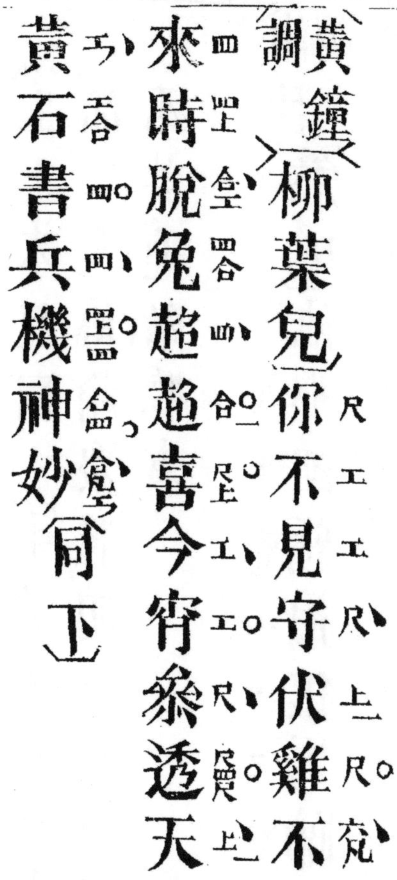

〔黃鐘調〕〔柳葉兒〕你不見守伏雛不曾離抱出來時脫兎超超喜今宵參透天文纔信我黃石書兵機神妙〔同下〕

〔生上末旦同上〕〔生〕姜維馬岱〔末旦〕有〔生〕你二人傳諭衆將明日必有敵人挑戰不許迎敵聽者

〔仙呂調〕〔煞尾〕他那裡惡狠狠馬蹄驕我這裡亂匆匆旌旗偃倒倘若是壓來呵你疾忙退步移營堡

上 尺 上 六 工 工 尺 五 尺 上 尺 上
尺 上 四 尺 尺 上 上尺六 工 尺 工 尺 上 尺 上 尺 上尺
五 五 六 五四 上尺

〔末旦〕得令〔同下〕

第二齣　敗懿

〔外扮趙雲副淨扮魏延小生扮關興小旦扮張苞同上〕〔外〕懷中龍歷保當陽。〔副淨〕百戰勳名孰敢當。〔小生〕重整乾坤還漢統。〔小旦〕好伸先志報先王。〔外〕俺趙雲、〔副淨〕俺魏延、〔小生〕小將關興、〔小旦〕小將張苞、〔合介〕昨日丞相傳諭在營靜攝、命俺等暫理軍務、現聞敵營鼓震、想必有人討戰、不免先行請示者、〔進見介〕〔末旦

引生上〔生〕列位將軍、各授錦囊一個、退營二十里拆看、依計而行、不得有誤、

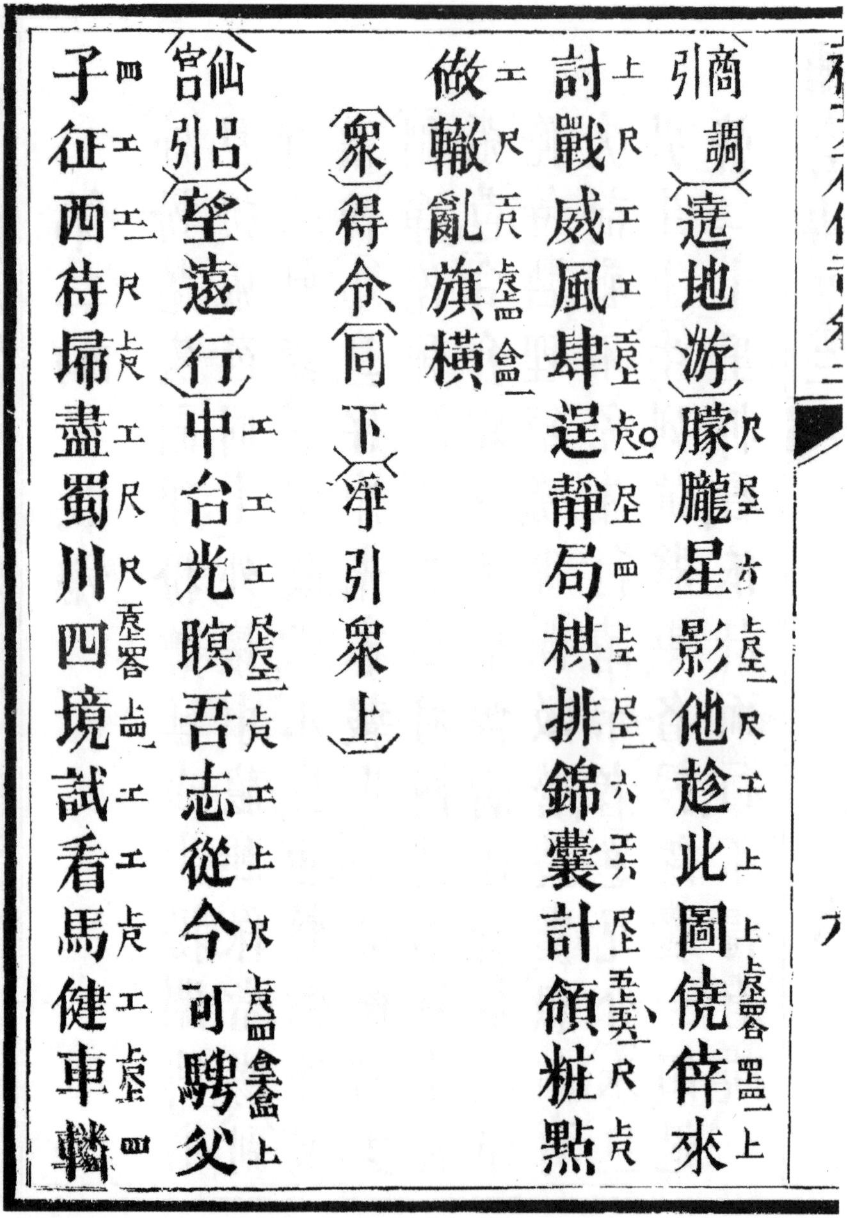

商調引

【遶地游】朦朧星影他趁此圖僥倖來

尺 五 六 上五 尺 工 上 上 上五四合 四五 上

討戰威風肆逞靜局棋排錦囊計領粧點

上 尺 工 工 五六 上五 五 四 上五 五 六 五六 五 五五 尺 上尺

做轍亂旗横

工 尺 工尺 上四 合

【衆】得令【同下】【淨引衆上】

【仙呂宮引】【望遠行】中台光瞑吾志從今可騁父

工 工 工 五六 上尺 工 上 尺 上四 合 上

子征西待埽盡蜀川四境試看馬健車轔

四 工 工 尺 上尺 工 尺 尺 五六 上四 工 工 上尺 工 上五 四

早是兵雄將猛要使他草木皆驚

尺 工 尺 上 工 尺上尺工 工 工 尺 尺 上 尺上四合 上四

本帥纔得吾兒回報、果然孔明病重、軍心惶亂、巳退軍二十里安營了、若不趁此追襲、更待何時、〔丑〕父親尚須熟計、恐彼有詐、〔淨笑介〕吾兒天道明顯、他本命星巳昏然欲墮、難道天象也是假的麽、不必遲疑、放心追趕、滅蜀機會、就在此舉了、吩咐大小三軍、就此兼程而進、不得遲誤片刻者、〔內衆應介〕〔下〕〔外率兩卒上〕俺趙雲、奉丞相將令、在此等候司馬懿、想可來到也、〔淨衆上〕前面蜀將奔逃、

獲弓介滿

哭聲隱隱、想必孔明已死、各軍就此追上者、（衆應介）（外作忙上接戰敗下、爭衆追下）（副爭率兩卒上）俺魏延、奉丞相將令、在此接戰、（爭衆上戰介）（副爭敗下、爭衆追下）（外上爭衆復上戰介外敗下副爭上爭衆復上戰介副爭敗下爭衆追下三戰三敗介）（外）司馬懿、你苦追我軍、是何緣故、（爭）你那孔明已死、要想全軍而返麽、（外）就是丞相身亡、也須念不乘有喪之師、何故窮力追趕、

【青天歌】你乘喪犯吾境乘喪犯吾境捲甲

上、尺工、上尺工、上、尺、工上、尺、尺、尺

跌宕生姿
好看煞人

來追黷武窮兵你當自省你當自省霎時

人了虎狼穽

〔淨〕休得胡言、如不解甲投降、放馬過來、

〔戰介〕〔外敗下〕〔副淨上〕司馬懿、你前日頭

盔丟了捨不得、今日又來討還麼、

〔前腔〕你頭盔不在頸頭盔不在頸髮兒種

種似葫蘆沒柄不退兵不退兵今日裏輸

首（上尺）領、（上四）

〔淨〕好匹夫、俺正要擒你、〔戰介〕〔副淨敗下淨衆追下〕〔外副淨小生小旦同上〕好了、司馬懿父子、全軍已誘入葫蘆谷內、俺等從間道而出、就此覆丞相命者、〔生引末旦四卒上衆見介〕〔外副淨〕啟丞相、司馬懿、已被小將們誘入葫蘆谷中了、〔小生小旦〕啟丞相、葫蘆谷中已暗埋地雷火炮、安置藥線、塞斷來路了、〔生〕妙呵、姜維馬岱、各帶兵三千、繞出祁山、埋伏敵營之後、一聽號炮、從後掩殺、〔末旦〕得令、

還他來歷組織工妙

〔生衆且行且唱介〕

〔喜還京〕你看他百萬精兵走葫蘆如魚入罾我上高山空谷傳聲眼看他鱗遊沸鼎喊一聲仲達死諸葛重生

〔生衆作立高處介〕〔淨衆上〕不好了、不好了、我們追趕進谷、那曉得不見一兵一將、來路俱已壘斷、如何是好、〔生〕司馬懿父子、你們觀得好星呵、可看見我麽、〔淨

作仰望介）呀、孔明現在、這番我父子有死無生矣（哭介）（生）傳諭施放藥線者（場上作烟火內作急鼓介）（淨衆暗下）（生唱）

（槳水令）見谷中火炮飛騰、好一似閃電雷霆、可惜他焦頭爛額一家傾、他也曾稱雄得志、都是些銕漢錚錚、爲江山苦戰爭、漢家與你何仇釁、燒得他燒得他一片哭聲

誰教你誰教教你撲燈自逞

司馬懿全軍覆没、一面飛章奏聞、趙關二將軍、帶同王平高翔、從祁山之左、由天水上邽一帶、魏張二將軍、帶同吳懿張嶷、從祁山之右、由安定冀城一帶、姜馬二將軍、繞道即攻洛陽、三路分道進兵、攻城拔邑、先到者爲功、我大軍直渡渭南、由南安郡大道進兵、統於鄴都城下會齊、大小三軍、努力滅魏者、（衆）得令

商調集曲【花鶯皂】當年赤壁憶鏖兵鬼神驚只

文勢如浪湧潮奔快心險目

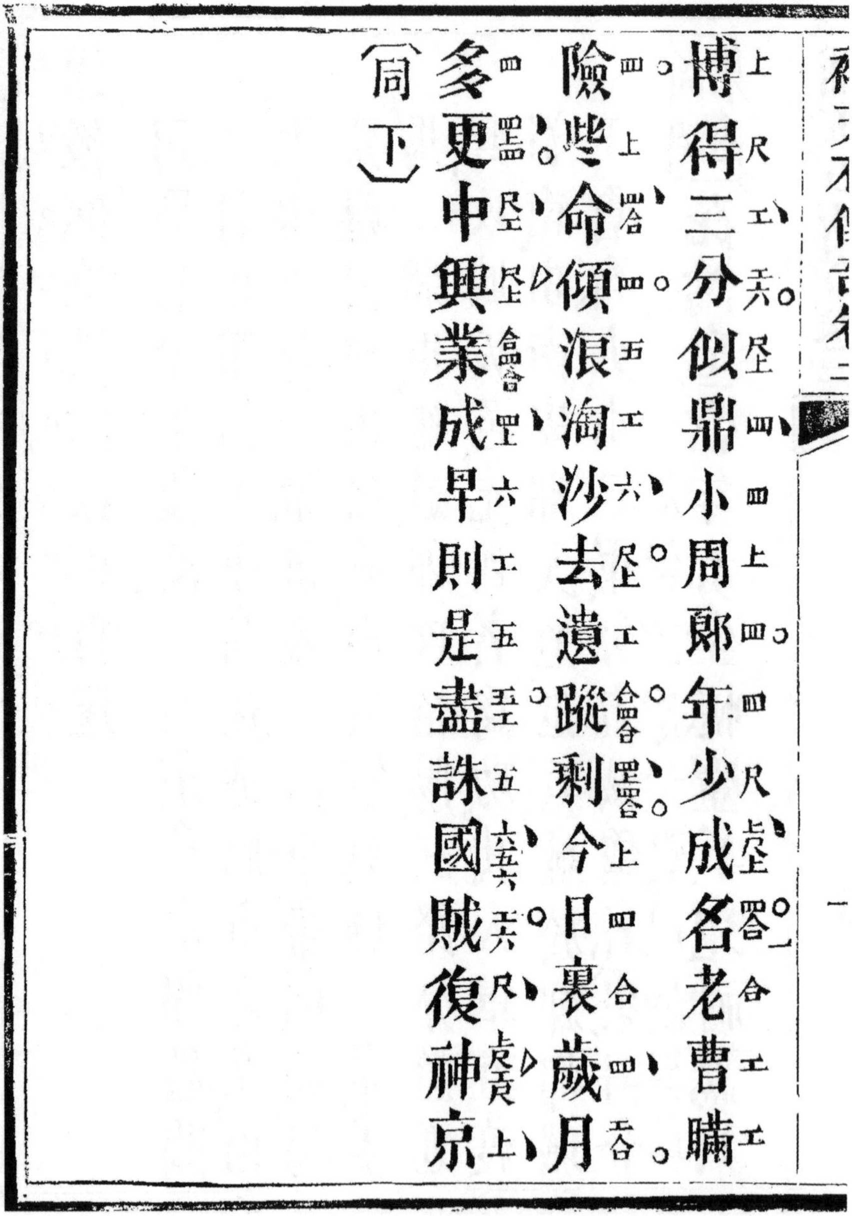

博得三分似鼎小周郎年少成名老曹瞞險些命傾浪淘沙去遺蹤剩今日裏歲月多更中興業成早則是盡誅國賊復神京

〔同下〕

禪

諶

第三齣　禪諶

（副淨洗粉扮董允末扮費禕同上）（副淨）下官董允、（末）下官費禕、（合）前日丞相滅魏奏凱、現已駐軍洛陽、主公大喜、特命北地王親往犒師、命下官等隨侍、殿下升帳、在此伺候、（貼扮劉諶上唱）

【黃鐘宮】【出隊子】中原定矣破敵班師露布馳艱難國步費支持珍重黃封犒大師卸甲

上、上尺。四上尺、上亼上亼。四上、

還朝重見漢官威儀

孤家北地王劉諶、因丞相伐魏、巳破鄴都、露布奏凱、駐軍洛陽、候旨班師、父王聞報、命孤家馳赴軍前、親爲丞相卸甲、並犒勞三軍、來此巳是、速郎通報、〔內吹打生上接介〕〔進見〕〔貼上坐生旁坐介〕〔貼〕漢家不造、奸臣竊國、丞相不負先帝遺命、祁山六出、百戰成功、上安九廟之靈、下慰四海之望、捷音一至、中外歡騰、主上特命孤家親爲丞相卸甲奉樽、犒勞將士、念我先帝呵、

頓挫沉鬱

黃鐘宮【鮑老催】黃巾初起勤王一旅忘生死根桓靈社稷輕如屣竟任他盜國柄結權臣挾天子若不是當年三顧南陽里君臣魚水恩如彼怎得箇九廟神靈同雪恥

【生】老臣滅賊羈遲、久厪宵旰之勞、虛糜軍糧之費、負疚良深、何功足錄、殿下風霜長路、愈使老臣惶恐無地矣

〔下小樓〕嘘欷討賊淹遲念先皇泪似絲鞠躬盡瘁更何辭今幸討平篡逆一統華夷〔作定席互相把盞介〕〔貼〕請問丞相司馬懿父子助紂焚死足正刑誅那曹賊雖死作何定罪〔生〕殿下曹操雖造七十二疑冢那奸賊眞棺反在疑冢之外臣已查實其處曹丕死葬首陽僭稱陵墓此二人弑后篡國天怒人怨斷難倖免身後應戮屍梟示以快先靈那曹叡輿櫬迎降似可稍從末減華歆破壁弑后逼

此等科白省却多少葛藤豈泛常家數

勒國璽、罪爲從逆之冠、尤應顯戮、其餘從逆諸臣、一概監禁、分别定罪、（生唱）

【南呂】【金蓮子】想那廝罪惡滔天難屈指、設疑塚只望保全屍、須是斬骸骨正刑章、昭昭伸國紀。

宗廟久毀、理應速造、洛陽爲曹氏離宮、已極華贍、就此復建故都、無庸更勞民力、自桓靈以來、忠佞諸臣、各宜查悉存亡、以資黜陟、並招集宗室世卿、賢臣故

隨勢即作下文過脈

老、撫安百姓、郵贈國殤、其餘賞罰諸端、
再當一一請旨而行、
〔劉潑帽〕堪嗟未造多傾廢、全不似列祖施
爲而今舊業定新規、賞罰別公私再繼中
興美、
〔貼〕那東吳消息如何、〔生〕臣滅魏之後、即
馳書以告、並將魏人所禁吳俘、一概遣
還、想日內必有好音也、〔內報〕聖旨下、〔淨
洗粉扮蔣琬上〕聖旨到、跪聽宣讀、〔貼〕前

跪生後跪介(淨)詔曰、朕荷先帝之靈、承社稷之重、南蠻撻伐國賊梟張、賴丞相亮、統率六師、國家再造克定中原、諒余薄德、欣慚交并、但年躋未髫、實已倦勤、北地王諶、英武慈祥、卓有君人之度、繩武無慚、蓋德有望、爰遣尚書令蔣琬齎奉國璽、馳赴中都、俾即御極聽政、一應軍國大事、胥與丞相裁決施行、無庸往復待命、朕俟國事稍定、即當起鑾東詣、瞻謁陵廟、安養南宮、咸宜敬聽、毋許陳辭、欽哉謝恩、(貼生起介)萬歲(貼)孤家甫踐青宮、何敢遽登皇極、

〔前腔〕備位青宮，寡知識，修予職，心猶多愧。吾皇此舉須中止，陳情剴切，辭明朝上封事。

〔生淨〕主上諭旨諄諄，豈容殿下辭讓，況國賊雖平，四郊多壘，蜀道崎嶇，豈能往返待命。

〔生淨同唱〕

仙呂宮〔忒忒令〕國事重吾王弗疑，賢聲播克

膺神器膺訓煌煌夏王傳啟蜀道遠莫參差告天地祀神祇慰人民望企

臣等當謹占吉朔恭請升殿正位也〔同下〕〔老旦扮諸葛瑾上〕

【川撥棹】驀聽得魏版圖歸原址怕唇亡齒亦隨之怕唇亡齒亦隨之早歸藩須當見機恐吹毛尚有疵得成約毋辱使

帖合

下官諸葛瑾、久仕吳王駕下、現聞魏邦已滅、漢室重興、俺主心懷恐懼、表請率土歸臣、貢獻子女玉帛、來此已是朝門、(丑扮黃門官上)足下何來(老旦)吳國使臣、齎有表章候見、(丑)候主上升殿者、(老旦)是、(同下)(内奏細樂諸臣吉服同上、(合)

(集唐)元戎返旆勒燕然。皇甫冉城上平臨北斗懸。蘇頲少帝長安開紫極。李白香風引到大羅天。牛僧孺(淨洗粉)下官大司馬安陽侯蔣琬是也、(副淨洗粉)下官侍中輔國將軍董允是也、(外)俺征南將軍永昌侯趙雲是也、(末)俺征西將軍平昌侯

斡旋妙

姜維是也、(旦)小將征西將軍南鄭侯馬岱是也、(小生)小將龍驤將軍左護衛使關興是也、(小旦)小將虎翼將軍右護衛使張苞是也、(各見介)(外)今日新主升殿、吾等理當早到、費尚書爲何不見、(淨)昨日奏過主公、回西川覆命去了、魏將軍何以不來、(外)魏將軍自入洛陽、得病身故、丞相現請優䘏、(淨)呀、原來如此、道言未了、丞相來也、(生)侯服冠帶上、(譙)景陽鐘動曙星稀。權德輿 龍向天門入紫微。沈佺期 聖代止戈資廟略。楊巨源 好辭榮祿遂初衣。李白 老夫丞相武鄉侯諸葛亮、今日新主登極、中興有象、你看百官濟濟、瑞氣融融、令人可喜可感也、〔內再奏細樂雜扮二內侍二宮娥引貼冕服上〕〔集唐〕紫鳳朝啣五色書。吳融 風雲應爲護儲胥。李商隱 九天閶闔開宮殿。王維 依舊山河捧帝君。皮日休 寡人荷社稷人民之重、勉遵父命、恭踐丕基、未敢改元、遽稱新阼、仍以建興紀元、所有一應典章、均俟頒發〔衆進賀介〕臣等恭瞻皇極、咸慶維新。〔同唱〕

五〔供養〕飛龍出邸早業繼高皇世祖神基

喬皇典重黃鐘大呂之音不意傳奇中復見韓碑柳雅

介白都妙

羣雄方逐鹿刼運似圍棋斗轉星移才能彀成就雨朝開濟萬象更新日復旦頌聲齊伏願安不忘危九重乾惕

〔貼〕卿等皆勳舊之臣、與國家義同休戚、朕藐躬日凜、願贊艮謨〔衆〕萬歲、〔起〕分立介〔貼〕丞相國家柱石、功弼三朝、恩宜九錫、安坐論道、弗再趨蹌〔生〕萬歲、〔旁坐介〕〔丑扮黃門官上〕啟陛下、東吳使臣、有表章呈達〔貼〕呀、果然聞風嚮化、不出丞相

似嘲似嘆曲折淋漓

所料也、宣進來、〔丑宣介〕〔老旦趨上〕〔生起立介〕〔老旦〕東吳陪臣孫權、謹遣從事臣諸葛瑾、短章呈瀆、恭賀陛下、〔貼〕江湖遠涉、賜坐詢談、〔老旦〕小邦奔走之臣、不敢有褻朝儀、〔貼〕卿非他比、况與丞相昆仲、豈可久勞鵠立、〔老旦〕謝陛下、〔老旦生分坐兩旁介〕〔貼作閱表介〕〔唱〕

〔仙呂宮〕〔春從天上來〕歎江東父子盡英奇周郎赤壁難爲繼東風與便逞一炬颺旌旗

尺　上　上　尺上　四　六上　五六　工　上

四　上尺　上　工　工五尺　上　六　六　工　六　工　六　五　工尺　上尺五　合

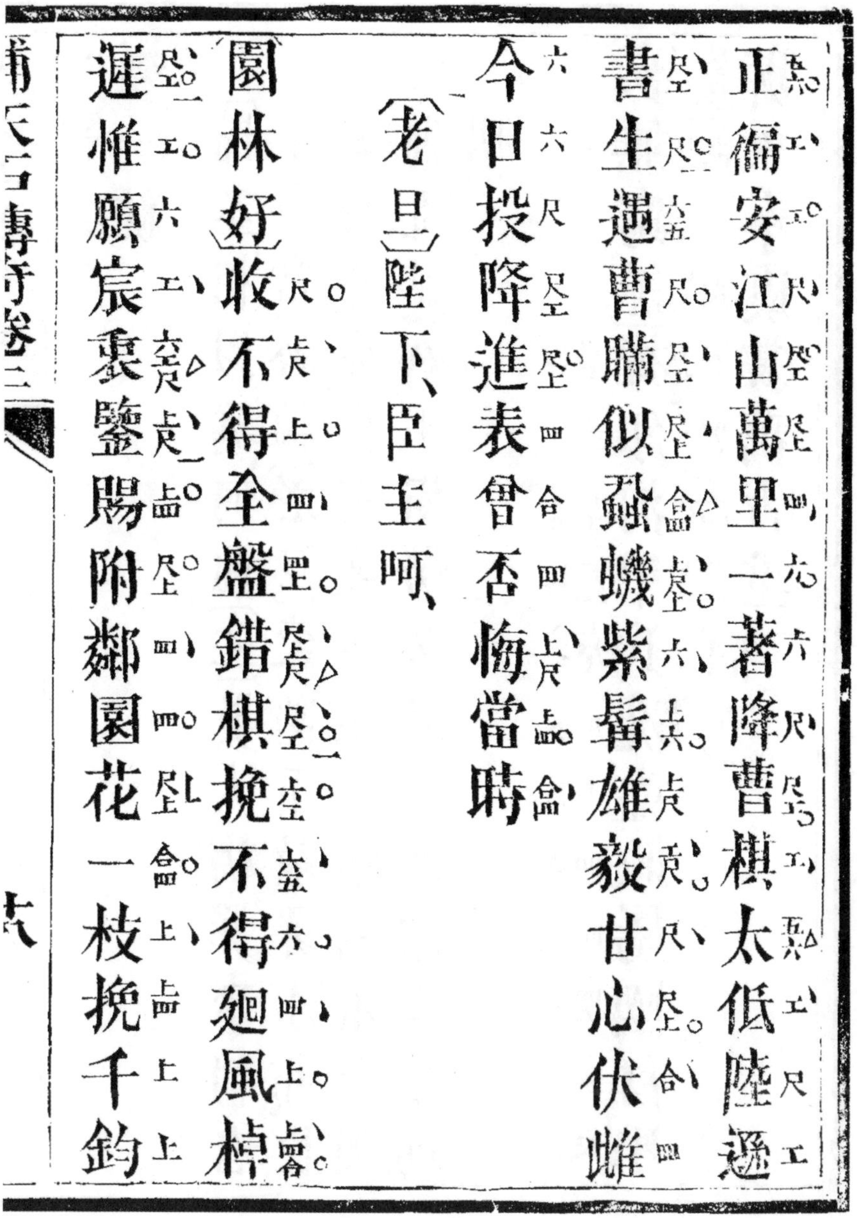

叙次古豔

正偏安江山萬里一著降曹棋太低陸遜

書生遇曹瞞似蝨蟣紫髯雄毅甘心伏雌

今日投降進表曾否悔當時

〔老旦〕陛下、臣主呵、

園林好收不得全盤錯棋挽不得廻風棹

遲惟願宸衷鑒賜附鄰園花一枝挽千鈞

髮一絲

〔貼〕丞相以爲何如、〔生〕吳人悔罪來朝吾主自當矜恤〔老旦〕蒙陛下赦罪小邦臣歸吳覆命、臣主謹當率土趨朝、不敢後期也、〔貼〕卿風霜勞苦、且歸賓館者、退朝

〔唱〕

〔喜無窮煞〕挽銀河甲兵洗盡收屬國拜彤墀永奉虞裳萬古垂〔同下〕

歸廬

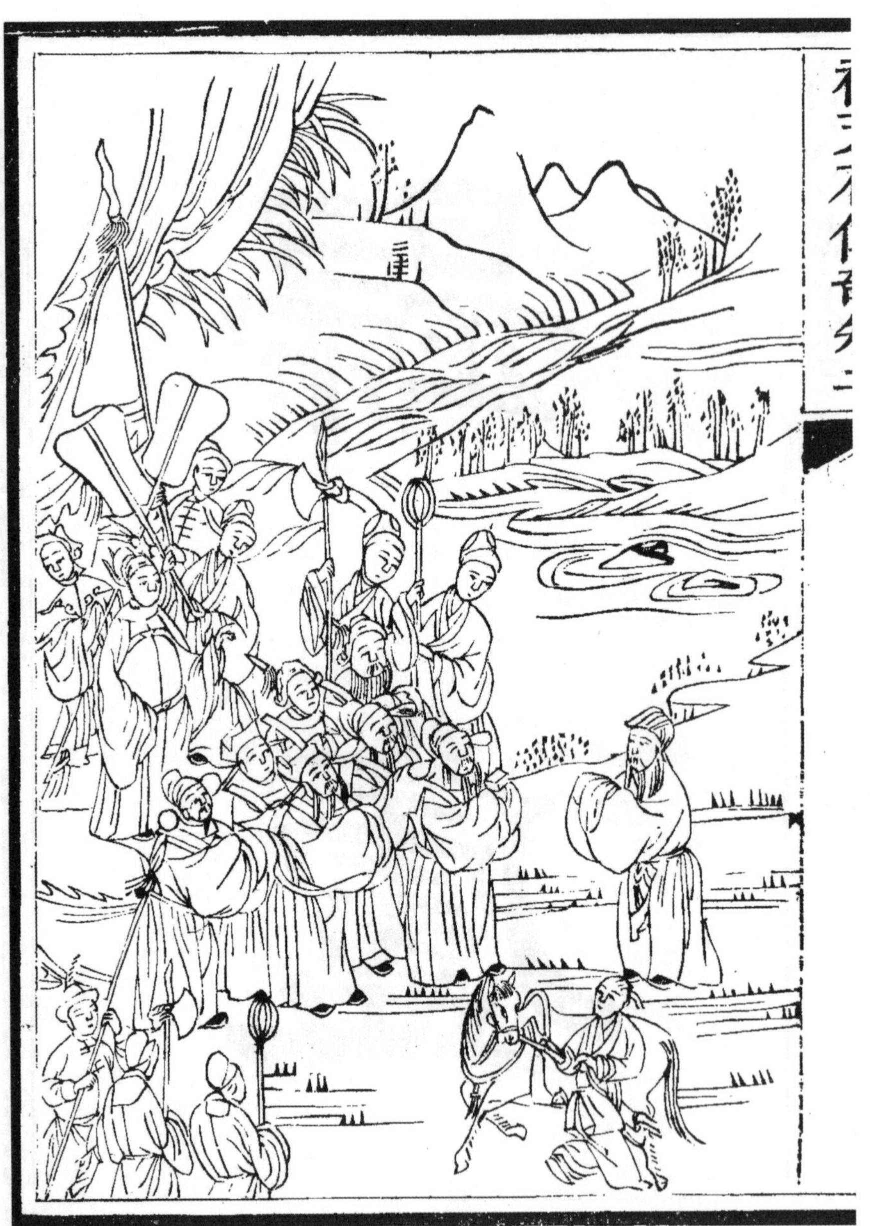

第四齣　歸廬

〔淨副淨洗粉外末旦小生小旦同上〕〔淨〕下官蔣琬、〔副淨〕下官董允、〔外〕俺趙雲、〔末〕姜維、〔旦〕小將馬岱、〔小生〕小將關興、〔小旦〕小將張苞、〔各見介〕〔合〕昨日丞相懇請還山、主上再三不允、丞相屢屢上章、只得允准、今日祖道長亭、御駕親送、先來伺候、想吾等素蒙丞相陶育、今日分離、好不令人慨嘆也、〔唱〕

〔黃鐘宮〕〔耍鮑老〕笑煞他要君沉璧晉卿狐也

工尺工六五六工六五六五四四

高唱入雲是百尺樓上人襟抱

不羨白頭歸有二䟽（白）我丞相呵（唱）比他管樂定何如風雲翼戴護皇儲再造邦家談笑去（衆）道言未了丞相弟兄來也（老旦）使服生綸巾鶴氅策騎丑扮道童同上（見介）何勞列位大夫將軍遠送（衆）豈敢大夫全行麼（老旦）非也某巳領國書先此奉別（衆把盞介）（老旦生同飲介）（衆）丞相欲歸某等如嬰兒失母手足無措（生）多承

以下各曲縱橫如意酣暢淋漓極手揮目送之樂

各位厚誼、但我本無宦情、今日僥倖成功、得遂初志呵、〔唱〕

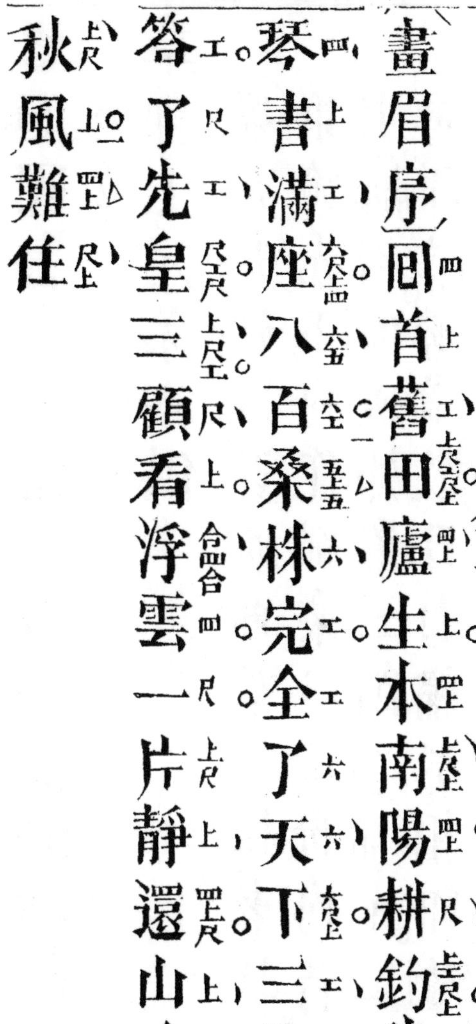

〔畫眉序〕回首舊田廬、生本南陽耕釣徒、擁琴書滿座、八百桑株、完全了天下三分、報答了先皇三顧、看浮雲一片靜還山、吹著秋風難住、

〔老旦〕聖駕將臨、某已辭朝、不便再見、已與舍弟相訂、覆命之後、亦當引退、〔唱〕

集唐苑如己出唐心深靈妙至此

雙聲子嗔僕夫嗔僕夫及早駕征車領國
書領國書覆命返東吳拂衣裾歸衡宇表
章郎上兄弟相俱
〔衆〕大夫好恬退也、再奉一杯、〔老旦〕別衆
策騎先〔下〕〔内〕作細樂二雜扮内侍引貼
上、〔隱〕百僚班外置三師。竇常十二樓前
再拜辭。李商隱數日郎歸丞相印。劉禹錫留
君不住益凄其。高適丞相歸山、寡人親
送、〔生〕衆接〔介〕〔貼〕離亭野舍、非比朝堂、諸

卿參坐、以便久談(眾)萬歲(各坐介)(貼)丞相三朝佐命、一旦遠離、忽忽此心、如有所失(唱)

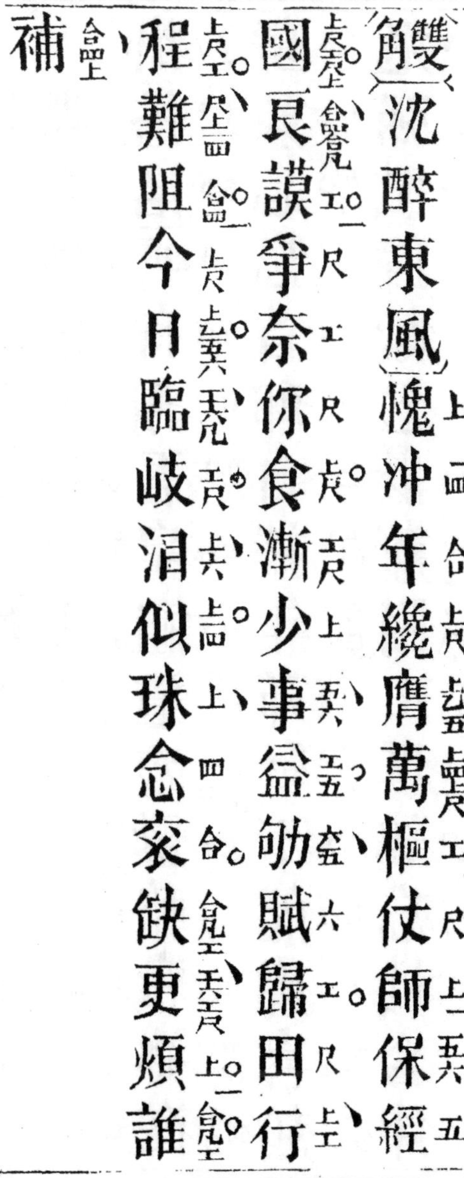

(雙角)(沈醉東風)槐冲年纔膺萬樞仗師保經國艮謨爭奈你食漸少事益劬賦歸田行程難阻今月臨岐泪似珠念衮缺更煩誰補

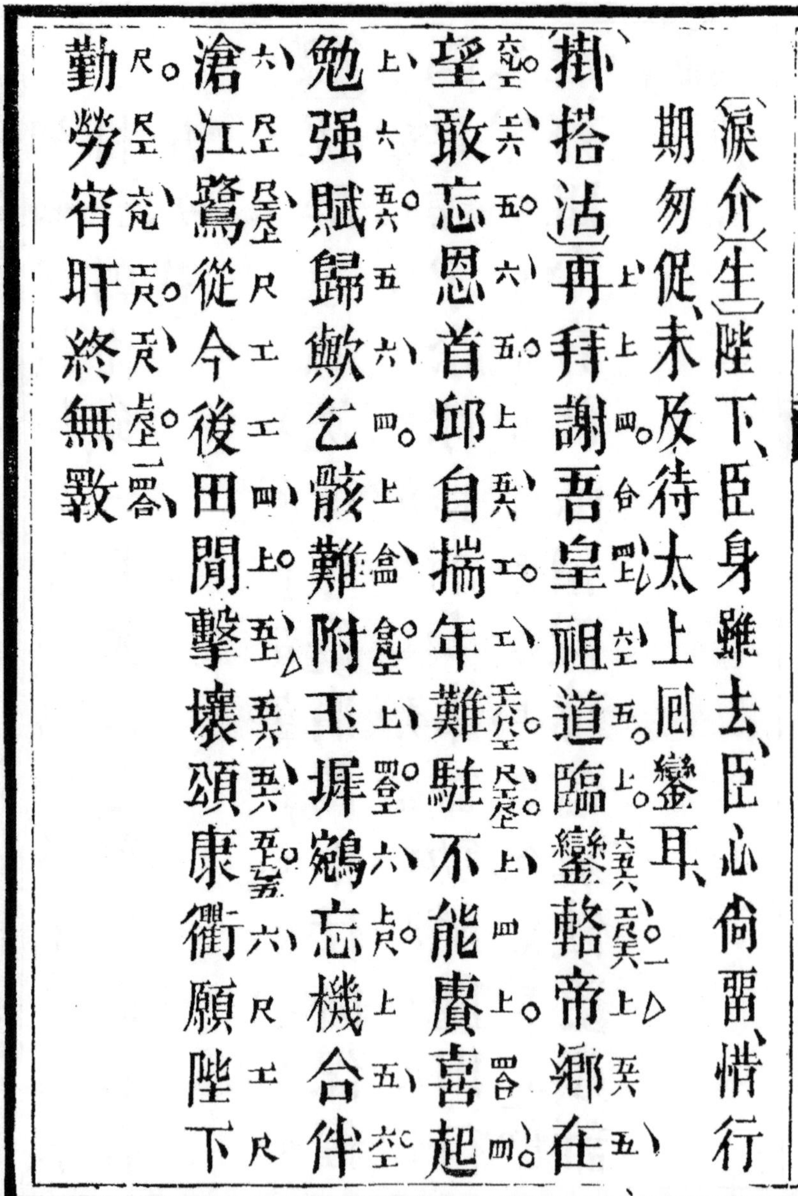

〔淚介〕〔生〕陛下、臣身雖去、臣心尙留、惜行期匆促、未及待太上回鑾耳、

掛搭沽再拜謝吾皇祖道臨鑾輅帝鄉在望敢忘恩首邱自揣年難駐不能賡喜起勉強賦歸歟乞骸難附玉墀鵷忘機合伴滄江鷺從今後田間擊壤頌康衢願陛下勤勞宵旰終無斁

墨舞筆歌左縈右拂如搏毬獅子放出百道金光

〔衆〕某等敬奉丞相一杯〔唱〕

〔銀漢浮槎〕頻年麾下趨草木沾春煦感得

憐才同吐哺陽關歌折柳且勸醍醐

〔生〕列位大夫將軍〔唱〕

〔離亭宴帶歇拍煞〕吾與你征袍未脫衝風

雨聽慣了行營夜夢敲鼙鼓見多少裹瘡

痛苦抱國憂進玉帳曾籌箸莫羨我返山林無功嬾臥龍還仗你守干城一隊雄羆虎成就我烟霞疾痼博得箇舉案學梁鴻挽車尋鮑宣春色吟梁父（生）向貼拜（介）望君王返乘輿（生）何衆別（介）謝同輩休凝竚且行且唱（介）你聽那隔葉聲聲杜宇烟水

俱酣來烈
字珠

中人喚渡鬱蒼蒼望不見來時路〔策騎下〕〔丑隨下〕〔貼〕呀你看丞相綸巾鶴氅飄然欲仙一徑歸山去了好不令人羡慕也〔同下〕

〔黃鐘宮〕〔歸朝歡〕試陰符試陰符實若還盧笑魏武銅雀成墟誰肯畫誰肯畫依樣葫蘆翻新樣那用當年掌故果然是江流石轉

竟吞吳筆端散作江花舞畫一箇快意千秋八陣圖

【集唐】

山川龍戰血漫漫　胡曾

談笑論功恥據鞍　羊士諤

管樂有才眞不忝　李商隱

鶴飛天外九霄寬 薛 逢

其二

兵氣銷爲日月光 常 建

青春作伴好還鄉 杜 甫

一樽酒盡青山暮 許 渾

笑指臥龍舊日岡 鄭 谷

補天石傳奇卷三

第三種

明月胡笳歸漢將

河梁歸報書　釋疑

關凱　墓封

報書

同人參評

補天石傳奇卷三

鍊情子　塡詞

吹鐵簫人　正譜

河梁歸報書　釋疑

　關凱　墓封

第一齣　報書

〔外冠服白鬚扮蘇武二雜隨上〕

合指

［仙呂引］望遠行　仗節邊陲屈指幾年牧羝海

工 五 工 工 尺上 上 尺 工尺 工尺上四 上四 四

上荒涼灑盡孤臣涕淚虧他雁足傳書才

上尺 上 尺上 尺 工 尺 上 尺上四合 上四 工 工 尺 上 四 上 工

得陳情丹陛喜明駝載還漢使

六 尺 尺 工 工六五 工 尺 尺 工尺 上 工尺上四合 上四

［集唐］臨行誰贈繞朝鞭。吳融 海上羊歸塞草烟。溫庭筠 遙憶故人滄海別。韓翃 心隨明月到胡天。皇甫冉 下官蘇武、表字子卿、杜陵人也、天漢元年、以中郎出使匈奴、被留不肯屈節、牧羊海上、齧雪吞氊、一十九年、幸雁足傳書、單于驚駭、始得歸

短歌碎瀲
竹石俱碎

朝、秋拜典屬國這也不在話下、但我好友李陵、係飛將軍李廣之孫、英武善射、謙讓好士、綽有祖風、不幸奸臣播弄、敗陷番邦、嘗欲得間歸漢、

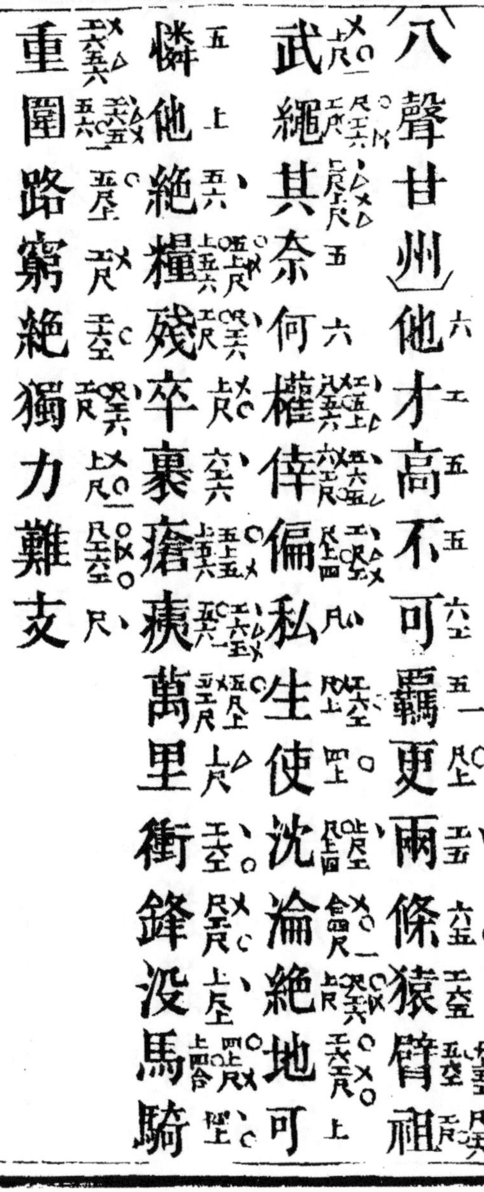

【八聲甘州】他才高不可羈、更兩條猿臂、祖武絕其奈何權倖偏私、生使沈淪絕地、可憐他絕糧殘卒裹瘡痍、萬里衝鋒沒馬騎、重圍路窮絕獨力難支、

下官返國之後、曾寄書囑他相機歸漢、不料覆書忿忿告絕、

工 尺工 四合 四上 六 六 工 六 上四 上四 合 四 上

【六么令】來書娓娓憤激無辜枉遭讒誹說

上 四 尺 上 四 尺上 上 四 上 尺 上 上四 四 上 四 四

他娘親妻子並誅夷竄異域安所歸胡笳

尺 上 四 合四 上 四 四 尺 上 四上 合四 上

塞月空流涕胡笳塞月空流涕

下官接了此書、不勝駭詫、他母妻在家無恙、何故忽有此說、細細查訪、原來那公孫敖、飾出無功、因與少卿夙嫌、揑奏他已降單于、教演番卒、以致單于日强、

摭取史中實事隨手波瀾都成嘆絕關鍵

本係李緒之事、與少卿無干、彼時主上震怒、幾至不測、幸虧霍大將軍、與司馬太史、竭力保奏、始得寬免、僅削官職、命地方官看管家屬、不許出境、就是他堂弟李禹、現在朝中、並無波及、足見祖德難泯、君恩不薄、可恨單于布散謠言、說他家已族滅、勸他歸降、

【解連環】浮謠誰致細察來吾心知矣却原來公孫敖奸同伯嚭更加上單于計要他

投降彼國不思歸說道戮全家教他死心搨地

少卿拘胡、立志不受官職、主上屢屢念及、昨與霍大將軍商議、欲遣他隴西故人任立政、往使單于、就便通箇消息、下官修書敘明情節、便可釋然乘機歸國了、咳、少卿呵、想你先代勳勞、少立名節豈可一旦墮地也呵、正是人生萬事少如意、知己從來要見心（修書介）

調意雙絕
元人亦當
低首

〔一封書〕良朋面久違勸少卿當見機惑謠
言事事非早還家奉母闈祖父功勳須繼
美君臣大義總如斯草離離念依依遠寄
當歸歸莫遲

書已寫就任校尉想可到來〔末扮任立
政上〕

〔大齊郎〕妙機宜妙機宜隴西知己我和伊

暮雲春樹橫千里要探邊塞問端倪

〔末〕俺任立政、字少公、祖貫隴西、與李少卿至契、現在奉使單于、便探少卿消息、特到蘇屬國那裡、領取書函、就此上道也〔進見介〕〔外〕將軍若見少卿、多多致意〔唱〕

〔皂羅袍〕書中意直言不諱惧奸讒詳明原委倘能覷面審權宜須防彼國墻垣耳〔末〕

句妙

白大夫且請放懷、〔唱〕三緘在口不須驅追

番奴縱譎任吾指揮試看我近庖廚不染

酸鹹氣

〔外〕如此極好、恕不遠送了、〔末〕豈敢、就此

拜別〔分下〕

第二齣　釋疑

（生便服扮李陵作愁容上）

【越調引】【祝英臺近】剩餘生空僝僽過幾度春

五　工　六　六　五六　五六工　工　上四上　尺　上四

秋絕域荒涼不死難消受墮盡家聲哀哉

上四　工　工　六　工　工　六工　工　六　五六工　上上　尺上　四　四　上　上

老母千萬斛冤情誰剖

合　上四　五　六上五六　工　上　四　尺上四　合上四

【集唐】盧龍塞外草初肥。盧弼　夢裡還家不當歸。許渾　誰料蘇卿老歸國。李商隱　滿天

霜雪有鴻飛。李玉羣俺李陵隴西成紀人
也、世掌節麾、威行蠻陌、祖父廣、功無與
比、生不封侯、俺父當戶勇擊韓嫣早受
知遇不幸早亡、俺少拜騎都尉、屢立戰
功奈遭賊臣讒間師出無援、轉戰萬里
身陷番邦、單于連次誘降俺總不受他
官爵、每思得乘機、便將那匈奴勦盡上
報國恩、庶幾歸國不辱先人不料主上
誤聽讒言、說俺已降、單于將老母妻子
闔家誅戮、想起此情兀的不痛煞人也

【祝英臺】俺也有捧日心擎天手一腔熱血

工 六 工 六 工 五 尺 工尺 上四上尺 六 六 工五 六五

升屋一呼
其神泣

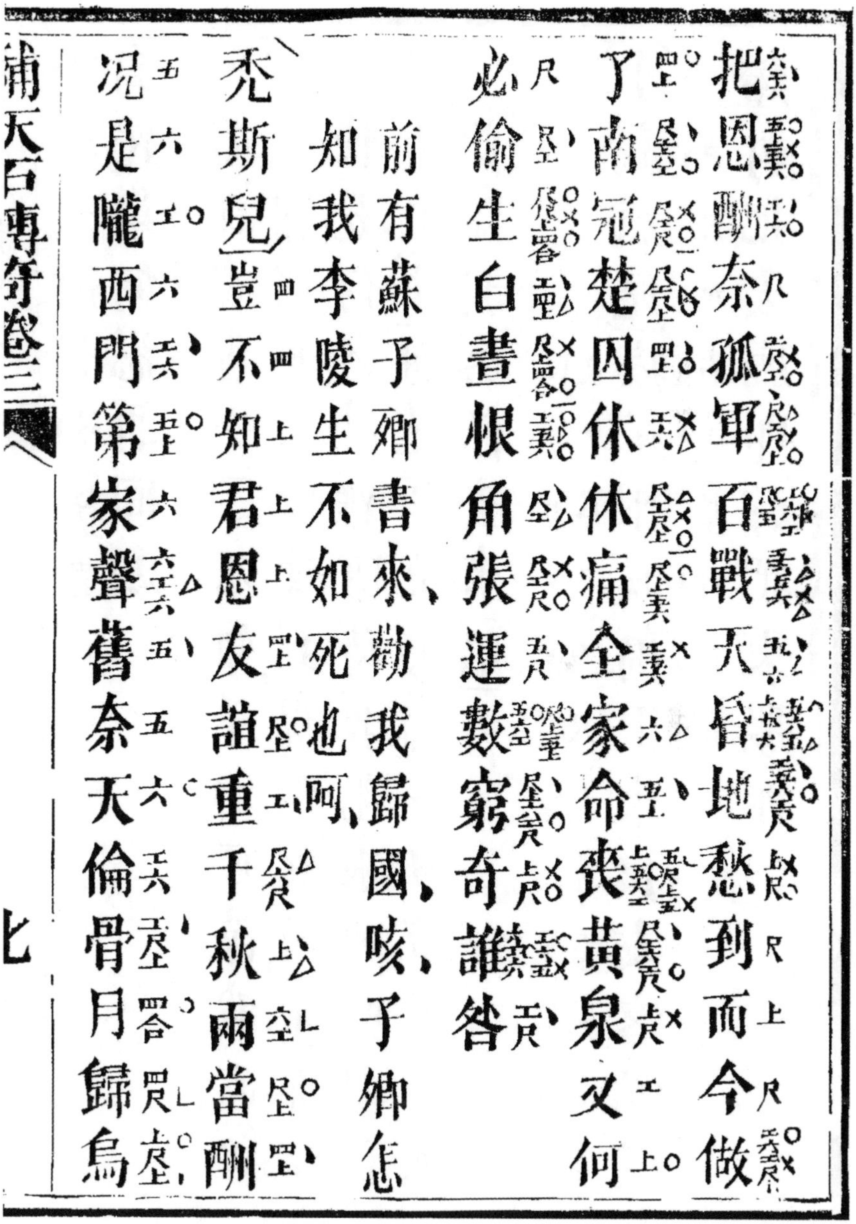

把恩酬奈孤軍百戰天昏地愁到而今做了南冠楚囚休休痛全家命喪黃泉又何必偷生白晝恨角張運數窮奇誰答

前有蘇子卿書來勸我歸國、咳、子卿怎知我李陵生不如死也呵、

忝斯兒豈不知君恩友誼重千秋兩當酬況是隴西門第家聲舊奈天倫骨月歸烏

有覆巢何忍再回頭

當郎覆書去了不知予卿可諒我心（雜上）報將軍有漂使到現停客館（生）那漢使是何名姓（雜）呀待我記來叫叫叫任立政（生）呀是任立政（雜）是任立政（生）如此隨我客館去來（唱）

〔水底魚兒〕疾忙相候萬里來良友客館殘燈好把衷腸叩好把衷腸叩

〔雜隨下〕淨胡服扮衛律二雜隨〔上〕自家衛律、本長水胡人、素與協律郎李延年相善、得蒙薦使單于、不料他氷山勢倒、俺就投順外邦、蒙克汗封爲丁靈王、掌握威權、壓制中外、奈克汗心愛李陵、屢屢要加重位、他至今以閒散自居、不肯受爵、我想只要有好官做、管他是中國是外邦、這等迂蠢之人、真真與蘇武是好朋友、但恐一朝變心、從順就有他無我了、須要預先算計、聞得中國有使到來、不免到客館打聽打聽漢事、有何不可、〔且行且唱介〕

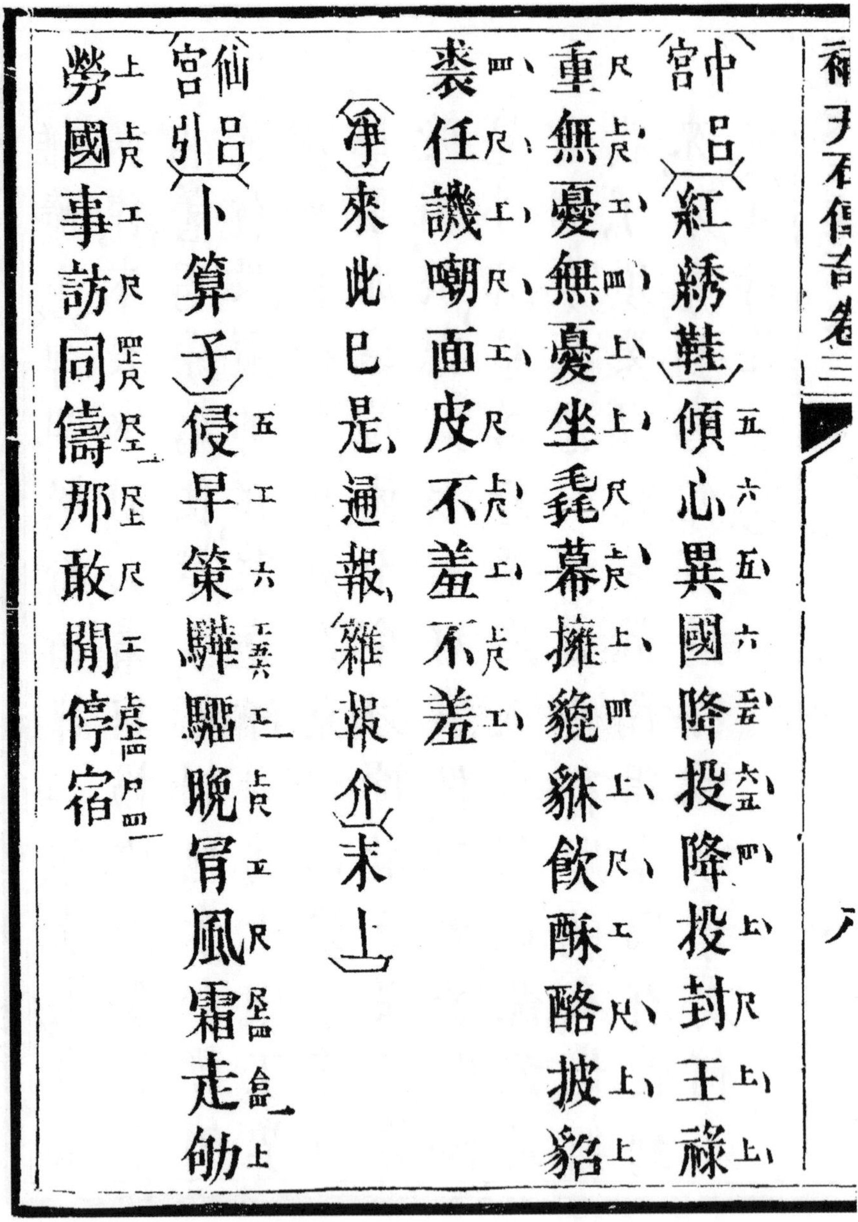

〈中呂宮〉〈紅綉鞋〉傾心異國降投降投封王祿重無憂無憂坐毳幕擁貔貅飲酥酪披貂裘任譏嘲面皮不羞不羞

〈淨〉來此巳是通報〈雜〉報介〈末上〉

〈仙呂宮引〉〈卜算子〉侵早策驊騮晚冒風霜走劬勞國事訪同儔那敢閒停宿

簡淨

〔淨〕進見〔介〕原來是任將軍〔末〕原來是衛將軍〔淨〕真正是千里故人來可喜可喜〔坐介〕〔生上〕〔雜報介〕李將軍到〔進見介〕〔生〕少公久會了〔末〕少卿無恙〔生〕偷生殘喘愧見故人

〔喜還京〕他鄉重覩論風義平生負負幸空

仩五 六 仩六 五五 五 六 五六 仩六 五六尺 五五 合四 尺 上

山伐木聲求路間關喜得你丰姿如舊請

上 四合 上尺 尺上 四上 尺 上尺 上 工 六 工 六工 六工 上 合四 上

看我餘生僝僽

尺 上 四 上 四上 合四

音韻節奏無一不古妙

〔末〕欲言又止目覷刀環〔介〕少卿、人生如夢、當富貴隨時、又何必出此頹喪之言、〔淨〕是阿、李將軍總總執意、其奈他何、〔末唱〕

步步〔嬌〕須知道受恩深處難回首弧矢天涯走何必思鄉終日愁〔生背介〕言語模稜入耳難禁受呀何事少綢繆眼睜睜只看刀環紐

沉鬱頓挫一讀一叫絕

〔生〕呀、俺、悟矣、環者、還也、少公必有所言、且再消停〔雜上〕克汗名衛大王議事、即速赴朝、〔淨〕作忙別下〔末〕左右廻避〔衆下〔末〕少卿、前寄蘇子卿覆書、此說何來、得無悞否、〔生〕舉國言之、鑿鑿、豈有謊謬、〔末笑介〕可笑你、

〔皂羅袍〕往日聰明今否、儘任他瞞天鶻突說鬼曹邱祇要你百鍊剛爲繞指柔休信他三秋雲變如蒼狗〔出書介〕你試展子卿

書信呵、他行行錦字你烱烱雙眸君爲遒
客我作書郵請把那萬結疑團一猜透
〔生一面讀一面拭淚讀竟喜介〕少公此
書果然〔末〕果然、〔生〕不錯、〔末〕不錯、〔生〕如此
我李陵免爲千古罪人矣、
〔青歌兒〕數年來痛心疾首寄窮荒命似浮
漚一封書似埽愁帚雙眉展皺今日纔開

笑口、

〔末〕同朝故友、各各致意、少卿早乘機便、速卽歸朝、〔生〕少公、你可知單于聽了衛律慫恿、不日卽要發兵、滋擾中原、他有衛律奸謀、李緒教演、每常出寇、兵勢洶橫、說起可恨也呵、

〔南呂宮〕〔一江風〕繞陰山到處遭殘蹂耕民荒隴畝布韋鞲只見戈戟森森驢馬騰騰所

急管繁弦
力透紙背

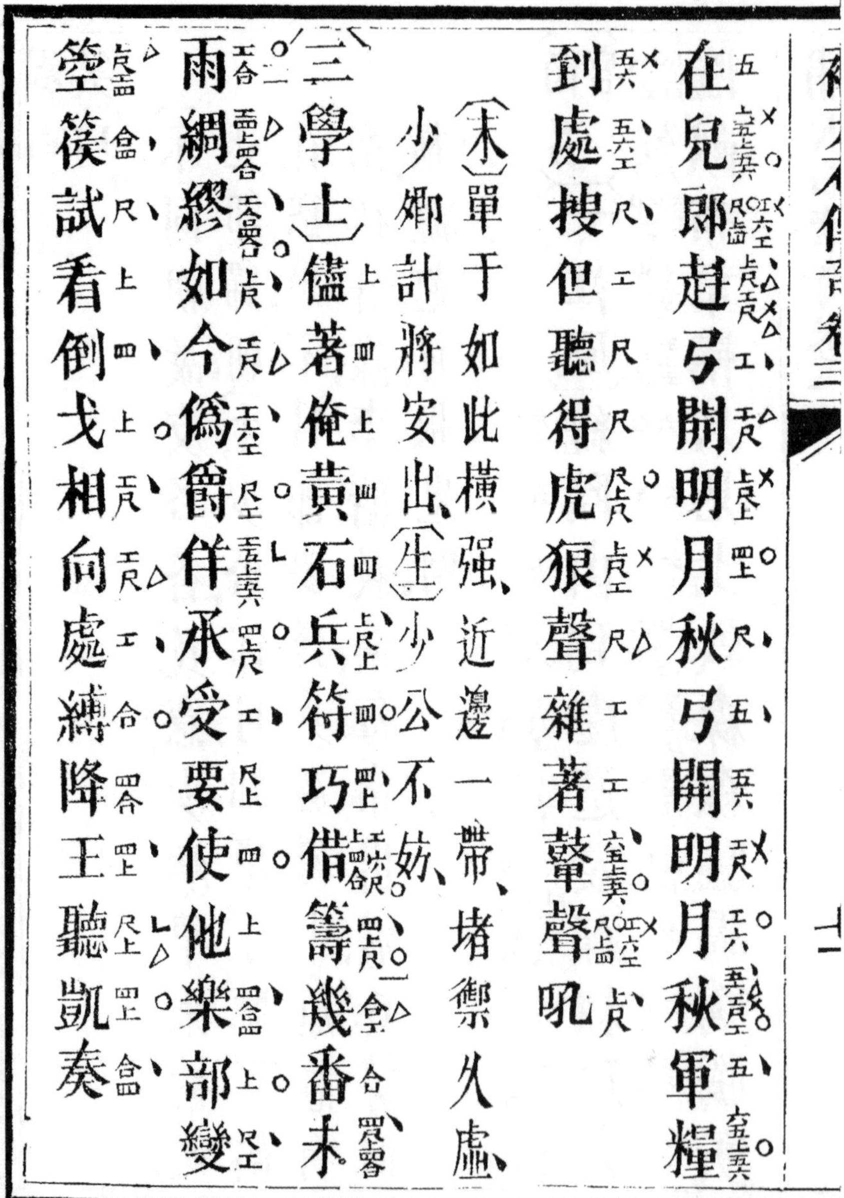

在兒郎趕弓開明月秋弓開明月秋軍糧

到處搜但聽得虎狼聲雜著鼙聲吼

〔末〕單于如此橫强、近邊一帶、堵禦久虛、

少卿計將安出、〔生〕少公不妨、

〔三學士〕儘著俺黃石兵符巧借籌幾番來

雨綢繆如今僞爵佯承受要使他樂部變

箜篌試看倒戈相向處縛降王聽凱奏

〔末〕極妙、俺此番使命、無關緊要、郎日回朝、預備接應便了、〔生〕出我之口、入君之耳、各宜慎密、〔末〕這箇自然、請、請、〔分下〕

關凱

對照妙

第三齣　闖凱

（淨扮衛律丑扮李緒雜扮管敢四卒引上）（淨唱）

【仙呂宮】【掉角兒序】佐番王騷擾中原幾年間邊庭擾遍直做到海沸波翻不覺的雲吞月偃邊關上霧漫漫沙漠中風閃閃戈甲橫連旌旗高展喊殺驚天唬死他公雞落

奸讒心肝如揭

四上　尺、尺上　四上　四、

水儒將孱官

自家衛律、因想邀功、力勸克汗擾動漢疆、蒙克汗特挂大元帥印、統領兒郎、前部先鋒李緒管敢、從陰山一帶、直打雁門關、沿途抄掠、可笑那李陵、起初拿班做勢、不肯受爵、日前克汗封他爲右校王、又十分高興現在督理軍糧、俺想那雁門張掖酒泉等郡、是他祖孫舊治之邦、且用他辛苦、成我功勞、將來再尋計害他便了、巴都們、速速趲行者、〔搖旗吶喊下〕〔生獨上〕俺李陵、自少公行後、單于

現成語拈著便來文有化境

果然蠢動，封俺王爵，俺並不再辭，現在督理糧草，他命衛律爲帥，李緒管敢爲先鋒，今日已抵雁門關，聞帶兵來的，就是公孫敖那奸賊，且再看光景便了。（唱）

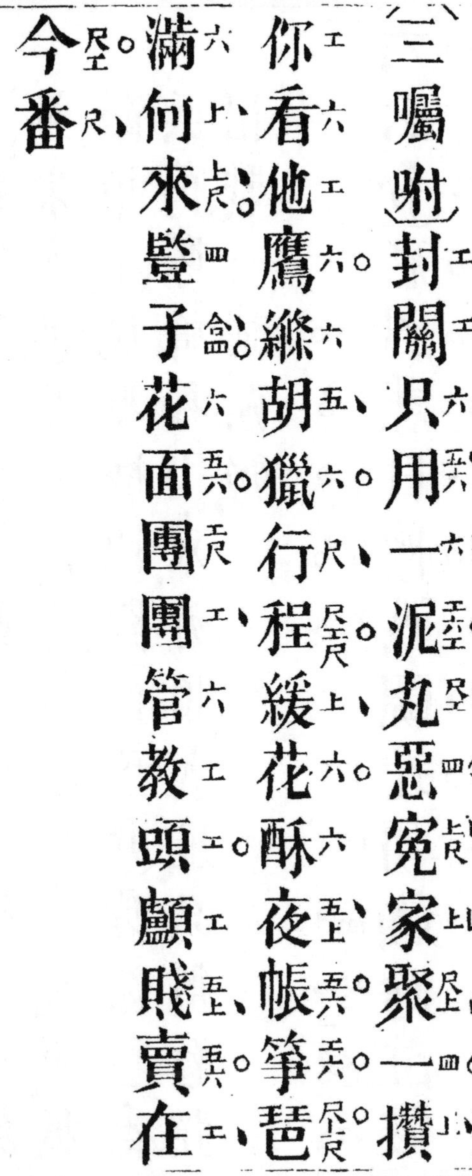

〔三〕囑咐封關只用一泥丸，惡冤家聚一攢，你看他鷹縱胡獵行程緩，花酥夜帳箏琶滿，何來豎子花面團團，管教頭顱賤賣在今番。

〔下〕副淨扮公孫敖四卒引上俺公孫敖、義渠人也、歷拜因扞將軍、奉命統軍、抵敵單于、現抵雁門關、〔作望介〕呀、你看番兵萬隊蜂擁下來、好怕人也、只得勉强出戰、一試强弱、

〔六么令〕忍風悲日慘戰鬬連朝嬾跨征鞍無端奉命守邊關强支吾登將壇怎得箇縮地的壺公把地推遠縮地的壺公把地

推遠

〔淨衆上作迎戰介〕〔副淨戰敗介〕不好了、番兵沖殺進來了、快快關城、〔淨作擒住副副淨介〕就此圍城者、〔衆應介〕〔淨〕俺想公孫敖、素有勇名、不料衰老如此沒用、〔唱〕

〔油核桃〕聞金鼓棄甲丟冠舉鎗刀人仰馬翻乘勝雲梯忙逼攙眞僥倖也百雉城我已不在眼

〔吶喊下〕〔末扮任立政小生扮李禹四雜隨上合唱〕

〔黃鍾宮引〕〔玉女步瑞雲〕恩命同宣持節臨戎辭

工 尺 上尺 工 尺 尺 四 上 四

上苑只顧得塞外征鴻歸路轉

工上 尺工 尺 工六 工 工 工 尺 上 上 尺上四 合

〔末〕俺任立政、〔小生〕俺李禹、〔末〕俺自單于使回歸奏、舉朝欣喜、適報匈奴又擾邊疆、先命公孫敖出師迎敵、恐其不能抵禦、特命俺持節協同李將軍馳赴雁門、便宜行事、李將軍你家三世爲國宣勞、俺已盡知、但你祖將軍爲何自刎、先將

掩抑悲凉如聽一聲河滿子

軍因何從獄受傷、〔小生〕任將軍、若說那衛霍二賊倚持外戚、將俺李氏好不殘酷也、

〔啄木兒〕我家世受奇寃一件件傷心還扼腕我父呵從圍獄箭血成瘫我祖呵責上薄數奇心懣我哥哥被人讒說投番叛一家兒零落誰人管險做覆巢之下卵無完

〔末〕將軍且請寬懷、若得少卿歸國、便可雪寃矣、行來已到厓門、呀、你看城中擾擾、是何緣故、〔雜上報介〕稟將軍、公孫將軍、已失機被獲、番兵現在圍城、十分緊急、〔末〕咳、倘我等遲來、此關休矣、〔作上城介〕〔合唱〕

〔雙聲子〕烟塵亂、烟塵亂、看殺氣冲霄漢、棋枰換、棋枰換、要布局從頭算、機謀罕、臨時斷、把一座危城、堅如鐵灌、

曲白簡淨
明晰停頓
傳神全是
史手筆

〔末〕李將軍、你看城下倚樹遠立的、可是令兄少卿麽、〔小生望介〕正是、不免射一號箭、看是何如、〔射介〕的、看箭、〔生上接作仰望介〕呀、你看城上站的、是任少公與我兄弟李禹、好了、外應有人、我計可施矣、不免回營修書通信、約令今夜同破番兵便了、〔虛下卽上〕〔生〕城上之人看箭、〔射介小生接介〕〔末〕妙呀、上下兩箭、得心應手、果然家傳妙技也、

ㄴ○、○ㄴ○、○、○ㄴ○、
工尺 工 六 五 工尺上 合 四 四 上 四 尺上 合四合 工
〔耍鮑老〕纔看一箭下城垣好雕翎信手還

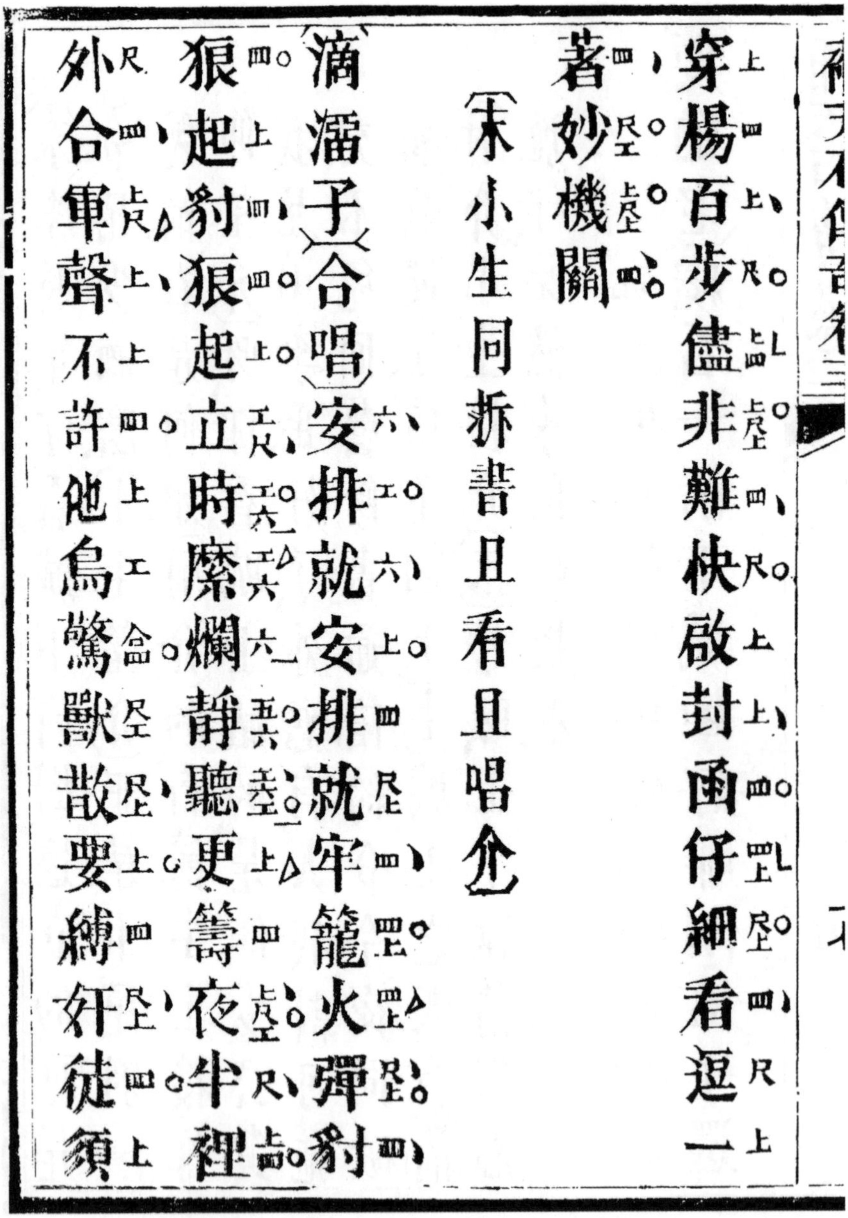

穿楊百步儘非難快啟封函仔細看逗一著妙機關

〔末小生同拆書且看且唱介〕

〔滴溜子〕〔合唱〕安排就安排就牢籠火彈豺狼起豺狼起立時糜爛靜聽更籌夜半裡外合軍聲不許他鳥驚獸散要縛奸徒須

約定炮火連環

〔末〕原來已定妙策、就此依計而行便了、〔同下〕〔生〕號箭已傳、不免移樽赴衛律營中、哄他飲個大醉便可一一就縛矣〔下〕

〔丑〕扮李緒雜扮管敵同上

〔雙角〕〔夜行船〕生來性格本兇頑稱心懷叛漢投番此日回師招邀同伴將貨財子女儘數裝還

〔丑〕俺李緒、本塞外都尉、居奚侯城、歸降
克汗、〔雜〕俺管敢、本李陵將軍軍候、兵敗
投降、將我軍虛實告知、因此李將軍被
陷〔合〕今克汗大興師徒、封俺二人爲先
鋒、好不有興也、元帥升帳、在此伺候、〔淨
上〕

工 六 工 亢 工 亢上 尺上 尺一 工 亢 工 尺上 工
〔步步嬌〕非是俺將軍酒量寬擋不得我兒

工 六 工五 亢上一 五 五五 亢上一 尺 上 尺 工 工 上上 凸 上一 空
郎好喜歡花枝顫擄著了佳人儘力頑狠

五 五 尺 工 亢上上 六 工上一
燒刀嗑他十大碗

〔坐介〕〔丑進見介〕〔雜上〕啟將軍、李將軍進帳、〔淨〕有請、〔生上見介旁坐介〕〔淨〕李將軍糧草已到齊了麽、〔生〕俱已到齊、聞元帥已獲公孫敖、不日攻破鴈門關、從此所向無敵矣、小將帶得女樂牛酒、爲元帥慶賀、〔淨〕多承了、〔生〕啟過元帥、李管二先鋒、未便向隅、請來參坐、〔淨〕遵命就是、〔丑雜謝坐介〕〔吹打定席介〕〔老旦旦小旦貼扮四番女介舞唱介〕

六 上四 五 五六 工 工 六 工 工 合四 上 上 四合

〔落梅風〕擊鉦鼓壯師干、鬧紛紛攜樽戟轅

△逼宵歌舞夜將闌那管他城垣崩千軍喪
五 五 五六 工 五 五六上 上 尺 工 尺 四 四上 尺 工 工 尺
胆 上四

〔丙〕打三更〔介〕〔淨〕衆作醉〔介〕〔生〕同四番女暗下〔丙〕作炮響場上烟火〔生〕戎裝卒二卒從左上末小生卒四卒從右上〔生〕任將軍奸徒盡醉、可就此破營也〔衆〕殺上四番卒迎上作戰敗〔介〕〔生〕衆擒淨丑雜介〔生〕叛臣已得、可將公孫敖四車、一并押送入關者、〔卒〕應押衆犯繞場從右下〔生〕衆繞場從左下〔丙〕作金鼓戰鬥聲介

直奪文長之席令我愛極妒生

〔生衆上〕番兵俱已勦盡，就此殺往番邦者。〔衆且行且唱介〕

雁兒落帶得勝令〔合唱〕掃窩巢那容虎豹顛倒高枝不許烏鴉絆縱饒你鄧支天遠夜郎專只落得堠亭無火風雲斷呀須知道漢家威令遍塵寰肯容你烏孫叛果然你悔罪誠心獻自有那雲霄雨露須求安

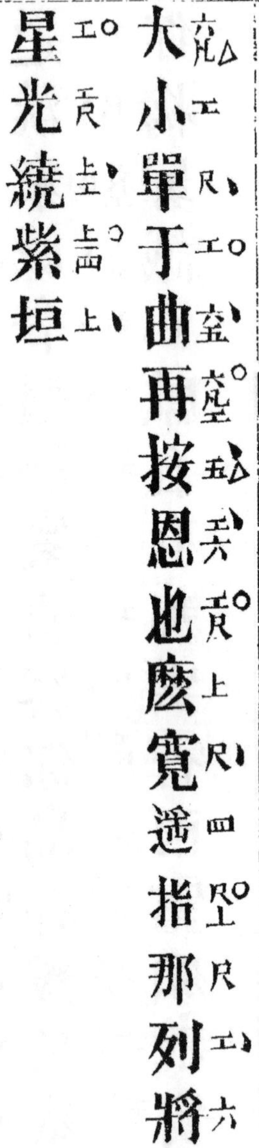

大小單于曲再按恩也麽寬遥指那列將星光繞紫垣

〔末〕大小三軍、整齊隊伍、直抵單于城下、如果悔罪歸誠、獻表朝貢、再行班師者、

〔鳴金吶喊下〕

封

補天石傳奇卷三

纏綿真摯映帶處都如天造地設

第四齣　墓封

〔外白鬚扮蘇武上〕下官蘇武、昨聞李少卿勦滅番邦、罪人斯得、匈奴喪胆、匍匐來朝、請削王號、永服版圖、主上大喜、特命下官馳驛迎勞、今來至河梁之上、想當年臨岐握手、訴別依依、風景不殊、可不慨嘆人也、

〔仙呂宮〕〔園林好〕曾記得河梁相送歎等閒歲月匆匆又只見雲飛鳥聳早楓葉落帶霜

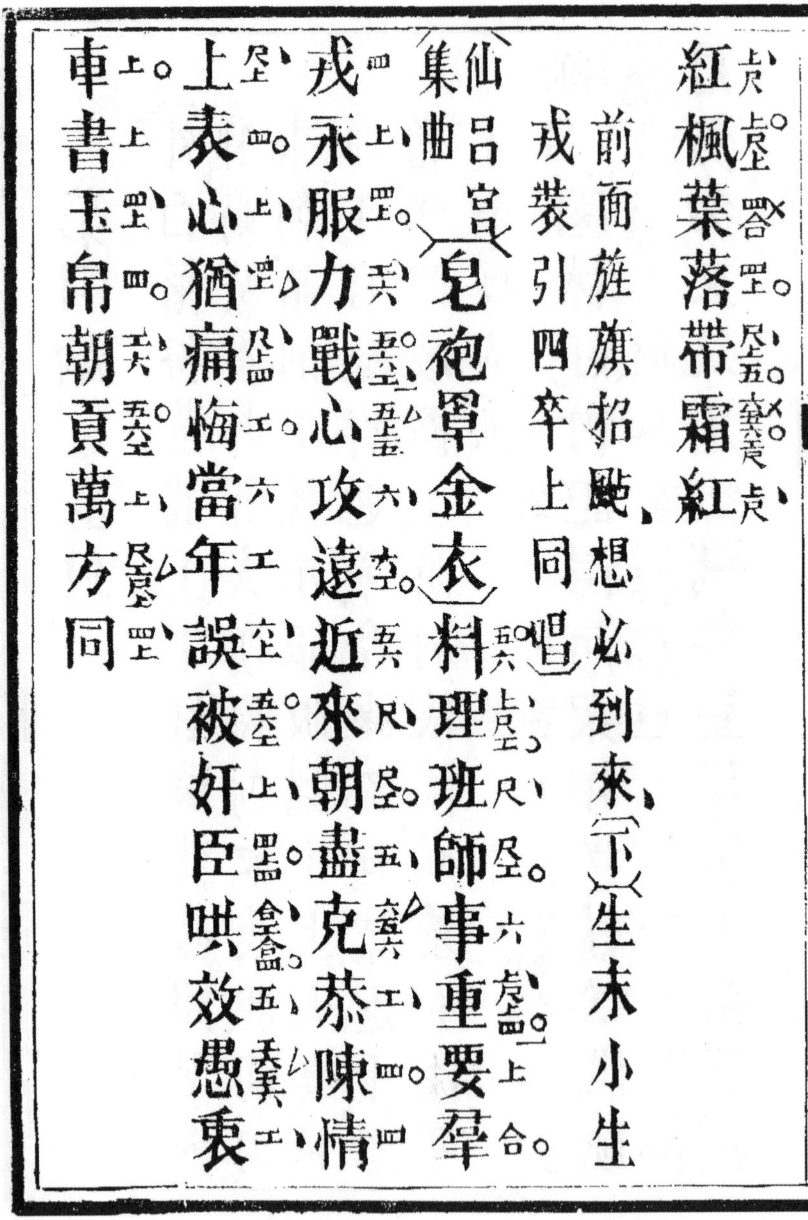

紅楓葉落帶霜紅

前面旌旗招颭、想必到來、（下）生末小生戎裝引四卒上同唱

（仙呂宮集曲）【皂袍罩金衣】料理班師事重要羣戎承服力戰心攻遠近來朝盡克恭陳情上表心猶痛悔當年誤被奸臣哄效愚衷車書玉帛朝貢萬方同

〔外〕上各見介〔外〕少卿盡消積憤、獨奏奇功、丈夫有爲、當如是矣、〔生〕此皆兄長成全所致、中心永矢弗諼、〔外〕少卿、可記得河梁分手之時麽、〔生〕正是、

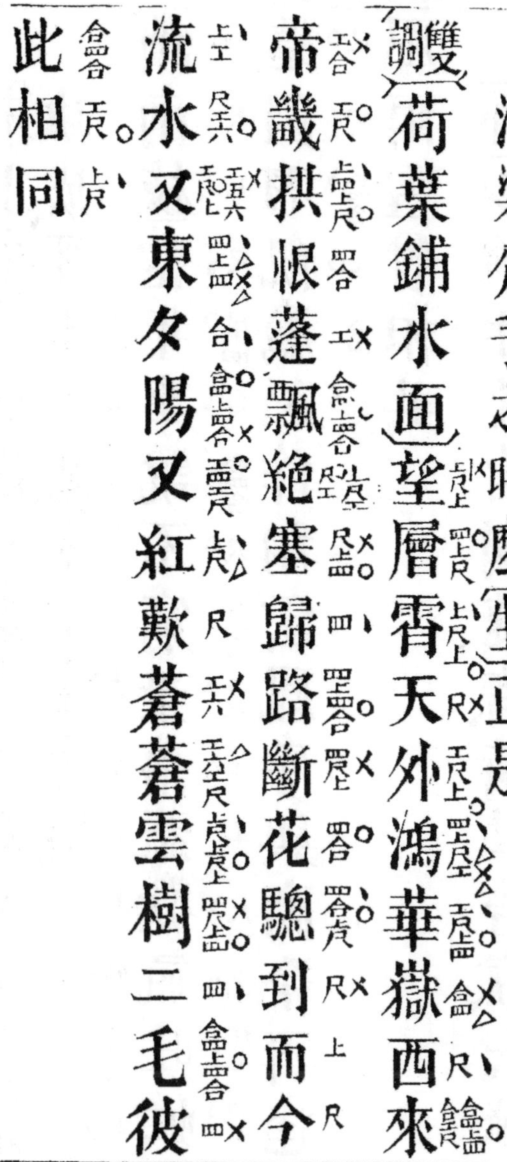

〔雙調〕〔荷葉鋪水面〕望層霄天外鴻華嶽西來帝畿拱恨蓬飄絕塞歸路斷花驄到而今流水又東夕陽又紅歎蒼蒼雲樹二毛彼此相同

〔末小生〕二位往日雖感別離、于今名遂功成、可不喜也。〔末小生合唱〕

【鎖南枝】當年事、說不窮、榮落悲歡氣吐虹、這鍛羽飢鷹、忽作翔雲鳳、參與商、今再逢、風雨雪、曾相共、

〔外〕少卿、主上自聞捷音、特牲告廟、大酺三日、已爲榮建新第、先命眷屬移居、候少卿班師、賜假兩旬、以息鞍馬之勞、再行朝見、卽日策勳授爵、〔生〕聖恩高厚、何

以承載、少公與吾弟可將三軍暫駐外城、無任滋擾、（末小生）是、（外末小生）吾等當親送至新第、（老生）不敢、（作同到介）（外衆辭下）（雜扮二蒼頭上）（生）左右迴避、（衆卒應下）（生進介）（老旦扮老夫人旦扮夫人貼扮公子二雜扮侍婢同上）（生哭拜老旦介）（生旦對見介）（貼拜生介）（老旦唱）

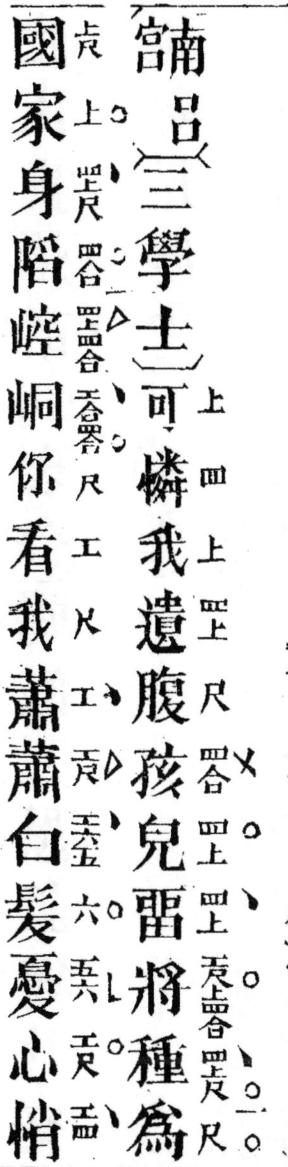

【南呂宮】【三學士】可憐我遺腹孩兒留將種為國家身陷崆峒你看我蕭蕭白髮憂心悄

如抽繭絲
如剝蕉心
字字本色
恰當逼眞
元人風味

此夜挑燈訴別衷〔合〕賜假天恩誰與共又
還疑是夢中〔旦貼唱〕
〔前腔〕遠信來時心骨悚向高堂强作從容
征衣更倩何人寄恨不得飛到邊關問吉
凶〔合〕賜假天恩誰與共又還疑是夢中〔生
毋親呵、〔唱〕

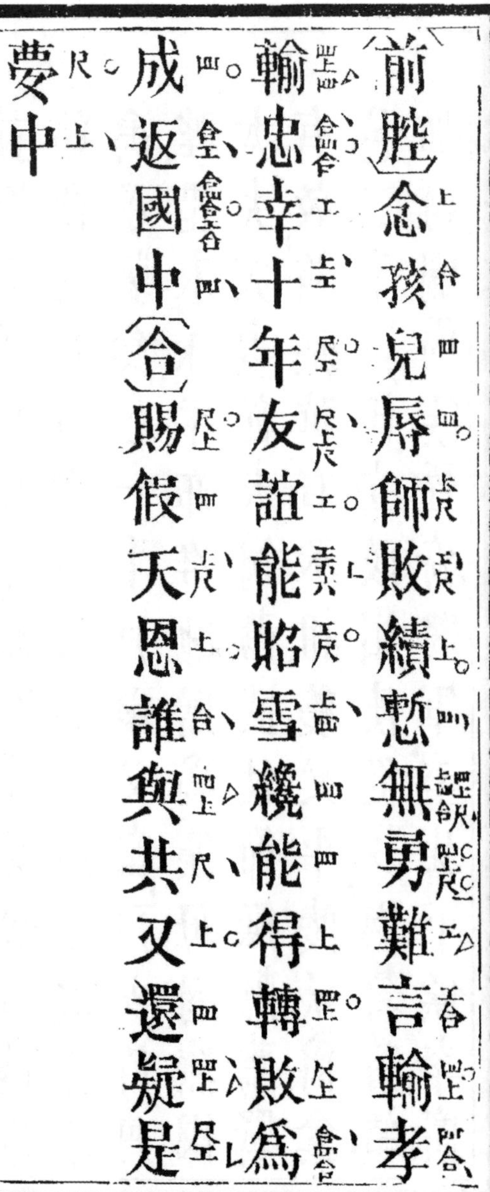

〔前腔〕念孩兒辱師敗績慚愧無勇難言輸孝輸忠辛十年友誼能昭雪纔能得轉敗爲成返國中〔合〕賜假天恩誰與共又還疑是夢中

〔老旦〕吾兒途路風霜月暫安息〔同旦貼俱下〕〔內報〕聖旨下〔淨扮內官小旦貼引上〕聖旨到跪聽宣讀〔生跪介〕〔淨〕詔曰咨爾李陵一門著績四海咸聞前次淪陷

番邦、係孤軍之援、非戰之罪、乃能丹枕克矢、轉敗爲功、使戎夷永歸熙化、生民免致流離、是用勳勤旂常、功書竹帛、今封爾爲隴西侯、食邑三千戶、子孫世襲、並掌大將軍印、爾祖李廣、身經百戰、未絡侯封、特追贈爲北平侯、即命次孫李禹承襲、食邑一千戶、爾父當戶、少侍丹陛、惜未永年、亦准貤贈爲侯、母封燕國太夫人、妻從夫爵、蘇武仗節無慙、薦賢有效、茲進位右丞相、襲父平陵侯爵、食邑三千戶、任立政出使從戎、兩著勞績、加封關內侯晉驃騎將軍、至北平侯李廣、及都尉李敢、均卒於非命、良用悼傷、朕訪諸在廷中外咸爲扼屈、追理沉冤、誠難寛宥、所有衛青霍去病、生前官爵、一并革除、現獲之衛律李緒管敢公孫敖等、從逆失機各犯著隴西侯分别誅戮以正刑章、俟隴西侯假滿朝謁後、即贈御祭三壇、並著馳驛還鄉、祭告祖墓、以慰忠魂以光祖德、欽哉謝恩〔生〕萬歲、〔起白〕念微臣呵、〔唱〕

〔黄鐘宮〕〔撲蝴蝶〕有罪更無功感恩高五雲捧

非非入想步步生新妙在一一齊收拾如天花亂墜處處生春

祭鄗墓褒揚特重戴堯天誠惶誠恐

〔淨〕君侯可喜你〔唱〕

〔啄木兒〕麟圖畫茅土封不枉你抱節懷忠在沙漠中論兵法國士無雙誇箭鏃猿臂家風曾記得北平射石稱神勇說甚麼數奇不偶難爲用今日個會合風雲一旦遇

〔淨〕請了、〔生〕請了、〔淨率衆下〕〔生〕分付伺候赴蘇丞相府中賀喜去來、

〔喜看燈〕河梁句千古多情種肯教他望眼空少卿也射著上林鴻不許他碌碌封侯人下中大翻身喜煞了例變春秋的太史公〔同下〕

〔集唐〕

丈夫不合等閒休　楊牢

玉帳連封萬戶侯　武元衡

一曲單于暮烽起　韋莊

節旄落盡海西頭　王維

（其二）

闕門喜氣曉氤氳　薛佾紅

雅切自然

破敵平蕃昔未聞 岑 參

天子臨軒賜侯印 王 維

論功惟有李將軍 耿 湋

補天石傳奇卷四

第四種

春風圖畫返明妃

琵琶語
訴廟
駐雲
啣圖
吼獅
歸璧
圓樂

訴廟

同人參評

補天石傳奇卷四

鍊情子　塡詞

吹鐵簫人　正譜

琵琶語　訴廟　駐雲　嘯圖

吼獅　歸璧　圓樂

第一齣　訴廟

〔雜扮四卒小旦丑扮兩宮娥引旦宮裝乘車雜扮車婆推車同上〕四卒繞場先

纏綿旖旎如不勝情

[下]

[黄鐘宮][畫眉序]月冷上陽塵樹外寒鴉不見春蔫地裡掖庭奉詔絕塞和親趲前路車轍轔轔望故鄉白雲隱隱命輕何惜紅顔洔恐笑著漢朝匡濟無人

[集唐][旦]自閉長門經幾秋。裴交泰安危須共主君憂。李商隱合情欲說宮中事。朱慶餘匹

何等身分

馬今朝不少留。張 謂妾乃漢後宮女王嬙、字昭君、蜀郡秭歸人也、幼入宮闈、甫侍掖庭、彼時畫工毛延壽奉命圖寫嬪侍、以備名見、勒索重賄、我想進身之始、羞等自媒、不肯賄賤役以欺主上、果被他顛倒是非、竟遭廢棄、

南呂宮【東甌令】

肯炫璞自守眞不費長門買

四上、尺上四。合四、。五六、上尺。工合、。工六、五六。上工、尺工。上尺、·

賦珍璧得箇九重知己垂青問又怎肯混

五尺。上、工尺上合、。尺上尺、上。四尺、上尺。工、尺四上尺。

妍媸圖倖進那知道東鄰眉黛勝西顰費

上尺上四上四、上四合上、。四上尺工、尺上。工六、五乙尺上四上四。合四、尺。

沈痛語抑何嫵媚

煞了匠心人。

昨主上因與匈奴和親、指名應召、出宮之日、蒙查悉原委、欲究毛延壽之罪、不料已聞風遠遁、主上不肯爽約外邦、仍送我遠赴單于、

【劉潑帽】臨行落下眞眞影。荷君王留連不忍。纔覺得當年傳假不傳眞。含泪出宮闈。別離在一瞬、

景因情見
情在景中

一路行來、已是雁門關了、你看塵沙撲
面笳鼓驚心好不悽慘人也
駿甲馬黃沙白草碾車輪更兼匝地秋風
繫韁馬氣蕭蕭昂首當風嘶要停一刻無
人肯
〔小旦丑〕啟貴人、今有護送使、陳甘二將
軍、現停關內、前來迎接、請貴人暫停行
駕〔旦〕就此進關、〔內作吹打推車下〕〔生扮
陳湯外扮甘延壽四卒引上〔雜〕〔生〕北海

罵煞匡衡
等輩

陰風動地來。常建（外）黑山峯外陣雲開。容弢子（生）胸中別有安邊計。曹唐（外）手斬胡頭衣錦回。李白（生）俺西域校尉陳湯是也（外）俺西域都護甘延壽是也（合）俺二人奉命防邊歷有年所、昨因郅支單于、日肆强盛、憑陵諸國、屢寇中華、俺等因矯詔迅發屯田吏士、並烏孫兵衆襲破單城、手斬郅支首級羣酋慴服現已傳首京師、頒示天下、俺等本非僥倖圖功、悉聽那些拘牽文義的從中挑剔罷了、今班師回抵雁門、又奉命護送王貴人出塞咳此時羣蠻恐懼、正好揚威、何

滿腹牢騷
八字道盡

故忽要和番、好不令人頹喪也呵、〔同唱〕

【中呂宮】〔山花子〕虎頭食肉雄心奮威揚萬里

六 五上 上五 六 工 六 五六 六 工六 五 六五

功勳取骷髏寶劍雙掄倒瀚海斫斷鵬鯤

工 四 上 四 六 工 工 尺 六 工 尺上 六 五六上 尺五上 尺

衆匈奴落魄驚魂颺紅旗飛報楓宸忽然

上 五 五六 上 四上尺 尺六 上尺 五 工 六尺 尺 六尺 尺 工 上尺 六 工

奉命把護兵遴咳國體攸關說甚和親

五 六 工 五 六工 五六 四 上 四 上 六 五六 六工 尺

〔生外〕方纔貴人傳諭、欲赴金母行宮拈

香、衆軍士就此伺候者、〔衆應介〕二宮娥

灰綫草蛇
隱隱弔動

引旦乘車上〔旦〕〔集唐〕邊柝西懸雪嶺松。李商隱栖鸞樹杪出行宮。蘇頲此身已是籠中鶴。顧況願托仙槎路未通。蔡希周〔衆〕啟貴人、此間已是行宮、就請下車拈香、衆軍士回避者、〔生外同衆下〕旦進拜〔介〕呀、你看聖像莊嚴、女侍森立、聖母呵、我昭君一出此關、身陷番邦、欲歸無日、不但及不來董雙成許飛瓊諸位女仙遊行自在、隨侍蓬山、就是駕前青鳥使、載飛載止、海濶天空、也難希冀、我昭君命同一羽、路隔三山、不免將中心悲怨、就此聖母駕前琵琶哭訴一番、有何不可、待

撫景傷懷曲折寫照無限紆鬱

絕妙好辭動人心魄

兒取琵琶過來、（作旁坐彈琵琶介）想我昭君在家之時、父母俱亡、好不傷心也

（唱）

【仙呂宮引】搗練子 嗟薄命似浮雲蜀道崎嶇舊有村巫峽巫山歸夢杳秋風秋雨易黃昏

想起選入深宮、好不孤寂人呵、

【集曲】甘州歌 宮閒長信祇扇團靜夜帝奉平

明秋痕萬點目斷寒鴉歸影望仙樓外梧
飄井太液池邊困涸鱗問牛女指月輪芙
蓉仙掌玉璘璸甘冷落任邅迍怕則怕當
前鸂鶒語斷斷

及至奉詔和番、更令人驚慘意外也呵、

〔前腔〕盈庭虛論竟將軍不武幃幄無文儘

數曲隱括唐人多少宮怨詞悽婉哀切一往情深如聽三峽猿啼

淒絶

漢家制度中國堂堂非窩因甚的干戈自偃忘磨盾禮幣輸將去媢人顏金母叩列眞可憐我孱孱一女遠沉淪彈不盡氣難伸怎當他絃中指上咽遼迢

〔生衆上〕啟貴人、天色將晚、且請囘車者、

〔旦〕起行唱介

黃鐘宮〔三句兒煞〕邊山入夜西風緊落葉飄

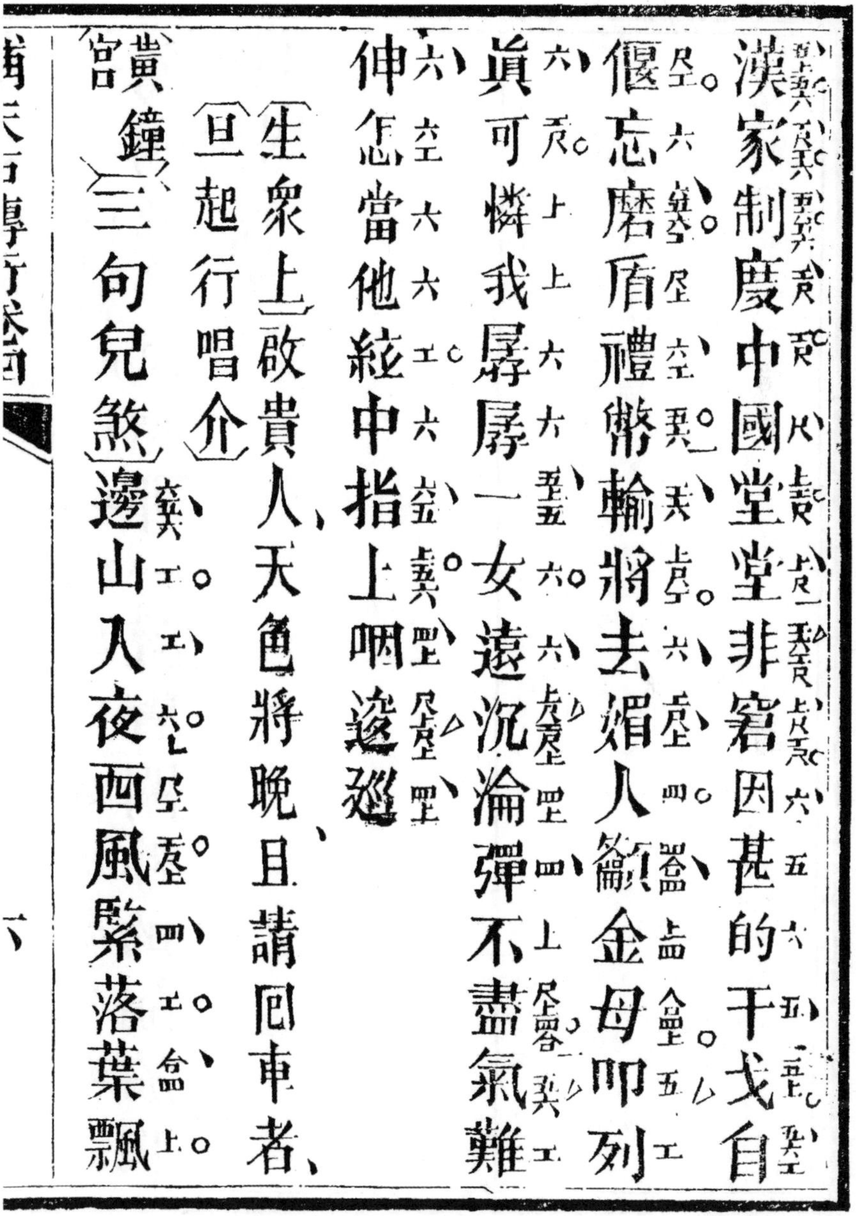

餘音嫋嫋宛同江上峯青

驚鴻成陣試聽那一聲聲關外的胡笳吹

別恨〔同下〕

駐

補天石傳奇卷四

闌闌指點
意味深長

第二齣　駐雲

〔雜扮四仙女引老旦扮王母駕雲上〕

〔商調引〕〔十二時〕瓊闕花如海計桃熟綏山幾

工 工 六 五六 四五 工 上 上 尺 尺 尺上四

載丹葵須緣朱顏難待渺茫茫何處蓬萊

合 六 五六 工 尺工 上 四 四上四 尺上四 上 四 四 下 五六 上工 尺

問秦槎而今安在

尺 上 尺 上 上 尺上四 尺上四

〔老旦〕〔集唐〕塵夢何如鶴夢長。曹唐 身前身後事茫茫。天竺牧童 桑田碧海須臾改。盧照鄰誰識蓬萊不死鄉。〔趙敔〕吾乃九靈太妙元君是也、青琳紺宇、居度索之名山、玉版金繩、掌琅環之秘籍、今日嫦娥招赴廣寒、清風之會、侍女們就此排駕者〔作行忽住〕〔介〕呀、何來怨氣、阻我雲頭、董雙成速往查來〔小旦〕啟娘娘、下界庭門關、漢番交界之所、當年漢武、誠奉娘娘、所在俱建有行宮、請娘娘雲駕、暫駐關內行殿、容候細查覆命、〔老旦〕如此往行宮去來、〔作到〕〔介〕〔小旦下〕〔老旦唱〕

〔水紅花〕雲四帡上忽尺上阻四。自五六徘尺。徊尺上。撥六五六難尺工。開工乙沖六霄六△愁五六

態盈虛消息費驚猜駐旌幢暫停驂騑〔小旦〕上唱〕不道漢皇恁般凋敗文武各虺頹社稷仗嬌娃奇哉

〔小旦〕啟娘娘、今有漢帝劉奭、遣掖庭之女王嬙前往單于和親至此、王嬙心懷怨憤、即在娘娘行殿、以琵琶和曲、哭訴衷情、哀怨之氣上達霄漢、致干娘娘聖駕〔老旦〕呀、和親之說何來、其事若何、〔小旦〕侍女查知漢家累葉不振、匈奴日強、遂以宮嬪遣嫁，名雖羈弭，實則輸求，（老旦）那劉奭係劉徹何人？（小旦）係劉徹之元孫。（老旦）咳，吾想當年劉徹好道求仙，曾降彼宮上元命駕，曼倩窺窻，曾幾何時，滄海桑田，又歷人間幾許甲子矣。那劉徹雖然窮兵黷武，尚能主張中國，不料他後人衰弱至此，漢家可謂無人矣。

【琥珀猫兒墜】想當日長城一帶鎖鑰歎雄哉，百萬兵臨絕塞，來葡萄貢後，又龍媒衰

領保守江山靠他眉黛

但王嬙以楚楚女鬟、遠淪異域、殊可憐憫吾當爲之援手、侍女們速傳東方朔來見（雜應下）（末扮東方朔上）（醮）聞道長安似奕棋。杜甫上清淪謫得歸遲。李商隱風雲暗發談諧外。曹唐問我來時也不知。姚合俺東方朔、自南極宮下棋回來你看那下界紛紛擾擾、想俺當日、

（賺）小四善詼諧能白賴游戲人間悟三昧

自從漢武迷仙界，不混紅塵，喚朔來休說我東方再狡獪。

（雜上）狡獪狡獪，有人尋你買賣，（末）呀，原來仙姬至此。（雜）奉金母娘娘鈞旨，命你赴行宮朝見。（末）領旨。（進見介）（老旦）東方曼倩，可知你舊主人近來家事麼。（末）臣朔不知。（老旦）

【仙呂宮】桃紅菊 難提起漢室中衰，說不盡朝

趣極

綢緞壞納不了匈奴幣彩納不了匈奴幣彩更和親遣到裙釵

〔末〕咳娘娘想我東方朔前在漢廷、那時武帝雄才大畧、諸臣濟濟盈庭、好一箇全盛天下也、雖後來中華疲敝、未損國威、不料如今朝上、像我這說大話的東方朔、都沒有了、可不惱恨人也〔老旦〕閒話休提、但那女子王嬙

〔江兒水〕萬里眞無奈飄零劇可哀又不曾

字字蒼涼
沉鬱

賜錦袍親受平陽愛又不曾度金輿承奉昭陽拜三千粉黛如雲在偏把瓊枝活害我這裡且是安排提出兜羅天外

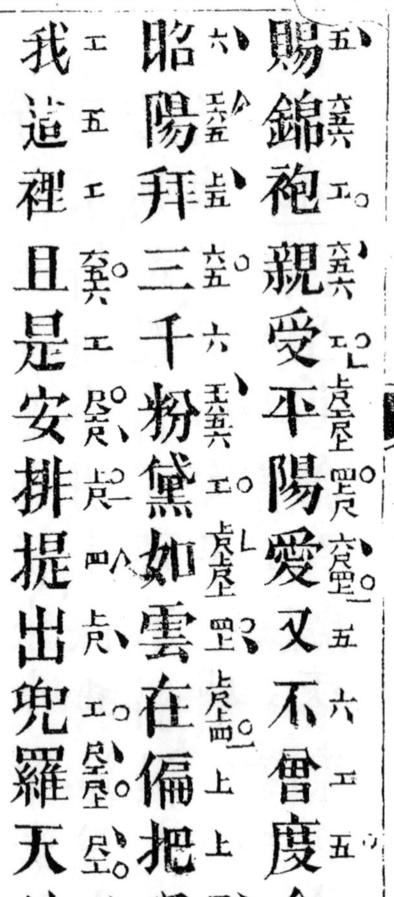

你可設法救回、既全漢家國體、又保此女全節、豈非一舉兩得、（末作沉吟介）是、臣有計了、聞單于之妻極其妒悍、既王嬙圖幅在彼、怎樣與番后得知、于中必啟爭端矣、況當年漢高帝被困白登城、也是用陳平奇計解圍的、

對照妙妙

〔小石調〕〔破子〕白登有個家風在葫蘆樣不須改宮中一紙畫圖開風蹴起浪如雷

〔老旦〕此計甚妙、何不拿你偷桃本事、一試舊技、〔末〕娘娘又翻著臣的舊案了、但如今做了神仙、再好做那偷墻摸壁之事麼、臣今想來、娘娘駕前青鳥使者、玲瓏變化、慣會啣圖、何不差他去走一遭、

〔錦漁燈〕慢笑我當日個偷桃手乖請娘娘

也莫要重作詠諧閒著他喞圖青鳥舞毸

毸他飛入須彌界乘風翼倏來回

〔老旦〕如此、此郎著青鳥使隨你去、相機行

事便了、〔同下〕

第三齣　啣圖

（貼上唱）

〔仙呂宮〕〔夜行船〕棲息仙山離網罟也不須覔食將鶵雲路先驅瓊筵緩舞這纔是丹霄毛羽

口啣五嶽過三山。啄露餐霞侍衆班。却笑鵾鵬誇健翮。高飛只好在人間。小仙

乃金母駕下青鳥使者是也、奉娘娘鈞
旨、令我會同東方仙翁用計救取王嬙、
你看前面東方仙翁來也〔末上〕
尺 工 尺 上 上工 上尺 上 上 尺上 尺 合四
〔正宮引〕〔破陣子〕畢竟饑餐臣朔何曾飽煞侏
合四 尺 工 工六 工 上 尺 工尺 工 尺 尺 上 尺 上尺四合四 上
儒天上歲星渾不識殿中執戟且忘吾牛
上尺 工 上尺四 上四
馬任人呼
〔貼〕仙翁請了、〔末〕仙使請了、你搖搖擺擺
裝這空腔調、好像如今世上假名上一

嘗見其人矣吾聞其語矣

般、難欺識者。勸你不如現了原形、速往番宮走、一遭去罷【貼】仙翁不知咖出圖來甚易送進圖去却難、我意思與你同到番宮左近、你在外邊畧候我飛到番王宮內咖出圖來、再變一個宮女進番后宮中說聞得漢帝和親、送來美人將到、美貌與圖中人一樣、爲此偷來呈獻的、那番后必然相信便可挑起爭端了、

【黃鐘宮】【讀】歸朝歡　潛身去潛身去畫圖咖住疾

忙的出了宮戶變形貌變形貌亭亭番女
安排就入骨言辭巧詐少不得娘呼軍能
降猛虎番王廚下翻酸醋管教你合浦重
還如意珠
〔末〕此計更妙就此同行便了來此已是
番宮你何不變起原形進宮去罷〔貼〕是
便是了但不知那畫圖收藏何處好費
我搜尋呢我且變來〔內〕烟火貼暗下扮

一青鳥飛繞塲四圍下末拍手介妙妙

此舉必然成功且待回報下副淨扮毛

延壽上

南呂宮【香柳娘】賺金資畫圖賺金資畫圖貪些賄賂昧心顛倒終成誤急忙忙趲路急忙忙趲路喪家犬遠逋奸家私難顧幸番邦際遇幸番邦際遇權倖奔趨依然如故

自家毛延壽、向因善畫、供奉內廷、漢帝命俺圖寫後宮美人以備召見、俺想這是一個好買賣、就逢人索取賄金、祇有王嬙不肯、俺就把他容貌塗抹壞了、不料漢帝偏偏差他去和番、臨行朝見、絕色非凡、那時查起當年圖畫竟要將俺拿究險些兒去了此物、（按手向頸介）幸得俺內應有人、密密的通了一信、俺即刻逃出長安城想來中華不能安身因直投番邦、見了單于、俺就說漢帝因見王嬙貌美想要更變是俺在朝苦諫不從、翻要賜死、只得奔逃至此、先獻王嬙

眞容一幅、倘君來者非是、就好與兵索取了、番王大喜、封俺爲都管、十分信任、今日名見、不免竟入、四卒引淨扮番王上

仙呂宮【拗芝蔴】

夜郎擁虎貔雄壓諸蠻部醉酪酥敲鼉鼓番女如花舞秋郊逐獵野火燒山嗚擾遍了漢家邊上土畫圖忘不了傾城女

〔副淨〕進見〔介〕〔淨〕〔集〕鴻雁那從北、地來。王勃斑柘枝鑾鼓殿晴雷。杜牧畫圖省識春風面、杜甫天賜燕支一抹腮。羅隱咱乃北部呼韓、牙六單于是也、雄踞番邦、威誇鄰國、近日中國送女和親、想該到了、毛延壽、你說漢家送女和親、那美貌是與圖中一般的麽、〔副淨〕是一般的、〔淨〕左右取圖過來、〔雜〕領旨、〔下〕〔取上介〕畫圖在此〔淨〕與副淨作展開同看〔介〕〔淨〕毛延壽你說如此美貌、恐天下少有、倘將來面誆有一毫不像、你待如何、〔副淨〕大王聽啟

近山濃抹遠樹輕描寫來入妙

〔蠟梅花〕傾國傾城、那一覷妖嬈眞個世間無、只愁筆下未能摹倘若是圖像相殊臣罪欺誑甘寸誅

〔淨〕妙呀、〔內作風起介〕〔淨〕呀、宮殿之上、何來如此狂風〔內作烟火青鳥上啣圖繞場飛下〕〔淨〕不好了、畫圖被飛鳥啣去、快些追趕〔衆作追不上介〕啟大王、那鳥已乘風飛入雲中去了、臣等沒有上天梯、只求恕罪、〔淨〕咳、

〔南呂宮〕〔一江風〕半空中獵獵風如虎驀見青鸞舞入王庭轉盼徘徊西去、東來繞遍宮中樹驀地啟雙眸驀地啟雙眸前來啣畫圖難道是尋求織女雲霄去

〔淨〕毛延壽、我想正在觀圖、忽遭此事、恐非吉兆、〔丑〕大王且請寬懷、臣再照樣畫過一幅、進呈便了、〔同下〕〔末上〕青鳥使去久也、該回來了、〔內作風聲〕烟火貼持圖

上〕仙翁請了、畫圖已得、幸不辱命〔末〕可喜可喜、不免展展開一看、〔末〕呀、果然美貌非常、若使番后得見、必啟妬心也〔貼〕仙翁你道我從何處得來〔末〕請教〔貼唱〕

〔仙呂宮〕

〔喜還京〕可笑那急色番奴與奸臣展圖當戶意癡迷夢囈糢糊那知道早被我如携如取任他們四下驚呼

我就此改變宮裝、獻圖去也、仙翁少停、同行覆命便了、〔末同下〕

吼

獅

神情逼肖

雅謔

第四齣 吼獅

（丑扮番后雜番服扮兩宮娥隨上）

【中呂宮】【駐雲飛】一貌如花，耳綴連環粉滿搽。裹外威權大，封王本世家。嗏，任我口喳喳，誰敢把野織國王見，我魂胆都嚇下，拉過頭來當鼓撾。

曲白皆史
中賓事

咱家乃呼韓牙狠主嫡配顓渠閼氏是也、咱父呼延王、咱叔伊秩王、並掌朝權、咱又專政內宮、一家兒貴寵無比、近來聞得中國要來和親送女、咱問狠主、他又含含糊糊、想起來好不放心也、(貼扮番婢手持畫圖上)來此已是、不免逕入(見介)(丑)呀、你是王宮侍婢、來此何幹、手中拿的是什麼、(貼)娘娘聽啟、奴婢日侍狠主、常見諸臣奏對、前有漢臣毛延壽到此呈獻畫圖、說漢宮有此絕美之人、前來與我國和親、先獻此圖作樣、倘若非是、就勸狠主興兵索取、狠主大喜、將

娓娓人聽

圖收下、封他官職、現聞那美人不日將到、奴婢想宮中現有娘娘、那禁得又有他人、況中華人多巧詐、萬一將來寵愛、惑亂朝綱、內外都遭其害、因此冒死偷了此圖呈獻娘娘、以表奴婢一點忠心、娘娘呵、

【南呂宮】【大迓鼓】圖中人儘誇、況從來美色首數中華、若使君王加寵眷、娘娘呵、你便恩情萬種也要一分差、去毒須臾莫使成痂

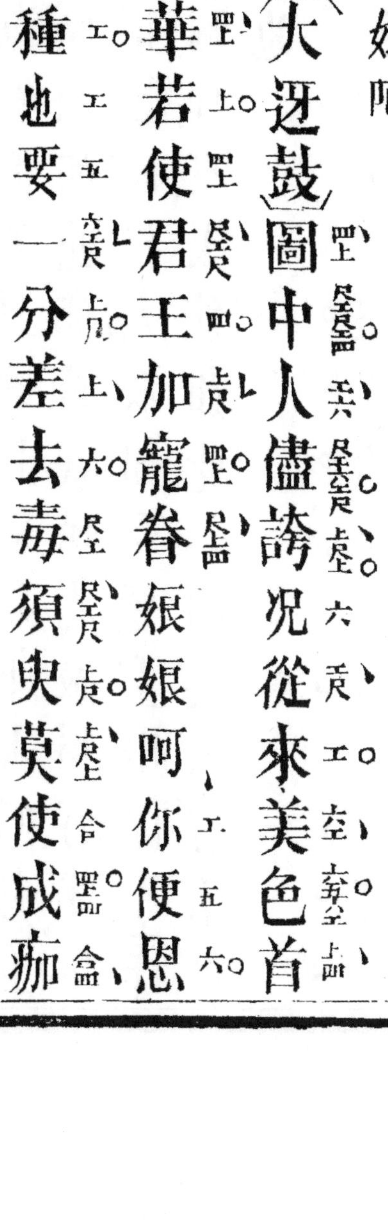

〔貼獻圖介〕〔丑〕且聽且氣聽畢大叫起立〔介〕原來如此、那禽獸瞞我做得好事、你眞正是箇好人、我如今要重用你了、〔作展圖介〕呀、果然如此一箇美人、好不可惱也、

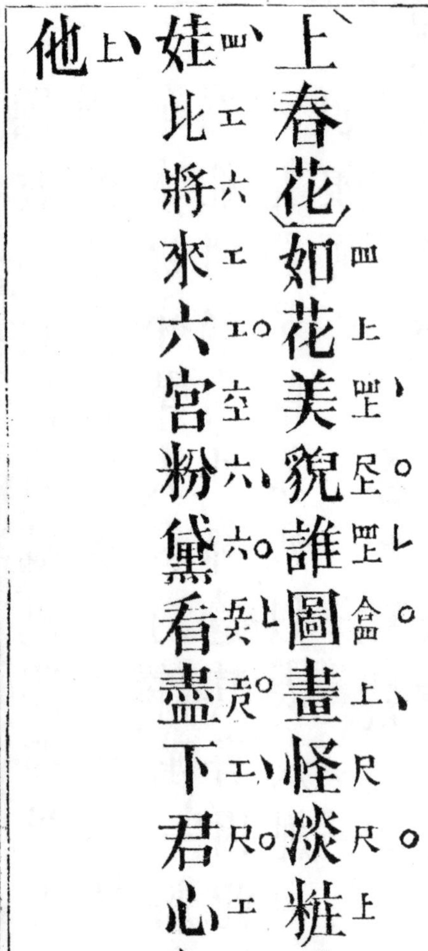

〔上春花〕如花美貌誰圖畫、怪淡粧濃抹嬌娃、比將來六宮粉黛看盡、下君心怎不迷他、

俚而雅得元人三昧

〔貼暗下〕〔丑扶請狠主〕〔雜請介〕〔淨急上〕娘娘那裡、〔丑作哭倒地急跳起指唱介〕

尺 工 上 尺工上 尺上四 合四 四上 四合四 上 上 四 上尺 五上

〔浣溪沙〕可笑你走天涯徑路又滿腹內謎

四上尺 五六五尺 六五尺 尺 五六 工 五六 四上 尺工尺上 四上 五上工 四 上 上尺上 四上 四工

藏賣假好夫妻不說眞情話渾身色胆如

尺上 尺上四 四 合 合四 上 四 上尺上 四上 五上尺上四 上尺上 四 上 四 上 尺

天大涅胡拏放你輕籠罩碧紗我從今後

上四 上 四上四 合 上尺上四 合四

錦帳長年守寡

〔淨作慌介〕這事從那裡說起、娘娘何由得知〔雜指介〕畫圖在此、〔淨〕咳、方纔飛鳥

二二

嘟去的、反落在他這裡了、烏呵、你何苦與我作祟也（作扶勸介）

（擣白練）勸娘娘萬事丟開罷深宮內無端

尺 上 上 尺 尺。 上 四六 尺、 尺 上 尺 四 上尺

上尺 上尺 尺 四。 上 四、 四尺 尺 工 上、 尺。 上 尺 上、 四、 上

嗑牙況行止難憑國書纔到知道他何方

上尺。 上四、

跋馬

（淨）娘娘且請寬心、那漢家雖有和親之說、送女者尚未入境、行止聽我們自便、何苦氣壞了身子、（作替丑搥背介）（丑）他國已有國書（淨）有、有、是昨日到的、護送

使者、陳湯甘延壽二人〔丑〕哎呀、護送使者、是陳湯甘延壽、〔淨〕不錯、是陳湯甘延壽、〔丑〕可是直入康居、手斬郅支單于首級的、〔淨〕正是此二人、〔丑〕作沉吟冷笑介、好、好、好、一箇國主、一些機竅不懂、還要臨朝聽政麽、〔淨〕請問娘娘、有何教導、〔丑〕我且問你、郅支比你强弱何如、〔淨〕那是我不如他、〔丑〕你既然明白、那二人手斬郅支、威揚萬里、童稚皆知、和親是好事、不動干戈、何不另遣他人、單單叫他二人護送、明明是用美人計來哩、〔指淨介〕好、好、恐美人一到、你兩眼不會仔細一、

此一段曲白淋漓痛快出人意外如天風海濤驚心動魄

看這顆頭先要骨碌碌落在美人面前、做接風的了、

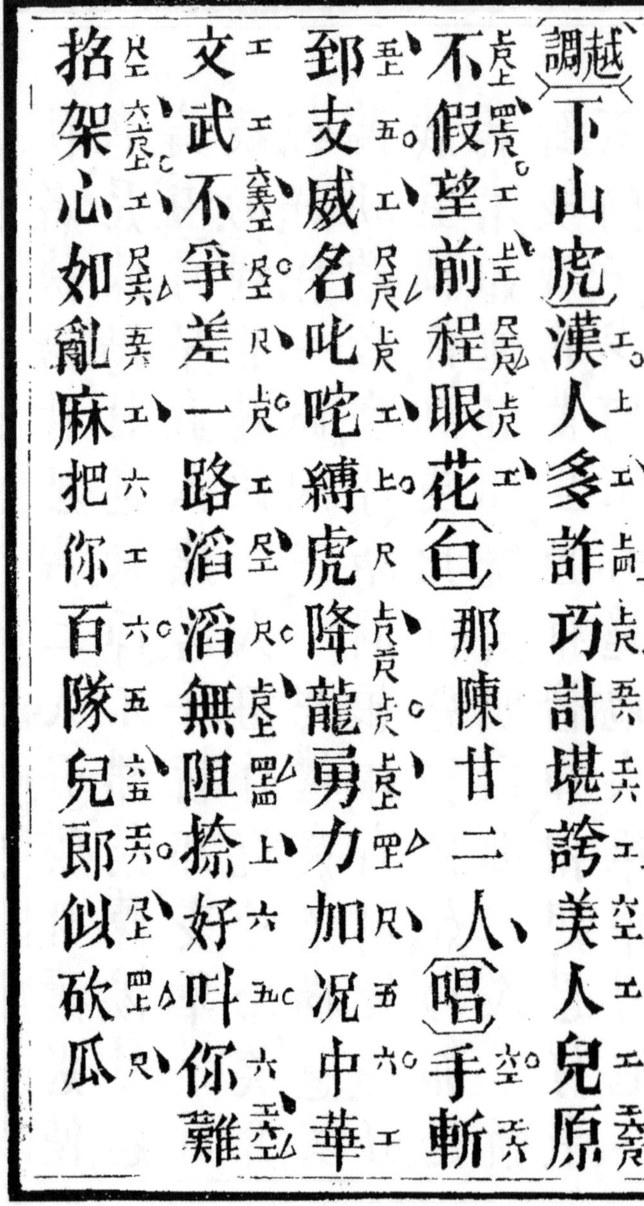

【越調】下山虎　漢人多詐巧計堪誇美人兒原不假望前程眼花【白】那陳甘二人、【唱】手斬郅支威名叱咤縛虎降龍勇力加況中華文武不爭差一路滔滔無阻捺好叫你難招架心如亂麻把你百隊兒郎似砍瓜

〔淨作驚聽沉吟介〕娘娘所論雖是、但現有漢臣毛延壽、來降我國、明說和親是眞呢、〔丑冷笑介〕漢人奸詐已極、恐你不信、先令毛延壽詐降、於中取事、你那裡得知、

【蠻牌令】他既要弄虛花陰謀必慣家趲先兒伏內應待一响鼓聲擂〔淨〕〔白〕是、是、〔唱〕把奸臣首先拿下先斬草莫發萌芽〔丑〕〔白〕那

又不可〔唱〕備囚籠窩地拏解往中華這報施有禮無差

〔淨作打躬介〕娘娘高見極是極是但送親之人將到、作何計較、〔丑〕爲今之計、速修國表、說兩國交好全以誠信、並不藉此一女、不敢當中國所賜、沿途謝止、不令他入境、雖有奸謀、其奈我何、〔淨〕謹遵娘娘妙策、速夜趕辦、郎差伊秩王沿途迎往便了、〔同下〕

辟

補天石傳奇卷四

第五齣　歸璧

〔生扮陳湯外扮甘延壽四卒引上〕〔生〕俺陳湯、〔外〕俺甘延壽、〔合〕軍士們前途已近番界、貴人行車、速速趲行者、〔內〕衆應介鳴金催行介〔生外同唱〕

〔仙呂宮〕〔鵲橋仙〕早催車輛暮巡營帳咫尺漢番接壤呀、烟塵一隊馬蹄忙仔細看番官喬樣

（副淨）白鬚扮伊秩王四雜各持貢物加鞭急上（雜）蒙面扮毛延壽四車同上俺左伊秩訾奉狼主之命止住漢使來此交界處所你看塵頭滾滾想必到來前面可是漢朝和親護送的將軍麼（生外）然也尊官何來（副淨）俺奉狼主之命兼程而進敬請還朝另有表章辭謝兩國交好不須送女和親（生外）呀足見國主眞誠可好將表章大意畧述一二麼（副淨）將軍聽啟

五 工 六 五上 五六 五六 工 上 尺 上 尺 尺 上

【錦上花】拜名花上苑天香奈敝宮先巳有

筆快如風
句堅似鐵

糟糠怕爭春的梅與雪費平章雖則是遐德睦鄰邦畢竟是玉質難輕颺兩國歡情自久長不關一一女隄防陪臣齎表章維願彩幣年年賜金湯永不忘

〔生外〕原來如此、請尊官暫停客館再當領教〔副淨〕俺狠主立等回報、不敢停留俺先赴王都進表、二位將軍不妨緩回、請了〔生外〕請了〔副淨急下〕〔生外〕妙呵、漢

隱森恍惚
自然迸淚

家祖德感人、得此一番行止、庶可保全
國體也、不免稟知貴人就此回關、再行
候旨便了、〔下〕〔旦〕乘車宮娥車婆照前同
上〕
〔南呂宮〕〔梅花塘〕意徬徨寫不盡愁千狀孽債
種前生揹著今生償程途愈近到此沒商
量命不長問誰弔裙釵一國殤
〔雜稟介〕啟貴人、纔有陳甘二將軍、稟稱
番王遣使呈貢、沿途阻止、說已經立后、

柳暗花明又一村

不敢受賜、並將毛延壽押赴都中、現請貴人廻車、入關候旨、〔旦〕呀、如此說來、我昭君或有生機矣、〔衆作廻車行介〕〔旦〕且行且唱介〕

〔秋夜月〕猛回頭重行舊日岡、落花忽又吹枝上、青翻草色春重釀、也是我垂死人回生樣、

〔同下〕〔末扮東方朔貼扮青鳥使上〕〔貼〕東方仙翁、你看一箇番后、被我言三語四、

竟將漢女送囘、你道可利害麼、（末）果然
乃語如簧、閒關妙舌（貼）啐、又來說我本
相了、（末貼同唱）

（仙呂宮）〔尾聲〕算天公多情況神仙一樣有情
五六 上 工 尺工 上尺 工 上 尺 尺 工 六 六工
腸今日呵憑仗神風把玉女帮
六五 六 尺 六 尺 工尺工 上尺工 五 六 五六工 尺工 六

（貼）昨聞娘娘說王嫱生有仙骨、恐其墮
落榮華、還要度他超登仙籍哩、（末）正是
且同囘覆命者、（同下）

圓

樂

補天石傳奇卷四

第六齣　圓樂

〔旦〕扮昭君二宮娥同上

〔仙呂引〕〔唐多令〕萬點碧雲秋，紅顏不自由。紛紛往事幾浮漚，何處神仙垂救，情脈脈，路悠悠。

我昭君自返雁門，又經多日，想從前歷盡艱辛，幸免淪落番邦，從今勘破塵緣，

著此句方見夙根勝人

爲漢主孱弱寫照

嘗洗心向道矣、〔雜扮宮娥上〕稟貴人、陳廿二將、頃又接旨、已准番邦辭表、陳廿二將、加爵關內侯、毛延壽立時正法、並知前后已故、即備香車鳳輦、迎接貴人同朝、正位中宮、不日聖旨將到了、〔旦〕此事果然、〔雜〕奴婢怎敢謊言、〔旦〕如此我當先修辭表、〔作寫表介〕

【蠻江令】告君王妾念從頭剖奉詔和親邊塞走冒風霜弱質犬羊投祇望休兵解國

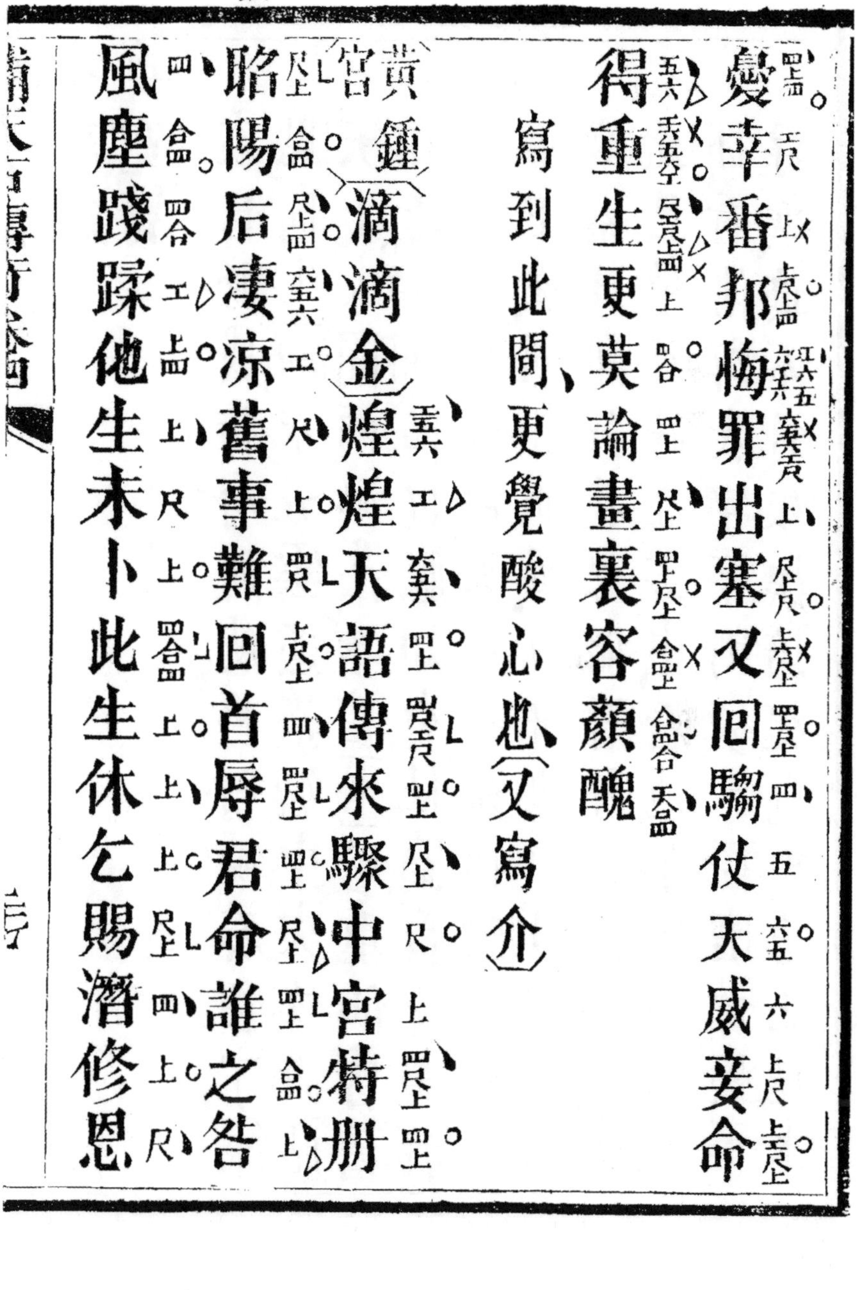

婉而嚴

憂幸番邦悔罪出塞又回騶仗天威妾命得重生更莫論畫裏容顏醜

寫到此間，更覺酸心也（又寫介）

黄鍾宮【滴滴金】煌煌天語傳來驟中宮特冊昭陽后淒涼舊事難回首辱君命誰之咎風塵踐踩他生未卜此生休乞賜潛修恩

工尺乙五六尺上尺上四垂寬宥

表已修成、待有冊使、再行陳奏便了、〔末〕貼同上〔唐集〕〔末〕五雲遙指海中央、韋莊〔貼〕天上人間兩渺茫。曹唐〔末〕珍重仙曹舊知己。譚用之〔貼〕也應知有杜蘭香。羅隱 我二人覆命瑤池、又奉娘娘面諭、再來指示王嬙、同赴仙島、並准他白日飛昇、以償素日艱苦、我想昭君好不僥倖也、來此已是、且竚立雲中、看他舉動〔貼〕仙翁你看他辭表、字字剴切、一經磨鍊、頓棄浮華、眞不負娘娘培植也〔末〕這正是本

說得縹緲倘怳令人然疑不定

根不昧、不免指點前程、使他明白。（下雲介）（旦）見驚（介）呀、行院深僻、二位何來。（末）昭君不必驚疑、我郎武帝時、東方曼倩、他乃金母駕下、青鳥使者、你可知和番曲折、風波了無挂礙、是何緣故、

【仙呂宮】一封書且莫淚猜求、待做箇崑崙友、他爲你進番宮、啣淚寫畫圖、如遣寇巧語如簧、賺番后、我這裏準備仙車碧玉虬寶

月修彩雲收金母來宣莫逗留

〔旦〕原來二位是我恩星、謹當拜謝、〔拜介〕〔末貼答拜介〕且慢、你可記前在金母行宮、琵琶訴怨、感動娘娘、我等施爲、皆出娘娘所命、如今奉命而來、念你不戀浮華、生有仙骨、就此同赴瑤宮謁見者、〔旦〕呀、我王嬙何幸得此、

〔玉交枝〕謝娘娘雲中援手謝仙使向徼外搜求恨層層魔障如環轃幸靈光一點常

心花欲笑

畱瓊霄撇下白雲樓宮衣割斷紅霓袖更不消液煉丹修容易煞鸞驂鳳游

二位且請少待、〔喚介〕侍兒那裡、〔兩雜應上〕貴人有何吩咐、〔旦〕棹上表章一道、如有詔使到來、郎交覆命、我郎隨二位仙人去也、〔雜見末貼介〕呀、這二人從何而來、〔旦〕你等不必多言、

〔光光乍〕君恩慚負負仙路去悠悠再休提

令人神往

太液芙蓉未央柳長辭宮闕離塵垢

（向末貼介）王嫱事了、願隨同往、（末貼）妙

呵、好酒脫也、（作駕雲末貼且行且唱介）

（僥僥介）你看這一邊靈嶽高低岫那一邊

銀河清淺流從今後採藥掃花參左右冷

笑他飛燕乘風裙幅留（虛下）

（雨雜）奇哉、王貴人竟平地登雲去了、不

免將此奏章、報知陳甘二將軍去、（下末

貼同旦上來此已是仙山〔老旦〕扮王母雜扮四仙女引上老旦〔醮集〕未盡天山行路難。萬楚洞宮深鎖碧瑤壇。李羣玉再三憐汝無他意、白居易青鳥殷勤爲探看。李商隱〔坐介末貼〕啟娘娘、王嬙宣到了、〔旦〕拜介〕娘娘在上、王嬙稽首謝恩、〔末貼〕暗下〔老旦〕聆君聽者、

羽聲慷慨變爲仙呂之音

〔中呂宮〕〔石榴花〕可敬你千金不屑把畫師求

工 五 工 上 五上 五六 六 工 五上 五六 五六

上 四 上 四 上 四 上 五六 四 上 尺 尺 上 尺 上 五六

可憐你和親險作單于耦可惜你傾城顏

工 四乙 上尺 上 尺 工 工 工 上 上尺 工 尺 上 尺 工 尺上

色比花羞惡東風吹成憔瘦幸得個秋波

尺上尺 上 尺 上尺 上 工 工 六 五 工六 工六 工尺 上 尺 工 工

一轉又回眸早已是仙緣相湊從今後泊

尺 上 尺 上尺工 四上 工 工六 工 上尺 上

釋了恩與仇好檢點住瀛洲

〔旦跪介〕王嫱孱弱女子、蒙娘娘生死肉骨、拔地昇天、始終徹悟矣、〔老旦〕我這裡仙女成群、如王子登彈八瑯之璈、董雙成吹雲和之笙、石公子擊昆庭之金、許飛瓊鼓震靈之簧、阮凌華拊五雲之石、范成君擊湘陰之磬、段安香作九天之

以下數曲皆花團錦簇金迷紙醉之文千鍾百鍊一字一珠筆墨何物而

鈞令你善彈琵琶、恰合八音、傳衆仙女今日昭君初到、可同來相見、就此設筵莚作仙樂者、（四雜應下小旦貼作旦雜扮仙女七人同上（各見介內作細樂老旦上坐衆旁坐各持樂器旦彈琵琶衆且飲且唱介）

【中呂宮】【駐環著】看浮雲蒼狗看浮雲蒼狗下界悠悠玉佩玎冬霓裳抖擻若不遇迤邅未必棄繁華脫離塵垢從今守秘籙丹邱

六工工尺尺六工工尺尺工

工尺上尺四上尺尺尺上合尺上工六五六工

工上工上上上合尺工上尺工上尺六工

能歌舞如斯

看瓊葉靈榆長茂秋風淵逸韻流漫和鈞天永隨金母

〔衆〕且請昭君獨彈一調〔旦〕恐塵凡下調、難雜仙音、〔作彈琵琶唱介〕

〔大和佛〕漫撚輕攏落指柔清商氣韻留小絃嫋嫋大絃遒渾不似鶴唳九霄秋渾不似金戈鐵騎沙場走渾不似芭蕉風雨夜

窻愁渾不似秋樹鳴蜩春岸鶯啼柳幸脫
了沙漠地蘆笳悲吼來把仙音湊漸愧慾
依傍吹竽作東郭儔
〔老旦〕妙呵、衆仙女再飲一巡者、〔衆合唱
合調樂器照前〕
〔古輪臺〕會同儔仙山無樂也無憂龍膏麟
脯如船藕漿斟北斗滿泛香甌一曲元靈

金石鏗鏘聲情暢溢到底無一懈語

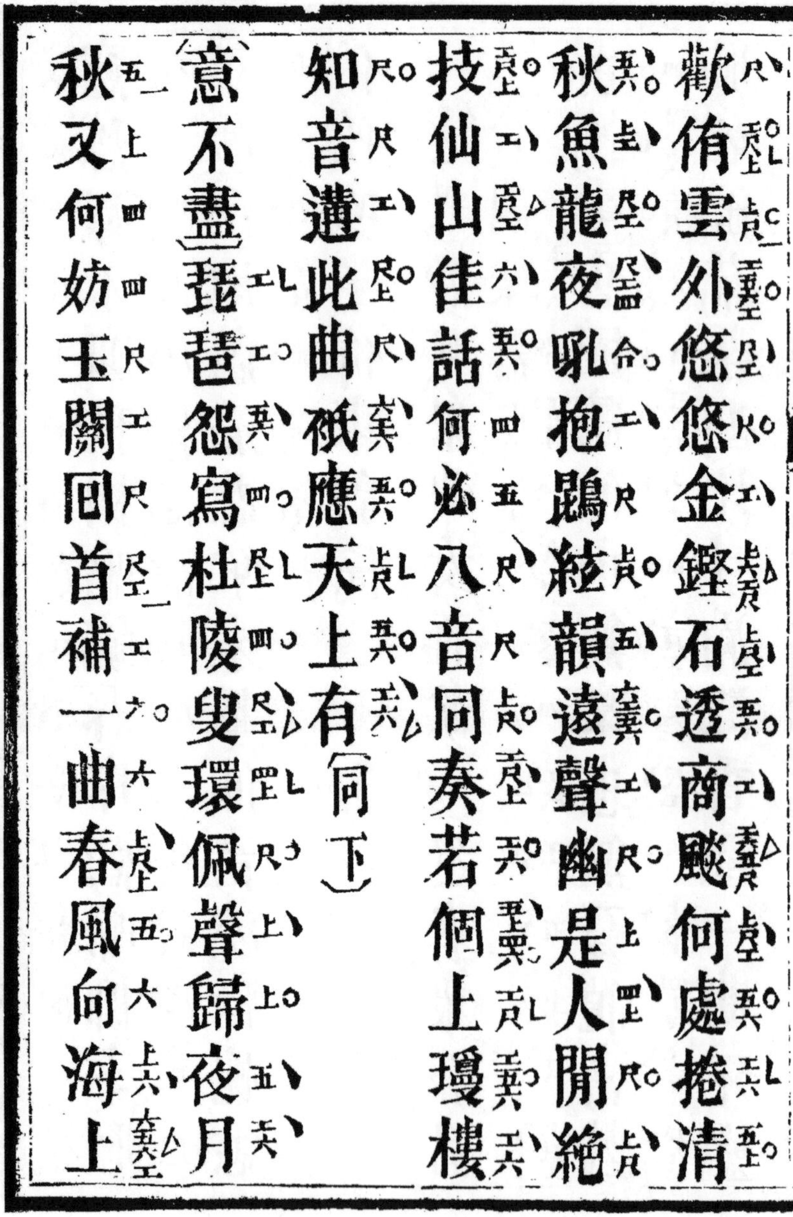

歡倚雲外悠悠金鏗石透商飈何處捲清

秋魚龍夜吼抱鶡絃韻遠聲幽是人間絕

技仙山佳話何必八音同奏若個上瓊樓

知音遘此曲祇應天上有（同下）

意不盡琵琶怨寫杜陵叟環佩聲歸夜月

秋又何妨玉關回首補一曲春風向海上

六洲

〔集唐〕

明珠解去又能圓 盧綸

姓字今爲第幾仙 元結

更若紅顏生羽翼 杜甫

香風引到大羅天 牛僧孺

其二

風吹歌管下雲端　韓偓

琪樹深深玉殿寒　崔魯

西望瑤池降王母　杜甫

碧桃何處更驂鸞　薛逢

奎文萃珍

補天石傳奇

下册

[清] 周樂清 撰

文物出版社

補天石傳奇卷五

第五種

屈大夫魂返汨羅江

紉蘭佩仙援　鄰助　遇途

責約　求盟　勘罪

補天石傳奇卷五

鍊情子　塡詞
吹鐵簫人　正譜

紉蘭佩　仙援　鄰助　遇途
　　　　責約　求盟　勘罪

第一齣　仙援

〔外扮漁父披簑摇櫓上〕

【中呂調】【粉蝶兒】嘯傲烟波是和非一齊勘破消受得綠笠青蓑晒答箬推篷背晚烟炊火眞訣云何佩靈飛仙山証果

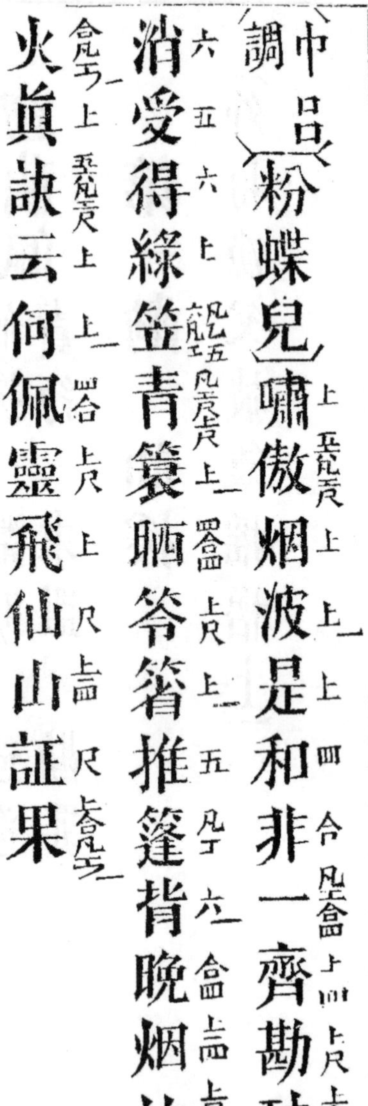

【集唐】盡日菰蒲泊釣船。張佖中流欲暮見湘烟。李頻世間甲子須臾過。許渾眞箇逍遥是謫仙。李咸用吾乃吳楚之間、一個漁父的便是、姓名兩隱、歲月俱亡、當年楚國亡臣伍子胥逃吳至此過渡我曾以蘆中人呼之、濟以一飯、奈他心懷疑

如此串插方成忠孝神仙奇而新新而確

昔人云世界小梨園也昂頭天

慮、叮嚀不前、我只得返棹中流、有溺于水、他始太息而去、不知我本慣泅水、仍從別渡而歸、適遇太乙眞人經過、道我生有仙骨、且能物色忠臣孝子、授以丹訣、九九功成、已解飛昇之術、只是道行未滿、仍然混跡人間、你看此時戰國紛爭、可不令人冷笑也呵、

【上小樓】儘著他急煎煎爭強蜾蠃鬧攘攘鬥勝蜂窩翻了干戈擄了將軍破了山河

上 尺 尺 六。上 上 上尺、 上、 四上。 四合、 六。 上 上

六、 尺上。 尺上、 四合。 五、 工 六尺。 工 六、 工 六。 六 五六、 尺上 五六尺上。 尺、

外方有如此眼界

銷磨他日月，如梭販盡了，可居奇貨，怎知

我壺中境大，那怕你浪掀天，隨風轉柁。

今有楚大夫屈原，極忠苦諫，遭讒放逐，形容枯槁，行吟澤畔，昨曾導以婉言，奈他一腔幽恨，無從發洩，必有輕生之志，倘不加援手，要神仙在世上何用，因此獨棹扁舟，來此蘆葦深處，隱隱藏下，你看他披髮悲吟而來，光景多分不妙也。〔虛下〕〔生披髮愁容扮屈原上〕

靈均眉宇生動紙上

凄絶

【石榴花】非是俺甘心吃苦受礲磨只爲念邦家擔重荷怎禁得强秦挾詐來顛簸一個個尚寐無訛渴睡偏多處堂燕雀猶安坐貴澄澄宮外銅駝眼看荊棘叢中臥問蒼蒼何處安排我

【賺】讒謗潛來起百憂。翁綬傷心不獨爲悲秋。李益魂隨逝水歸何處。權德輿惟見長江天際流。李白我屈原，誠難格主忠而見疑，雖遭屏逐，一飯不忘君國，賦九歌而祀鬼，豈解離憂，遡六合而問天，寂無應諾，今主公被誆，身陷秦邦，太子攝國又不能自强遠佞，眼睜睜一箇强大楚國，要送與西秦的了，我屈原宗室舊臣，自負經濟，一木不能勉支大廈，將來何足見宗祖於地下，千廻百轉，不如死休，

【紅繡鞋】披著髮淚雨滂沱唱著歌哀吟自

工 尺 工 五六 六五 上五 尺 六 上尺 工 上尺 四上尺 五尺

更留連什麼句妙情到不可解處方見其至

和伶仃孤影眞無那澤畔繞烟蘿江邊悲杜若目昏昏雙眉鎖

來此已是汨羅江邊了、

〔朝天子〕看長江捲波更留連什麼嘆孤臣被放逐恨難磨憂國淚還多旣不能荷戟操戈向沙場屍裹拚身秖合葬黿鼉問招魂

若个哭招魂若个蒿里歌誰和

你看怒濤萬頃、滚滚湯湯、就是我屈原畢命之所了、此間有石在此、不免抱石投江便了、〔抱石介〕

〔高宮黑漆弩〕崚崚瘦骨渾如我是知己石交同夥湧身軀同葬波心白漫漫蒼天一箇〔投水介〕內作風雷聲雜扮雷公電母雨師風伯上繞場三匝下〔外搖櫓上〕〔集曲〕九

天無事莫推忙。曹居兔走烏飛不覺長
韋莊世上何人憐苦節。（聲陸）百欲將身贖
返魂香。寶　鞏　呀、你看屈大夫果然抱石
沉江、頃刻感動風雷之變、就此往救者
（作撒網介生暗人網内外作收網漸收
見生介）（外）好了、屍骸已得（作推不動介）
元氣雖絶、靈丹可救（作灌藥并代爲更
衣介）
伴讀書（外唱）雷霆震風雨呵江濤沸神鬼
尺　工　六工　五　六工五六　五　五　六五　六工五工　五六　五六尺
上　尺　上　尺　上　四　五上　五六　四上　尺　工　工　六凡　工　五六　工尺
羅他牢騷抑鬱羞塵堁一霎時忠魂似擲

五

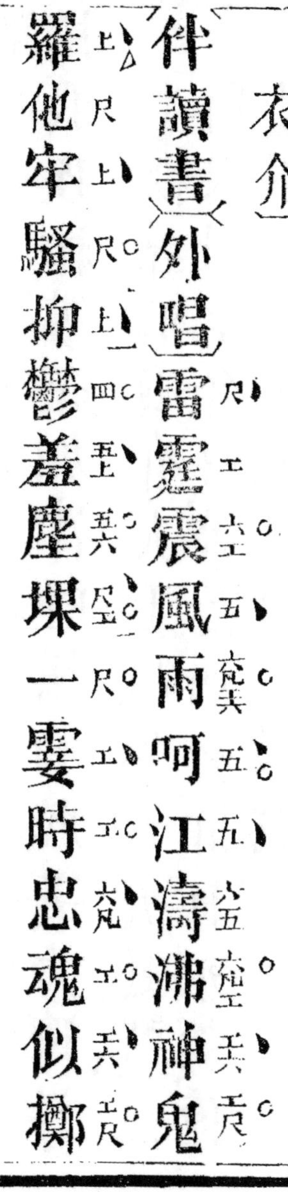

沉着

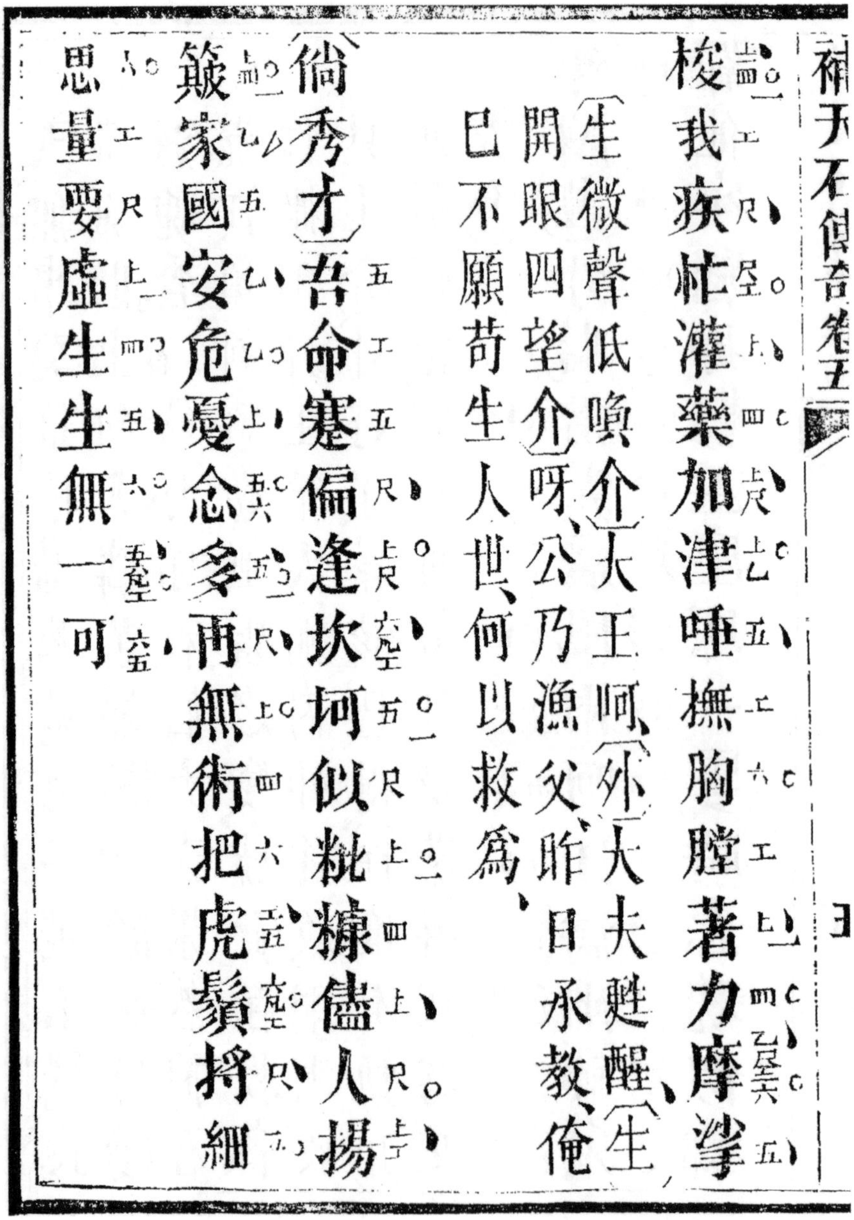

梭我疾忙灌藥加津唾撫胸膛著力摩挲

〔生〕微聲低喚〔介〕大王呵、〔外〕大夫甦醒〔生〕開眼四望〔介〕呀、公乃漁父、昨日承教、俺已不願苟生人世、何以救爲、

〔倘秀才〕吾命蹇偏逢坎坷似粃糠儘人揚簸家國安危憂念多再無術把虎鬚捋細思量要虛生生無一可

予懷杼軸
何處得來

〔外〕大夫差矣、賢臣幹國、志士徇名、本無二致、但國事苟有可爲、尙當留其身以有待、奈何輕喪溝瀆、吾所不解、〔生〕漁父呵、亡國已徵、效忠無地、你叫我不死何待、〔外〕非也、後來之事、人難預料、或者楚國亂極當治、現在趙國新主、英武非常、胡服騎射、日欲與秦爲難、倘得誠信交孚、足爲我助、兩國合師攻秦、必可自强雪恥、

〔窮河西〕你可知盈虛消息不爭誰先凶後

六 工 六 工。 六 五、 六。 尺、 工。 尺。 六、 六 工。

吉樞機大借太原一旅軍威頗不難揚起崑岡火那時候君歸恥雪笑呵呵

（生）不知漁父爲天下有心人、我屈原當奉以爲師矣、（拜介）（外扶介）不敢、（生）謹遵師父之命、就此拜別、從步往趙國借兵去也（共拜介）（外）前途自有機緣、保重保重、（生唱）

中呂調（尾聲）實指望河伯迎盧左又誰知一

筆力到底不懈

曲唱廻波多感你起死囘生的道力多

上尺 五 六五 五一 工 尺 上 四 四尺 五六 工 四 五 六五 上五一

〔分下〕

鄰

突兀雄渾
恰如題畫

第二齣 鄰助

（淨扮趙武靈王雜扮四卒二將引上）

【中呂宮】【粉蝶兒】七尺昂然豪氣直凌霄漢大丈夫叱咤雲烟活騎人飛食肉神龍變幻駕三軍要把秦關踏匾

（淨）【集唐】三邊曙色動危旌。祖詠膽氣堂堂合用兵。韋蟾壯志未平空咄咄徐鉉男

積健爲雄
寫得明透

兒本自重橫行。王維寡人趙雍、嗣父立國以來、將猛兵雄、日益強盛、昨聞西秦誑楚、將楚王閉置關中、列國均爲不平、我欲爲彼問罪、又恐師出無名、今日天氣晴明、不免往郊外射獵一回、軍士們衹候者、衆應擁行作到圍獵介、

【古輪臺】鼓聲攢、貔貅百萬會邯鄲、圍場練習番和漢、雷轟電轉、海沸河翻、玉爪金獒、齊趲鎗刺弓彎、霜蹄血汗、林深叢薄虎狼

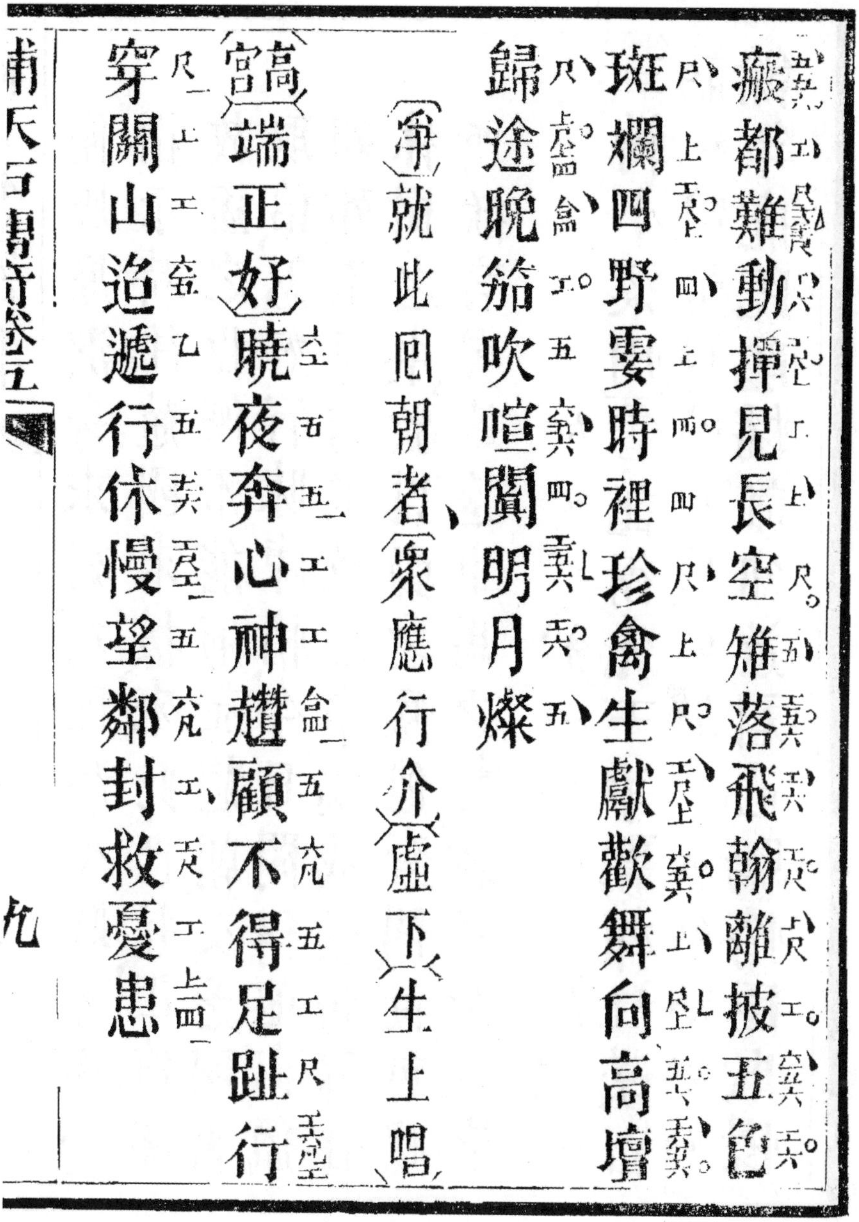

瀰都難動揮見長空雉落飛翰離披五色斑爛四野霎時裡珍禽生獻歡舞向高壇歸途晚笳吹喧闐明月燦

〔淨〕就此回朝者、〔衆應行介〕〔虛下〕〔生上唱〕

〔高宮〕〔端正好〕曉夜奔心神趲顧不得足趾行穿關山迢遞行休慢望鄰封救憂患

、語抵八千白語

悲涼慷慨高唱入雲如倒峽源

俺屈原潔身求死、爲國潛生、昨蒙漁父指示特往趙國求援、來此已是、但俺係放逐之臣、既不能冠帶趨朝、又乏國書取信、怎好冒昧陳情、今日聞得他出獵郊外、不免將求救之事、編成歌句、躲在林樹之中、歌以動之、候他查問、便可暢所欲言矣、遠遠車馬之聲、就此放歌者

【三轉小梁州】曾記得先王爭霸雄江漢百餘年虎踞龍蟠誰知道君心驕惰臣欺慢

流峻坂馬
下一時按
納不往

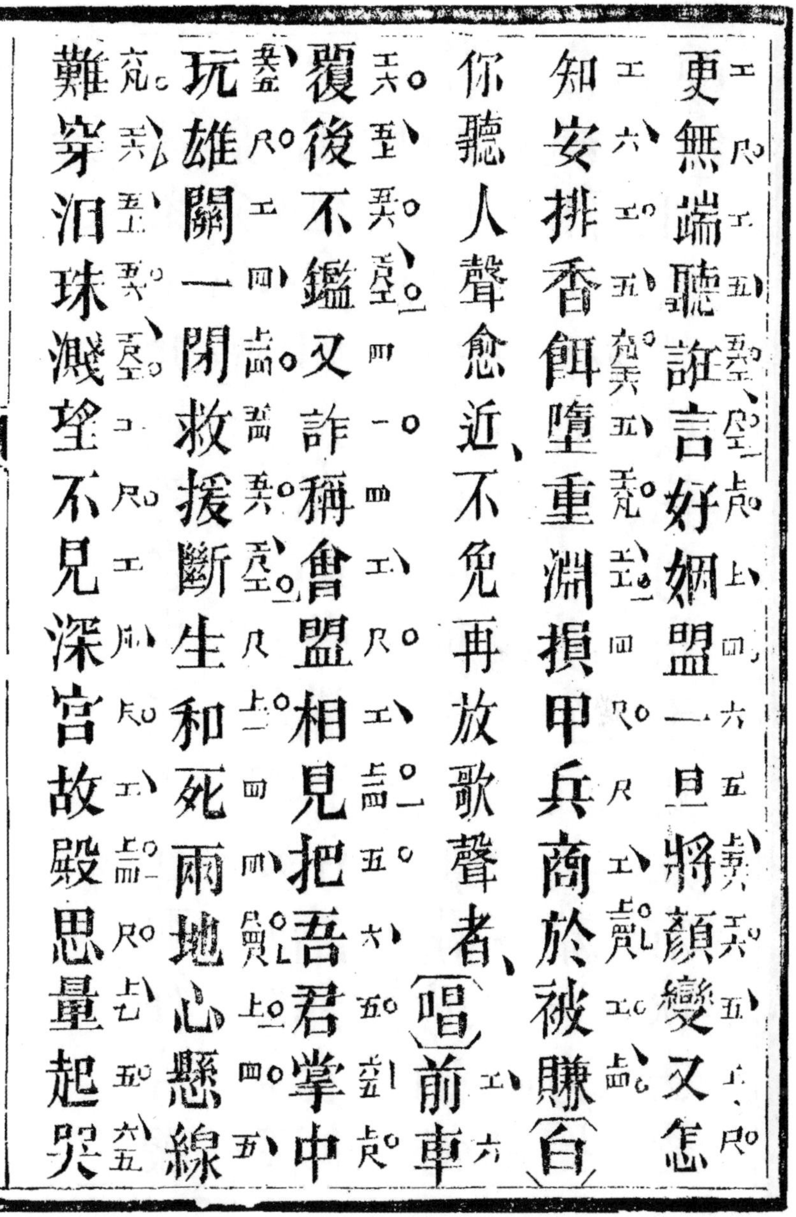
更無端聽誑言好姻盟一旦將顏變又怎
知安排香餌墮重淵損甲兵商於被賺〔白〕
你聽人聲愈近、不免再放歌聲者、〔唱〕前車
覆後不鑑又詐稱會盟相見把吾君掌中
玩雄關一閉救援斷生和死兩地心懸線
難穿泪珠濺望不見深宮故殿思量起哭

皇天

〔淨衆上介〕曠野之中、何人作歌、〔作停鞭聽介〕〔生唱〕

〔煞尾〕他貪如狼虎心難滿、吞併諸邦食似蠶、割邑緩師氷立漁、稱帝開疆薪助烟、俺這裡烈士撫骭徒浩嘆、全仗英雄一力擔

〔淨白〕呀、歌聲悽惋、何由至此、左右快去查

純是心花結撰

來〔雜應下〕〔生唱〕須知車輔相依處畢竟唇亡齒亦寒早出雄師濟危難直下強秦百二關好把那懦怯的庸夫作壁上觀

〔雜帶生上〕啟大王、放歌犯駕、即是此人、

〔淨〕呀、你是何人、知寡人駕過、有意唐突、

〔生〕大王聽啟、

〔仙呂宮引〕〔番卜算〕跣足走關山衣褐難朝見只

秉臣心一點丹惟求仗義抒秦患

臣係罪廢之臣、並無冠帶、又無國書呈驗、

望吾鄉情廹相干垂恩幸賜寬楚國臣平表字原秦嬴譎計將君賺臣才短言徒諫遐方貶臣裔輩同源敢自安便君亡不返空悲戀

〔淨〕呀、原來是屈大夫、孤家久慕盛名、何以落拓至此、且請回朝商議、〔同行到朝介〕〔淨〕大夫請自安坐詢談〔生〕告坐〔介〕〔淨上坐生旁坐〔介〕〔淨〕孤早聞楚王被欺囚留、卽思往彼問罪、又恐無故興師、取嘲鄰國〔生〕大王聽啟、自散合從以來、秦師無歲不出無往不利如此侵暴諸侯恐有志者所不受、且患難相濟、古今通義、尚求三思〔淨〕足呵秦虎狼之國、我不伐他他必欺我況大夫諄諄言之就此興師伐秦責約便了、〔生〕謝〔介〕多謝大王義憤施恩、臣當星夜歸報太子、刻日興師、

左顧右盼一結悠然不盡

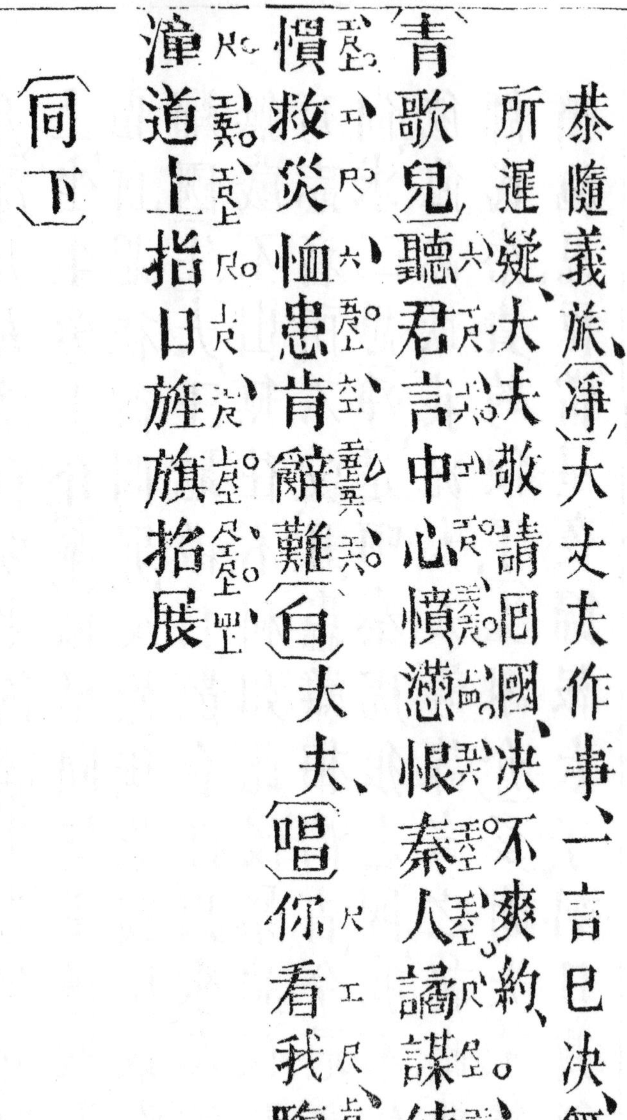

恭隨義旅、〔淨〕大丈夫作事、一言已決無所遲疑、大夫敢請回國、決不爽約。

〔青歌兒〕聽君言中心憤懣恨秦人譎謀使慣救災恤患肯辭難〔白〕大夫、〔唱〕你看我臨潼道上指日旌旗招展

〔同下〕

遇

途

第三齣　遇途

〔外〕行衣愁容扮楚懷王上〔旦〕扮景缺隨上〔外〕〔鷓鴣〕五更風水失龍鱗。張署淚滿征衣怨暴秦。陳標無限心中不平事李涉不知憂國是何人。呂溫寡人熊槐、誤被張儀欺誑、不聽屈原忠言、以致身淪異域萬死一生、幸得便逃出秦關、一路行來、已近趙境、想起前情、可不惱恨也呵、

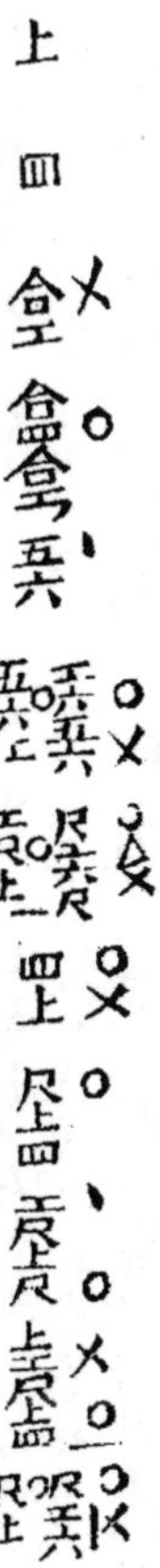

〔商調〕〔鶯啼序〕閉關頃刻布爪牙遣兵四下圍

寫驚慌撩亂人天地異色光景如書

拿他君臣笑語喧譁驚得俺心如亂麻恨當年不識忠奸儘著那蜃樓空架流離煞恐後面追兵襍遝

呀、景鈌、你看前面孑孑而來的、可是屈原模樣(旦望介)敵大王、正是屈大夫(外他何爲到此、這也奇了(生上)俺屈原幸得趙國肯助援師、但我王拘留在彼、怎生設法先救返國、然後興兵不免混入秦邦、再作計較、那前面來的、好像主公及景鈌(趲行介)呀、果然是大王、(拜介)臣屈平見駕、(外慌扶介)大夫少禮、何由至此(生)太子攝國求助東齊不允外此別無匡救之路、臣因徒步向趙王哀懇濟難幸得允從特此此星趲秦國、欲見大王、先作脫身之計、不料就在此間得遇、眞天助成功也

(琥珀猫兒墜)隻身迎駕血淚灑天涯看君王骨瘦幾成把勸君王寬心莫怨嗟爭差

一路曲曲折折淋淋漓漓但覺血痕滿紙又仍是左徒本色

邂逅相逢歡心翻訝

〔外〕大夫呵、寡人從前不聽你良言自陷虎阱、如今羞見你面也、

〔梧葉兒〕忠直諫果不差我意見自揣摩事前暗事後嗟苦吱喳險些兒走不出秦人胯下

〔生〕大王且請寬心、

〔前腔〕東齊君雖被罵也一樣恨秦家喜得趙君臣肯把雄兵借立地裡雷電加還責問秦邦欺詐

〔外〕寡人如此間關患難，吾兒及在朝諸臣竟無籌畫，若非大夫勞瘁長途，國事幾不可問矣。如今吾君臣何方少息

〔末〕紅花謝賢卿忠悃繫王家走天涯顛連

傷踝俺如今關河千里蹝塵沙眼巴巴日
如喑啞只恐高低人面羞把手兒叉好比
那投林困鳥井中蛙也囉

〔生〕臣啟大王、楚遠趙近、一時未能返國
趙王義氣慨爽、吾王赴彼必不輕慢、大
王與景將軍且息風塵之勞、臣請先行
返朝、奏知太子、即遣車徒迎駕、如今朝
中忠心爲國的、只有陳軫能謀、昭雎善
將、儘可統兵赴敵、

〔前腔〕告君王覽抱莫嗟呀報復他臣心穩把那趙王英風義氣兩無瑕怒吱喳鬭兵秣馬準備旌旄鑾輅指日返邦家切莫把同仇機會自參差也囉

〔外〕大夫所言甚是就此同行便了〔下〕

責約

第四齣 責約

〔末〕扮趙將肥義老生扮廉頗四卒引上

〔黃鐘宮〕〔滴滴金〕貔貅鼓勇各爭先結陣勢左

上尺 工 上 四 上 工 工 上尺 工 工 上四

右旋軍行迅疾如飛箭快揚威討戰

尺上 四上 四 六 工 五六 工 工 六五 上尺 工 上 尺 上四 上四

〔末〕〔麤〕六川番落從戎鞍薛逢百雉層城上將壇。詳士夜上戍樓看太白。王維劍光橫雪玉龍寒。王初俺趙相國肥義、主公命俺協同廉將軍、會合楚師伐秦、今

日來此中路、想楚兵也可到來、〔小生掛鬚扮昭雎淨扮屈匄四卒引上〕

〔神仗兒〕軍符迅電軍符迅電勇敢無前韜鈐待展報國丹心奮勉想誼切同仇雄兵定遣瞻馬首指長鞭瞻馬首指長鞭

〔小生〕〔集〕龍疲虎困割川原。韓愈大漠風塵日漸昏。曹唐自顧勤勞甘百戰。王昌齡身留一劍答君恩。劉長卿俺楚將昭雎是也、日前太子得屈大夫歸報、當遣大夫

遠雲出岫隔樹生花章法絕妙

陳軫齎奉禮幣、往趙國聘謝、迎請大王還朝、莅訂師期、命俺同先鋒屈匄將軍統兵會趙伐秦、前面來的、想是趙師〔見介〕〔各坐介〕〔小生〕因我楚之事、重勞相國及將軍、多多有罪、〔末老生〕豈敢、請問將軍、你邦如屈平大夫這等忠臣、世間少有、何故棄而不用、〔末唱〕

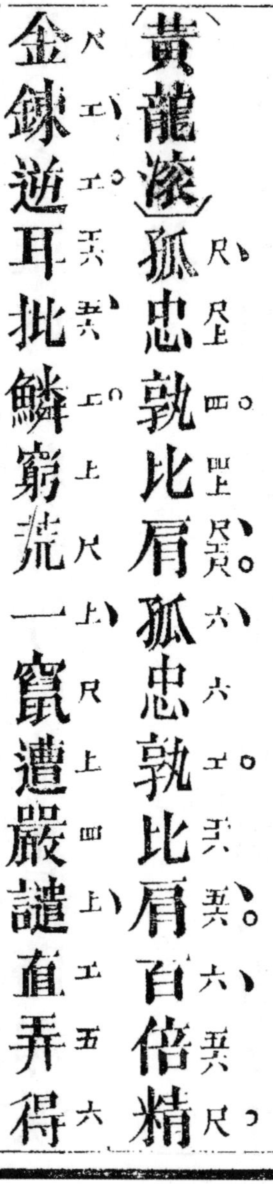

〔黄龍滚〕孤忠孰比肩、孤忠孰比肩、百倍精金鍊、逆耳批鱗、窮荒一竄、遭嚴譴、直弄得

敵勢梟張奸徒紛熾可憐他走長路涕淚零求鄰援

〔小生〕咳相國與將軍不知、總是吾楚中衰有此不幸、如今是好了、屈大夫歸國之後太子已將諸奸收禁祗候寡君返國即正刑誅屈大夫聞已進位令尹矣他呵、

〔降黃龍換頭〕肫皮匪躬蹇蹇誠格君心更

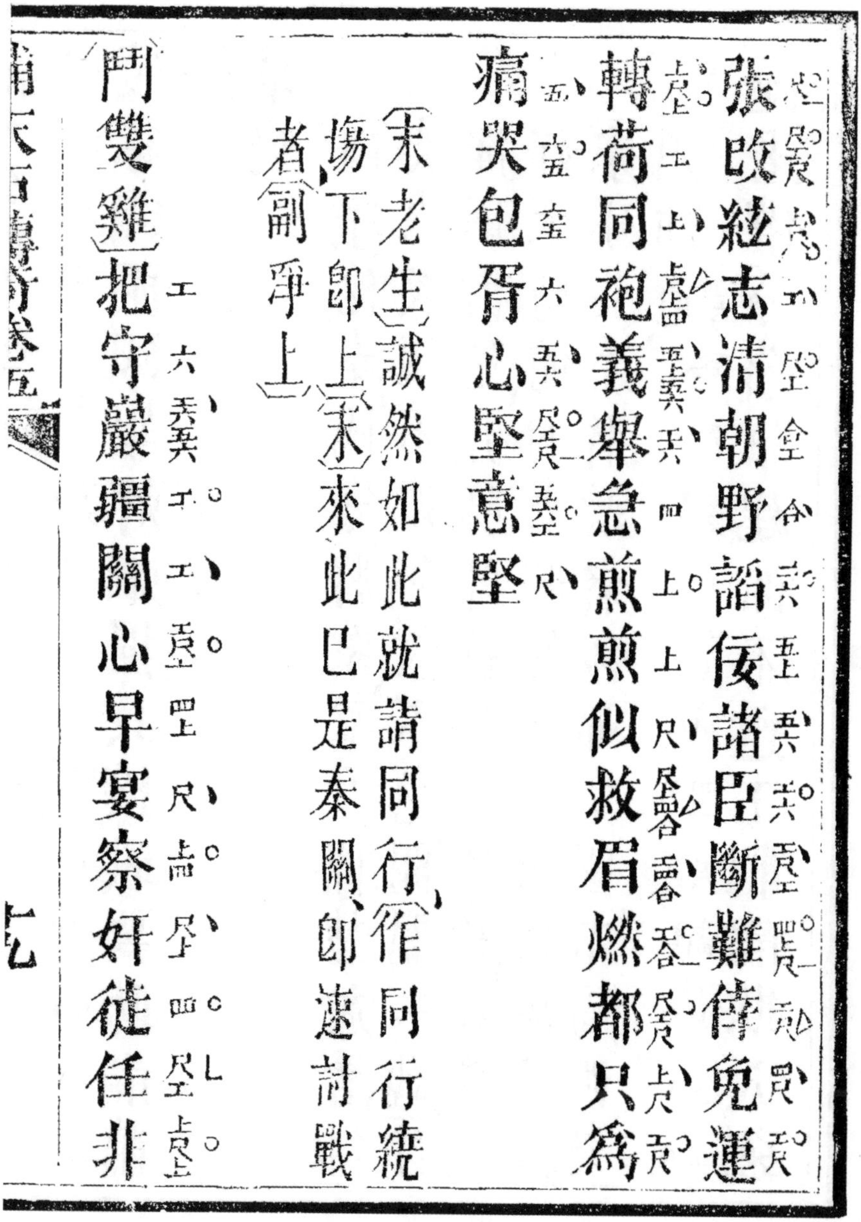

張旼紘志清朝野謟佞諸臣斷難倖免運

轉荷同袍義舉急煎煎似救眉燃都只爲

瘡哭包胥心堅意堅

〔末老生〕誠然如此就請同行〔作同行繞場下郎上〕〔末〕來此已是秦關〔郎速討戰者〔副淨上

〔鬥雙雞〕把守巖疆關心早宴察奸徒任非

淺忽聞兩國起烽烟提兵接戰要防備蕭牆變

〔副淨〕俺秦國守將蒙驁，今聞楚趙會師突來攻關，不知何故，不免開關一戰。〔作開關出見介〕呀，師徒整肅，不比往常，須好生防備。的來將何人，因何無故興師〔末小生〕秦將聽者，你那秦國本屬西夷須知道、

〔鮑老催〕分藩誰建，你不遵王制，儘欺天強

千古不平，以嬉笑怒罵發之

兵到處風沙捲，蜂兒鬧，蟻兒封，犬兒餂，合從前被你潛搖煽，結好的被你強吞，慣會凌人能謊騙，分明三尺孩童見，到如今齊切齒把兇衰窮。

〔副淨〕休得胡言，放馬過來。〔淨〕老生小生接戰，副淨三上戰三敗下〔末〕秦將逃遁，就此搶關者。〔衆〕吶喊進關

結到題外
妙合天然

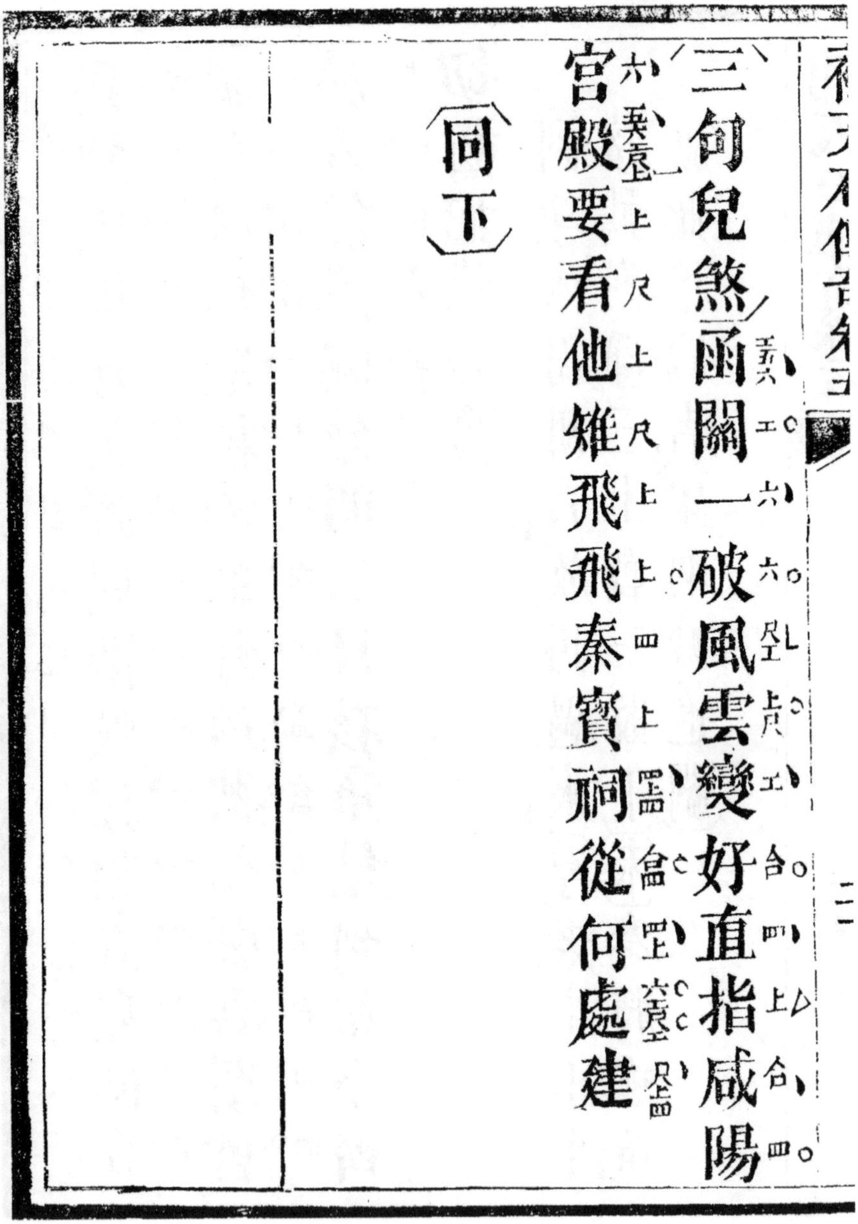

〈三〉句兒煞〈一〉函關一破風雲變好直指咸陽

宮殿要看他雉飛飛秦寶祠從何處建

〈同下〉

恰合

第五齣　求盟

〔老旦扮樗里疾二雜隨上〕〔老旦〕〔集唐〕內官傳詔問邊機。李德裕馬出榆關一鳥飛。韋莊我縱言之將何補。李白誰能談笑解重圍。皇甫冉　老夫秦庶長樗里疾是也、我王前聽張儀欺詐楚王、拘留關內、並取他漢、中諸郡、堂堂大國作此市井欺騙之事老夫屢諫不從、今楚國邀約趙師前來責約、一戰破關、並聞韓魏各國、紛紛不平、楚王又已逃回、敵鋒甚銳國勢殊危我王心悔、特命下官親往求和、

【仙呂宮】【搗練子】楚和趙會貔貅多應積憤切同仇事急求盟須俯首未知兩國肯聽否

來此已是營門軍士通報（末小生卒衆上）

【黃鐘宮引】【點絳唇】殺氣橫秋黃塵掩晝馬蹄吼莫踹田疇蔀屋休殘蹂

【雜報介】秦國使臣求見（衆暗下）（末小生有請（出迎介）（老旦進見介）鄰邦夙好未

好科白

兩曲神情口吻冰雪聰明

知二位將軍何故輕涉吾地、〔小生〕庶長難道不知、秦君聽信張儀多方欺詐、我王誠信待人甘受所誑、但出爾反、爾豈不貽笑天下、今天不絕楚、吾國喪君有君、社稷無虞、特命二三子請示貴邦因何連次負約、

〈滴滴金〉甘言說不盡天花漏盟言賭不盡牙疼咒到頭來一概前言負賺吾君作禁囚百般躪蹂豺狼酖毒難消受幸今日天

祚吾王社稷長留

【末】趙楚唇齒之邦、休戚與共、楚既被欺、趙之辱也、且貴邦疊次加兵於我、隱忍未報、今新君易服騎射、西盡雲中、北極雁門、控弦之士百萬、俺趙國呵、

【仙呂宮】【好姐姐】春秋我三晉分封最久睦鄰交爭先恐後他卞璧奇珍世守你謊說連城十五夸易木桃投圖盟醜報湘靈也擊

答語亦雋

澠池缶最無辜，士卒長平血滿溝。

〔老旦〕疆場之事、彼此無憑、難追既往、至張儀欺詐、實出意外、寡君亦深悔之、今二位將軍、將若之何、〔末小生〕吾等受命、有進無退、不知其他、只可笑你邦呵、〔合唱〕

〔黃鐘宮〕〔滴溜子〕用策士用策士陰謀善誘遣上將遣上將毒騁戈矛今朝前情互剖并

不是意外恣搜求現統著百萬貔貅兵臨
城下怎能罷休

老旦白總總皆吾國之愆、實由倭臣上使、悔之已晚、出都之日、奉寡君面諭、如蒙允好罷兵、願退還侵趙各地、竝以上黨各郡謝罪、至前約商於六百里之地、照數納楚、竝還漢中各郡、

仙呂宮【川撥棹】求寬宥願同將土地酬罷干

鈔論確論

戈玉帛交投罷干戈玉帛交投免參差窮兵報讎只望你莫追求不枉我駕行騶

總總望二位將軍、斡旋其事、〔末小生〕庶長爲秦國上卿賢聞列國、所言是否能允、尚須請示寡君、某等未敢擅便〔小生〕但張儀傾險之徒、與楚可洩吾國之仇、區秦亦非貴邦之福、尚希庶長轉言、一并因解〔老旦〕是、是、容俟轉奏遵命便了、請〔末小生〕請〔分下〕

第六齣　勘罪

〔生冠帶扮屈大夫上〕

〔黃鐘宮引〕〔玉女步瑞雲〕金甌再調，喜當年國恥
工　工　工　五六　尺　上　上　尺

上尺　五六　工　上尺　工　尺　尺　上尺四　合

全消。願此後江山永保。

〔集唐〕新聞多說戰爭功，（李咸用）欲爲君王伏邊戍。（劉滄）郡信靈仙非怪誕。（韓愈）江湖滿地一漁翁。（杜甫）下官屈原，幸邀天佑，乞師伐秦，頓雪國恥，日前我王返國，授

是痛定思痛語

爵令尹、掌理國政、今聞昭將軍班師將到、特此上朝預候、〔末〕扮陳軫〔旦〕扮景鈇同上〔末〕下官陳軫、〔旦〕末將景鈇〔合〕原來令尹已先到此、某等有禮〔生〕二位請了、大王升殿、排班伺候〔末旦〕是〔外扮楚懷王小旦貼扮兩宮娥四雜扮內侍引上〕

〔外唱〕

〔仙呂宮引〕〔海棠春〕御爐光燦香烟裊啟玉殿琉

五 工 六 五 六 六 上五 尺 上尺 工 四

璃幌曉返國感忠言往事羞難道

四 上尺四 合四 六 工 工 上工 尺工 尺 工 尺 上尺四 尺四

〔集唐〕柳拂旌旗露未乾。岑參芙蓉闕下會千官。王維此時朝野歡無限。李乂未識君臣際會難。韓偓〔衆〕進見介〔外〕令尹賜坐、〔生〕謝旁坐介〔外〕寡人返國以來、勵精圖治、朝野肅清、幸賴令尹主裁國政、魚水同心、恨我用之不早也、聞得昭睢已取盟班師、也該回了、〔雜扮黄門官上〕啟大王、昭屈二將伐秦班師、取有商於地圖并因解張儀、還朝候旨、〔外〕妙呵、此皆令尹之功也、宣昭睢屈匄上殿、〔雜〕領旨、〔宣介〕〔小生淨上〕臣昭睢屈匄見駕、願大王千歲、〔外〕平身、將軍且將伐秦之事、備

細奏來（小生）大王聽啟、臣略雎呵、

桂枝香君威遠耀師行無擾合著他趙國雄兵直把那函關破搗衆兒郎氣驍衆兒郎氣驍劍戟齊操要把欃槍盡掃他那裡叩旌旄隼詞厚幣求和早願把那腴壤奸臣爰手交

奇想天開

匪夷所思異樣渲染合老莊班馬爲一手

〔外〕二位將軍勞苦戎行聽候封拜〔小生淨〕臣等尚有下情日前班師將近本境哭有一漁父踵營求見

〔中呂宮〕〔漁家傲〕見一箇老漁翁簑笠飄然鬢髮蕭他直叩營門不待相邀他說屈原抱石哀哀哭投江命了〔白〕他又說投江之後頃刻風雨雷電圍繞長江他即投舟相救

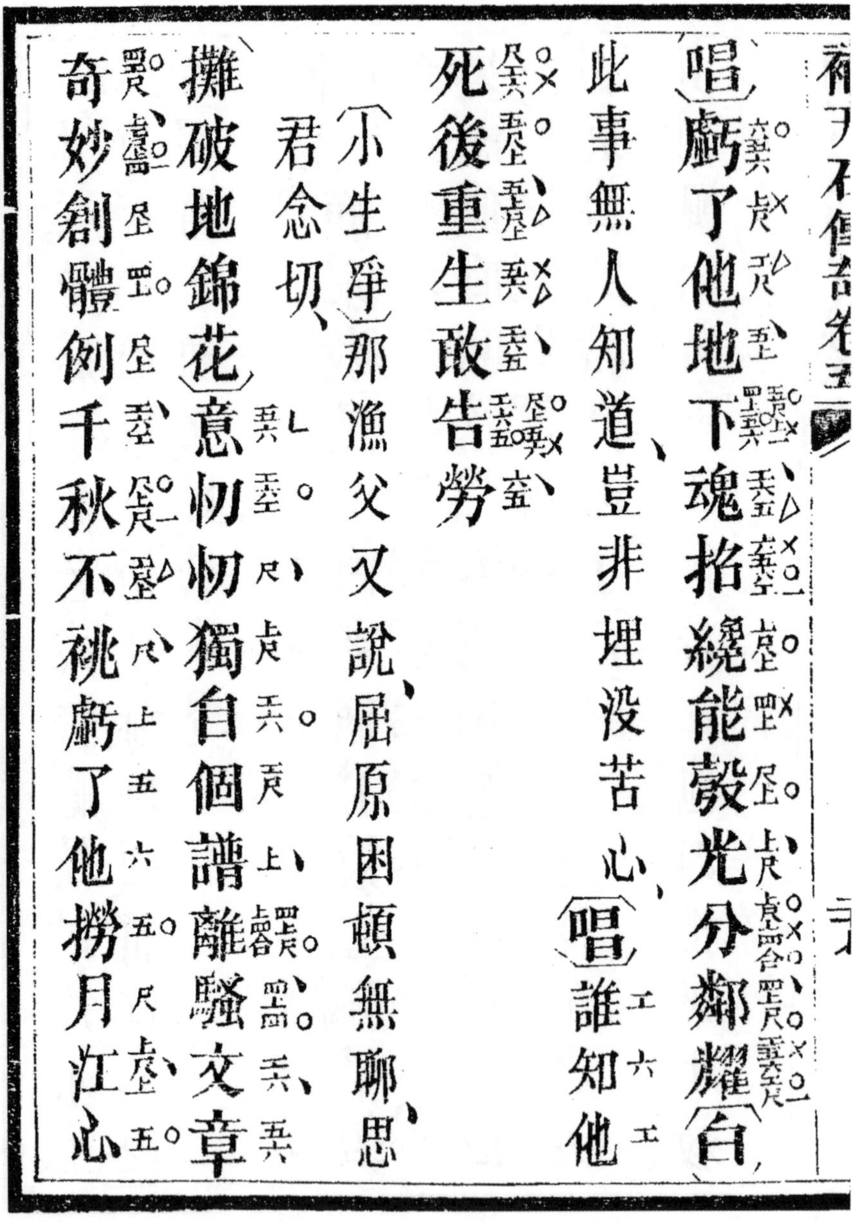

〔唱〕虧了他地下魂招纔能彀光分鄰耀〔白〕此事無人知道、豈非埋沒苦心、〔唱〕誰知他死後重生敢告勞

〔小生〕那漁父又說、屈原困頓無聊、思君念切、

〔攤破地錦花〕意忉忉獨自個譜離騷文章奇妙創體例千秋不祧虧了他撈月江心

拾襲堅牢〔白〕那漁父說罷、臣等正要詢問、

〔唱〕只見他駕丹霄一霎裡仙風杳

他手交文字一卷立即騰空而去、彼時軍行途次、萬目爭覩莫不稱奇、臣等武夫、不知文中字義、謹呈御覽〔呈卷介〕〔外作翻閱介〕此文空前絕後冠絕一時、非令尹斷不能作、但汨羅投江之事、令尹從未提及不知當日果然麼〔生〕臣愚無知、果有此事、但知漁父相救、未道姓名、竟不知仙人變化、且臣作離騷、早已焚

稿、何以又落他手、臣亦難以揣摹也、〔外〕奇哉、奇哉、若非令尹忠誠、怎能感動神仙、俟寡人即降旨施行、至鄭妃惑亂宮闈、已貶入冷宮、永不復名、子蘭無父無君、即賜自縊、其餘靳尚張儀兩犯、即交令尹會同陳昭二卿、嚴勘各罪、先處極刑、再行梟示、就此退朝、〔衆呼謝介〕千歲、〔外〕衆下衆出介〔末小生〕吾等邀謁令尹府中、隨同勘問〔生〕不敢重勞、即同赴公所會勘便了、〔末小生〕遵命、〔老旦淨〕小將們別過了、〔生衆〕請、〔雜扮四皂四刀斧手、上隨行介作到介排公座坐〔介〕帶張儀、

至論

〔雜〕呀、帶張儀、〔副淨〕扮張儀扭拷上〔雜〕張儀見〔生〕張儀、你與蘇秦同學、他雖然辯詐、尚能合從、列國不致勞師黷武、你爲何傾險至此、吾今不爲本邦、當爲列國報仇、〔副淨〕張儀更有何詞、但各爲其主、尚求原諒、〔生〕咳、你道忠心於秦麼、恐商鞅作法於前、你更欺詐於後、嬴秦旣開刻薄之風、國祚豈能延久、你旣以口舌爲能、刀斧手〔雜〕有〔生〕速將張儀舌尖割去者、〔雜〕應割舌副淨滚地作痛介生衆合唱〔介〕

完

〔黃鐘宮〕〔雙聲子〕舌尖巧，舌尖巧，列國遷顛倒。心計高，心計高，難討今朝好。成煩惱，免嘮叨。平日個腹中藏劍，到如今舌上生刀。

〔生〕帶靳尚、〔雜〕呀、帶靳尚、〔丑〕扮靳尚扭拷吆喝、進門介〔雜〕靳尚見〔生〕靳尚、你與我何仇何故屢屢傾陷、這也都是小事、但秦邦虎狼之國、凡愚皆知、你為何苦勸大王赴會、且平日顛倒朝政、險些一個赫赫楚邦斷送在你手內、〔丑〕靳尚罪惡滔天、只求早死〔末小生〕你要早死、偏教你緩死、刀斧手〔雜〕有、〔末小生〕速將他捓上高竿、令衆軍士亂箭射死、看他的週身倿骨、可能搖擺麽、〔衆應作捓丑上竿衆軍射介生衆合唱〕

〔前腔〕寃仇小寃仇小奪獻當年稿慾難飽慾難飽賄賂盈門少心孔巧膚華牢今日裡叢身萬箭血肉麋糟

〔雜〕啟上令尹、靳尚氣絕了、〔生〕將他二人戮下首級、奉旨梟示、〔雜〕應扛副淨丑下、〔内〕報令旨下、〔生〕衆跪接介〔老旦扮内侍旦小旦扮兩小内侍隨上〔老旦宣詔介〕詔曰、寡人凉德、幾辱先王、幸賴令尹屈平、以宗室世卿、冄枕矢日、赤手廻天、俾社稷危而復安、厥功最巨、是用優錫、以答勲勞、今特加惓國君封號、卽以商於之地、爲卿湯沐之區、子孫世襲、並著入朝不趨、贊拜不名、總理君國大事、屈平之姊、節義可風、並賜郡國夫人之號、月賜祿膳、並勅所在建立漁父仙祠、春秋

漆絲補錦
移針勻繡
獨具千古
隻眼

咸祀、其屈平所撰離騷、悱惻忠誠、慜慜懇懇、爲吾楚千古未有之作、杳各國風詩、均有著述流傳、獨我楚瀟湘雲夢、未入編章、殊爲缺典、今特命有司、將離騷全帙、刊布四方、俾知泱泱大國之風、有臣如此、陳軫進階左尹、屈匄進階右尹、昭雎以司馬督理全楚軍政、食邑郢西、景缺進位工正、食邑内黃、以酬從亡之勞、嗚呼、衆正盈朝、一人攸賴、欽哉謝恩、

〔生衆起介〕千歲〔生〕君恩靡已、臣念無窮

〔南呂宮〕〔大勝樂〕今日裡夔龍百樂重調、念微

上 四 上 合。 四 上尺上 四合。 四上四尺合。 合四。 上 合

藎忠心事如揭

面面俱到

臣桐到爲琴爨尾焦〔白〕尚有數端、須當奏請、〔唱〕中興此日雄江表守臣節貢包茅想當初、鮮辱東齊由我肇更可感師出邯鄲義氣高鄰國宜修好也更恩威竝用不枉了乾坤再造

〔丙〕報、令旨又下、〔淨扮內侍貼作旦扮小內侍隨上〔生跪介〕〔淨〕令尹接旨、〔生前跪

千里來龍到此結穴

收題十分圓足此爲絕妙好辭

（介）（淨）宣旨（介）寡人頃閱令尹騷賦，托香草美人之思，寓忠君愛國之忱，獨於蘭卉一篇之中，三致意焉。今宮中所植之蘭，連枝九畹，榮茂非常，足徵一德之昭孚于草木，堂陛無差池之異，君臣有臭味之聯。載展芸編，益馨風格，特折取馳賜，以爲令尹紉佩之需，欽哉謝恩。（生）謝（介）千歲。（淨）遞蘭（生）起接唱（介）

【黃鐘宮】【黃龍衮】芳蘭賜九霄，芳蘭賜九霄雨

上 四 尺上 四上 尺工尺 六 工 五六 工六 五上五六 六工

露滋培早，空谷幽香，一時紉佩君恩好，只

五 工 尺工尺 上 六 工 六五 六 尺 上 上尺 工 尺 上尺上 四 上

沈雄高渾
雙管齊下

妙結

願馨襲鄰邦清芬遠紹貢王庭擬君子入

琴操

〔衆賀介〕

〔慶餘〕轉湘帆客憑弔點筆滄浪幽恨埽莫

錯認揚雄一曲反離騷

〔集唐〕

清猿聲入楚雲哀　崔　珏
河上仙翁去不廻　崔　曙
今日與君除萬恨　薛　逢
秋風還有木蘭開　許　渾

〔其二〕

從初直到曲成時　王　建

夢裡招魂誦楚詞　雍陶
我爲有情消未得　陸龜蒙
海鷗何事更相疑　王維

補天石傳奇卷六

第六種

岳元戎凱宴黃龍府

碎金牌　矯詔　詰奸　渡河
殛朮　凱筵　仙慨

矯

詔

同人參評

補天石傳奇卷六

鍊情子　塡詞

吹鐵簫人　正譜

碎金牌

矯詔　詰奸　渡河

殛朮　凱筵　仙槪

第一齣　矯詔

（雜扮四卒副淨黑面扮牛皐老旦扮梁興小生扮張憲旦扮楊再興同上）副淨

出場詩各系本人實事

下鎚百鍊

洞庭洞內縛楊么。（老旦）豪傑鬧風不待招。（小生）一鼓白巾收郝政。（旦）威行長水敵魂銷。（副淨）俺牛皐、（老旦）俺梁興、（小生）小將張憲、（旦）小將楊再興（合）元帥升帳在此伺候（生戎裝扮岳元戎上貼扮岳雲隨上）

五六 五 五 工尺 上乙五 五六 五工尺 工 五工五 上乙 五六工 四

（雙角）新水令為中原百戰費經營問何日迎

上 工 上四 工 工 五 六五 六五工 五 工 五六 五 六 四 上 四

歸二聖青天撐一劍細柳建雙旌矢報國

尺 尺上尺 工 工尺上 五六五 上乙 五六工 尺上 工 六 六工四 六工 六尺上 四上

性命為輕熱心腸指望收功在俄頃

聲調鏗然

〔生〕〔集唐〕應笑區區味六韜。曹唐夾城雲暖下霓旄。崔塗更催飛將追驕虜。王昌齡決身殲軍務勞。杜甫本帥岳飛，字鵬舉，湯陰人也，幼嫻文事，長歷戎行，背涅盡忠，心鐫報國。恨北方之未靖，致南渡之偏安，百戰艱難，曾誓心於天地，十年心力，將唾手於燕雲。每慙專閫無功，今幸中興有望，現在兵抵朱仙鎮，已命將校梁興，邀約太行忠義兵，李寶、董光傳選孟邦傑等，他昨日歸報，兩河豪傑，羣然響應，那金將烏陵思謀、韓常、忔查等，皆已密受旗榜，刻日會師，

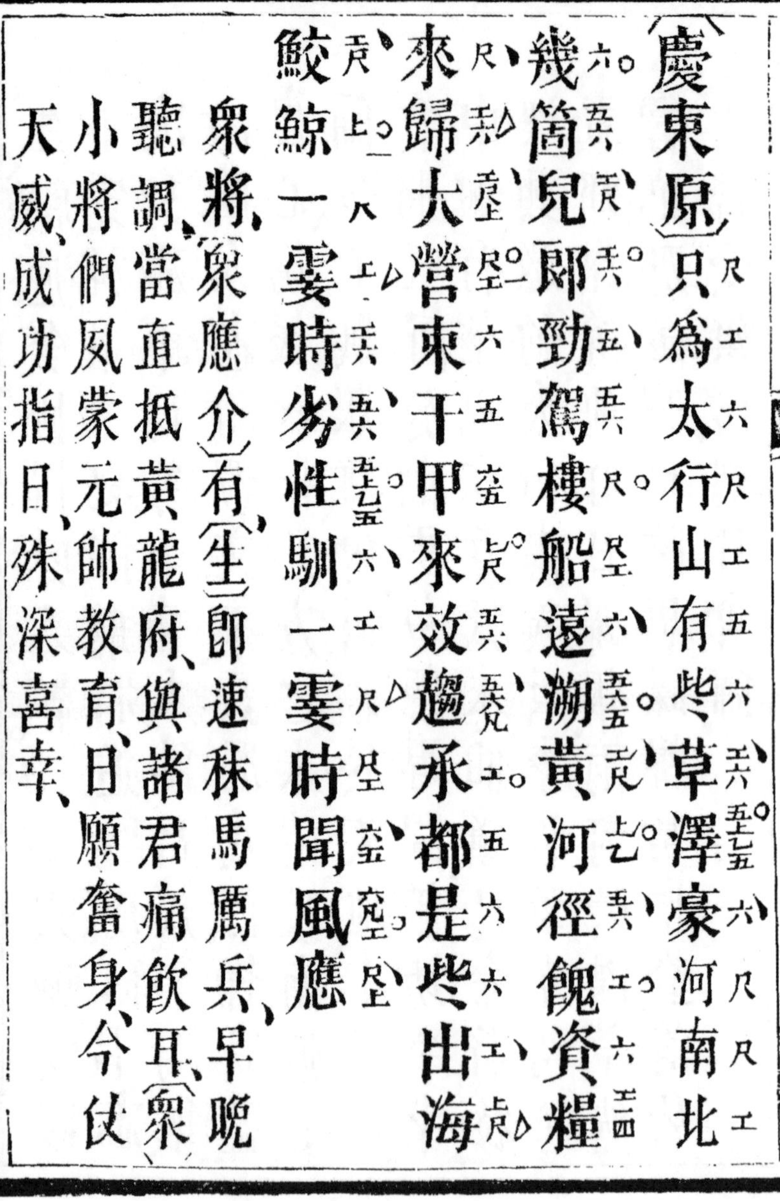

〔慶東原〕只爲太行山有些草澤豪河南北幾箇兒郎勁駕樓船遠溯黃河徑餽資糧來歸大營東干甲來效趨承都是些出海鮫鯨一霎時劣性馴一霎時聞風應

衆將、〔衆應介〕有〔生〕郎速秣馬厲兵、早晚聽調、當直抵黃龍府、與諸君痛飲耳、〔衆〕小將們夙蒙元帥教育、日願奮身、今仗天威、成功指日、殊深喜幸、

〔雁兒落〕鈴韝侍坐夜論兵常承親訓眞僥倖挽長弓戒忿爭巴得箇報紅旗同宴飲

〔内〕報聖旨下丑扮万俟卨持詔兩雜隨上〕

〔集唐〕星使追還不自由。李商隱　去程鵰鶚弄高秋。譚用之　擢眉折腰事權貴。李白　黑地潛牽鬼魅愁。曹唐　俺万俟卨、陽武人也官拜右正言、奉秦丞相之命、往名岳元戎、未知他可中計、

〔羽調四季花〕馬蹄輕莫悞丞相命要教鵬舉早休兵假詔飛來不暫停你休作梗十二金牌隨後行

〔丑宣詔〕〔生跪介〕詔曰、朕現蒙北朝允定盟好、各無侵犯、該帥接奉此旨、即日旋師、毋再羈延、欽哉謝恩〔生〕萬歲〔起介〕請問天使、兩宮未返、如何和好、中原未復、豈可班師、尚求賜教、〔丑冷笑介〕咦、聖上不要厮殺、誰敢去問他、難道元帥免些

金牌必以十二雖無確考然以十二時準之恰合催兵迅速之意不可遽謂作者爲臆造也

辛苦、省些氣力、到不好麽、（生）是、請天使後營稍息、（丑）快快起程、不要耽擱、（生）是、（丑下）（內）報、金牌到、（雜）四人扮使者各持金牌一道輪流上場每人循環三匝各繞場下、（一雜持金牌上）子時火牌到、奉旨催取元帥迅速回朝、快接牌者、恕小將不下馬了、（衆遞上生接介）（雜下又一雜上）丑時火牌到、奉旨飛詔元帥回兵者、（餘同前介四雜上場三次共遞十二牌介）（生接介）（生）呀、何以如此嚴急、咳、我岳飛十年心力、廢於一旦矣、（悶坐介）（衆啟元帥、朝廷路遠、未知此地情形、豈可

血淚濡墨
寫成此曲

以將成之功、廢於傾刻、請元帥一面拜表陳情、一面興師進討、俟大功克成、再請違詔之罪、聖上必然見諒（生）咳、我豈不知、但人臣無將、我素守忠節、豈敢冒昧、罷、就此整理旋師便了、

【勝如花】問蒼天吽不膺難道是半壁江山鑄定復不來疆土神京辜負煞兵雄將挺百十年先陵未整望不見九廟神靈尋不

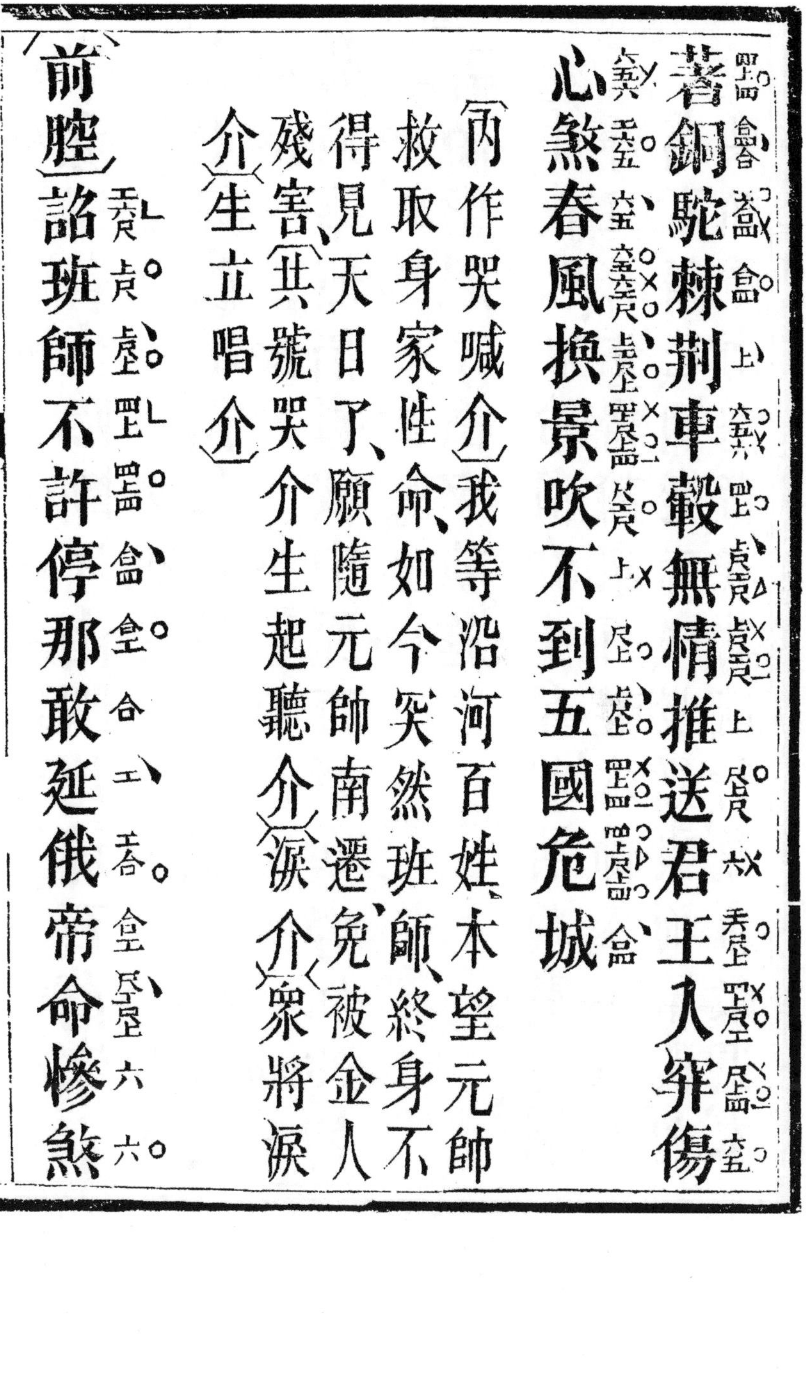

蓍銅駝棘荆車轂無情推送君王入穽傷心煞春風換景吹不到五國危城

（丙作哭喊介）我等沿河百姓、本望元帥救取身家性命、如今突然班師、終身不得見天日了、願隨元帥南遷、免被金人殘害、（共號哭介生起聽介）（淚介）衆將淚介）生立唱（介）

〔前腔〕詔班師不許停那敢延俄帝命慘煞

錐心刺骨
無限低徊

了赤子蒼生隔斷了南陽北境百萬家水火求拯渡不得長河汴京不忍聽呼聲哭聲眞宰無情毒我中原百姓空勞你終朝引領望遍了岳字旗旌

〔生復坐拔令箭介〕牛臯楊再興聽、令、〔副淨旦〕有、〔生〕傳諭衆百姓、本帥奉詔班師、萬不得已、朝廷赤子、豈忍棄而不顧、如果願隨南遷者、准其同行、免羅敵忠、本

段落轉接處直疑鬼斧神工

帥留軍三日以待、毋得再延、〔副淨〕〔白〕得令、〔接令下〕〔雜上〕啟爺、有京中李司農下書人求見、〔生〕傳進來、〔外上〕元帥在上、下書人叩見、〔生〕你是司農李爺家人麽、〔外〕是家爺親筆書函呈覽、〔出書介〕〔生接書介〕途路風霜、後營少息、〔外〕謝過元帥、〔下〕〔生〕原來是契友李若虛的書信、他乃李若水之弟、世濟忠良、所言必有關係、〔展書看畢喜介〕妙呵、他探得秦檜奸賊連發金牌名我查問朝內、並無其事、恐我中計、因此飛速報知、如今祇究問使人便了、〔旦上〕小將楊再興、啟知元帥、須問邏卒巡河見有一人行走促急言語支吾在腿股之中搜得蠟丸一枚恐係奸細現將人丸一并解候親訊〔生〕呀這也奇了帶那人上來〔旦〕應下帶副淨扭鎖上喊門進介〔生〕你是何人渡河何事倘不說明左右看劍伺候〔衆〕應介〔副淨〕元帥息怒某王姓符名本係秀士頃赴河北探親並無過犯求元帥原情〔生〕待看過蠟丸自有分曉〔拆丸且看且唱介〕

〔黃鍾宮〕〔啄木兒〕來書事敢不膺南北和盟臣

波浪掀天
一書括盡

把定胡弄的趙氏心驚只怕的岳家作梗
從今計就連環竝指日班師命亦傾拜覆
尊聽乘機莫退兵

（生）呀、這是秦檜親筆書函、你替他傳遞、自必知道緣故、還敢巧言飾詐、左右將他剛刀架頸、看他可再支吾、（衆應介）（副淨）罷了、我王符只得直招了、本係中原秀士、前因粱王兀朮、被元帥殺敗、急欲退兵、是我該死、叩馬而諫、以爲有秦丞

對景挂畫
狹路相逢

相在內主張元帥、斷不能成功於外、梁王聽言大悟、仍即返騎、命我持書呈送秦相、秦相因即矯詔召回元帥、覆書命報梁王、不料敗露、願甘萬死、

【三段子】情真事明、探驪珠重淵不爭殺人做情。喚老桑請君自烹。咳、悔煞了汴梁叩馬、挑回鮮上臨安、又去傳書誑、誰知道游魚飛雁和身相迸。

〔生〕前日天使自京起程、你可知道、〔副淨〕那也是秦丞相遣他來、和我一路同行的、〔生〕左右與我將那假天使拿下了、帶來勘問、〔雜同應介帶丑扭鎖上〕呔、岳飛、堂堂天使、你敢無禮麽、〔生〕阿、万俟卨你到底做那家的官、奉何人之令、〔丑〕做趙家的官、奉天子的令、你難道不知、〔生〕哈哈、不要做作、原書在此、左右拿與他看、〔小生接副淨作看介〕罷了、罷了、旣露眞情、何容强辯、〔生〕于今可好直講了麽、〔丑唱〕

粉壘春秋
一筆寫盡

〔前腔〕權庭相庭好容易趦遷上卿神醒鬼醒天網恢看得分明昨日裡昂昂天使凌霄興今日呵呼呼內伏如黿鼉怨只怨黄閣的機謀全無把柄

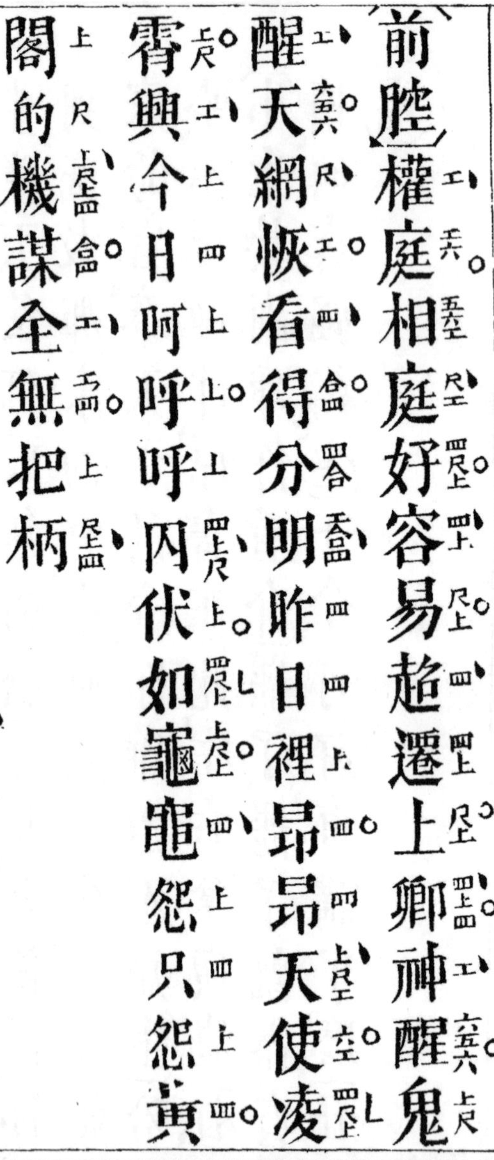

〔生〕命他二人親筆書供、嚴行看守、不許疎懈、〔雜應〕二犯畫供帶下、〔生〕拔令箭介、張憲過來、〔小生〕有、〔生〕傳諭三軍百姓、各各安心聽候進兵、毋許播惑浮言、稍有

急慢、

（雙聲子）三軍聽三軍聽壯志休教冷奸臣令奸臣令巳得私函証鼓得勝鼓得勝佇唱凱歌紅旗立等賊、

（小生接令箭介）得令、（下）（生）咳、秦賊阿秦

（下小樓）只道氷山勢盛那知你一旦傾蠟

丸鐵據爲憑証照膽秦家業境著緊的疏
奏形庭

（生）且住、秦賊攬權勢傾中外、各處奏疏、每每私匿、此事必須使他不及隄防方好、（作沉吟介）嗄、有了、我將本章書據一并封入韓樞密書中、備述緣故、他自然密呈轉奏、立取處分矣、

【三句兒煞】權奸內外多呼應只怕他事敗

筆墨始終
不懈

後彌縫計生要使他平地轟雷掩不迭的

六、驚

〔作〕寫書〔介〕楊再興過來〔白〕有、〔生〕書信一封、郎、駕千里馬、飛往都中韓樞密府中投遞立等回報、速去速來、〔白〕得令、〔分下〕、

詰

奸

仄韻曲如此穩妥可稱絕調

第二齣　詰奸

〔外扮韓世忠雜扮兩僕隨上〕

尺上 工 上 四尺上 五六 五六 上 尺 尺上四 合四一 工

大石引調【帝臺春】感生髀肉慚愧糜虛天祿僻

尺 五 六 五 五上五 工 工 工 尺 尺上四 合四一 尺上 尺 工 尺上 工

處在湖山麓笄做中興朝局馬華沙場難

五 五上五一 上 尺上 四 上 上 尺上四合 四一 六 工 尺 尺 工 五六 五六 工上一

遂志莫笑我將軍負腹樽前袒露醉中看

尺上 尺 工 尺 尺 五尺上四合 上四一

數不盡金瘡箭鏃

（外）血戰勤王護帝京。威揚南北氣縱橫。雄心不遂黃天蕩。淚滿金山戰鼓聲。下官韓世忠、表字良臣、延安人也、久歷行間、遂膺揚之壯志、近歸朝列、愧馬齒之虛增、可奈當今一意議和、四方解體、幸得岳元帥銳志用兵、現在已抵朱仙鎮、將次成功、頃聞秦丞相連發金牌、召他班師、不勝駭然、我當面詢秦檜、是何緣故、左右往秦丞相府中去來（雜應介）是、（同行下淨扮秦檜四雜引上）

（中呂宮尾）意不盡身在南天心在北廿四考中

工ㄴ 工。 五六 四。 尺上ㄴ 四。 尺乙 四上 尺 上ㄴ 上。

書誇捷足你笑我鱗甲險難防我笑你樗材太庸碌

〔淨〕航海歸來握大權。只憑隻手便瞞天。求和一著眞奇妙。要使敺魚不爲淵。老夫秦檜、表字會之、祖籍江寧、政和掄元、紹興首相、趙氏契同魚水、金邦寄以腹心、和盟議合兩朝、巧宦可稱獨步。〔笑介〕昨日矯詔去名岳飛、不知他可聽命、只因粱王見責、妻子頻催、必要取了岳家父子性命纔罷、看來也顧不得罵名萬

口吻神肖

世了、〔雜〕啟相爺、韓樞使到、〔淨〕道有請、〔外〕上見各坐介〕請問丞相、岳元戎屢戰有功、何故名回〔淨〕樞使難道不知、外間物議紛紛、違聖上都知道了、〔淨〕移坐近唱介〕

〔越調〕〔鬥黑麻〕道他專閫要君師勞兵讟且叵測心腸鞅鞅面目縱部兵輕殺戮似河上〔逍遙玩師高叔似能言馬謖兵書枉自讀

鬚眉勃勃
正論堂堂

恐跋扈將軍恐跋扈將軍不安臣屬

〔外〕泛泛之言、何足爲信〔淨〕唔、雖無實跡、其事則莫須有、〔外〕丞相差矣、莫須有三字、豈可以服天下、當今赤心爲國、如岳鵬舉者、罕有其人、何故功屈垂成、廢於意外、〔唱〕

〔集曲〕〔憶鶯兒〕誰相告肆謡詠這莫須有三字

太冤毒天下何人心肯服那岳元戎意氣

非粗軍行最肅懃懃懇懇忠忠君國若果是班師促前功盡棄誰任安危軸

（起介）請了、（淨）請了、正是罪非雖無據三言定（外）咳、話不投機半句多（竟下）（淨冷笑介）哈哈、韓世忠、你如此唐突老夫少不得畧尋小過、㕷你到閻羅殿前去做中興功臣便了、

山麻稭牛馬風不相觸你得卸兵權逍遥

此轉更妙

已足何故搜根抵狂言肆瀆你道是風影無憑我把你蛟鼉一網并遣誅戮

〔淨下〕〔外上〕氣死我也、〔悶坐〕〔介〕〔雜上〕啟爺、岳元帥書函呈覽〔外接書〕〔介〕他專使來的、〔雜〕是一位將軍、馬未卸轂、人未解裝、兼程而至的、〔外〕呀、必有緊急之事、且待我看過書函再請相見、〔展書看畢大笑〕〔介〕妙阿、秦檜奸賊、矯詔逼金、都是實據、他也有惡貫滿盈的時候阿、且住、那賊勢焰通天、裏外庇應、事出非常、聖怒不測、不免即刻入宮面奏便了、過來、〔雜〕有、〔外〕傳示來將、明日再見、我急要面聖、此刻不及傳請了、〔笑下〕〔旦〕扮楊再興上〔集唐〕長恨豪華處要津。司空圖中含芒刺欲傷人。陸龜蒙朝眞暮僞人難辨。白居易似共東風別有因。羅隱小將楊再興、奉元帥將令、來都中投書、現已遞進、但不知韓樞使光景如何、且再去探聽一番、〔行介〕

〔五韻美〕風中餐雨中宿關山匹馬忙馳逐板橋隨處霜花蹴聽慣了雞鳴茅屋望雲

尺 工 尺上 四上 合 工 工六 五 工尺 上 上 上尺 上尺 工 工 工六

樹迷離躑躅回首處沙場月一輪孤來往

工六 工 尺 工 上 尺上 尺上 四上

匆忙早慰元戎望目

來此已是、門上有人麼、〔雜上〕呀、原來是將軍、〔旦〕樞使可在府中、小將特來謁見、〔雜〕家爺接了書信、就哈哈大笑、即刻進宮見駕去了、〔旦〕呀、進宮面聖去了、〔雜〕是、〔旦背介〕如此說來、必有好音矣、〔轉介〕樞使回府、請煩轉達、再來面領回書便了、秦賊阿秦賊、

〔江神子〕浮雲掩太虛兀自道瞞天計足不想一朝敗露平時地穴好藏身今日裏難營三窟

〔旦〕雜分下〔末〕扮周三畏小生扮何鑄雜扮門子四皂引上〔末〕下官大理寺卿周三畏是也〔小生〕下官諫議大夫何鑄是也〔合〕頃聞接奉密旨係韓樞使與岳元帥揭奏秦檜矯名通金呈有實據聖情大怒發交我二人勘訊敢不嚴究眞情

〔升坐介〕左右帶秦檜〔雜〕呀帶秦檜〔淨扭拷因服二雜上淨嘆〔介〕從前做過事、沒與一齊來、〔作喊門進介〕秦檜當面〔末小生〕秦檜、你矯詔班師、逼金導敵、難道不欲二聖還朝、不願中原恢復麼〔淨〕那有此事、實因與岳飛不睦、不要他成功是實、至於航海南歸、絕無逼問、馬有導金之理、〔末小生〕現有蠟丸、何容狡賴、秦檜聽者、

南呂宮〔三仙橋〕伐盡了南山叢竹也寫不盡

四合。四、合工、合合。五合合五。四上四上。尺上

洋洋灑灑暢所欲言可愈老瞞頭風

神奸胸腹九重上推心相待你獨柄中朝軸甚心情還不足辣手似兇屠只爲航海時臨行囑咐旣怕那金將寶燃書又怕賢妻言語促心坎裡但知兀朮便算你會含糊也躲不了輪迴地獄只想要岳家軍盡絕根苗那裡管汴京人受盡了荼毒

如鼓聲撒豆何其快哉

你夫婦前在金營、卑污苟賤、何人不知、郎如洪皓歸朝、面致金將寶燃密語、你郎恨他洩漏、幾欲置之死地、種種欲蓋彌彰、不想也有今日、

【集曲】【東甌蓮】你只道一丸泥邀寇速只待把趙氏江山送他族險些兒長城萬里遭顛覆你往日坐中書刑逼千般威逞足今日裡天道還入甕休匍匐

觸類旁通章法井井

快檢但能明國法何必用閻羅

〔淨〕咳、我秦檜今日勢敗禍盈、檜檜都有實據、叫我從何巧飾求付筆札、親自錄供便了、但矯詔之事、雖係我的主意、還有張俊同謀、因他與岳飛有隙、力贊其事、不可使他漏網〔末〕小〔生〕豈但張俊、連你妻王氏也是同謀、休思狡脫〔淨〕是〔末〕小〔生〕左右快取紙筆與〔他〕〔淨〕寫介〔末〕小生唱

工 尺、 工尺 六工、 工、 上、 上 四、 上尺 工上、 尺上、 尺、

〔越調〕〔吒精令〕你狠狽招呼平日何殊骨肉鬼魅夫妻奸計毒好教你白首歸無冷落

工 尺、 尺 尺、 工尺 上、 四 上 四 四、 上 四、 四 上四、 上合、

〔末小生〕供已畫就、帶去收禁、候奏明請
旨便了、〔雜喊帶犯同下〕

河

補天石傳奇卷六

第三齣 渡河

〔老旦〕扮李若虛四雜帶木桶隨上

〔雙調引〕〔黃梅雨〕急趲程途不憚風霜苦喜良

尺 上尺 上工 尺工 尺 工 工 工尺上 四尺工 尺 上

友天涯重晤幸得箇誅豺狼竄盡狐鼠好

上 尺 上 上尺四 尺四 工 上 尺 六 尺 尺工 五 五六 上工 尺工尺工 尺

慰他用命的糾糾羆虎

工 工 尺 尺 上 尺 尺 上尺四 合四

〔集唐〕野色遥連草色黃。吳融 故人相見憶

山陽。譚用之 使君地主能相送。岑參 日暮

世間快事那有此

風沙古戰塲。王昌齡 下官李若虛、表字璧友、職授司農卿、與岳元戎素日至交、日前秦檜矯詔班師、下官聞知、密遞一信、當將來人查詢得實、並又拿獲通金奸細、天威震怒、審悉眞情、奉旨將秦檜寸磔、伊妻王氏、並張俊腰斬梟示、卽將他三人首級、傳示軍前、使師中壯氣、敵國寒心、特差下官齎旨慰勞、〔指介〕這木桶之內、就是三人首級、昨已命人打報與岳元帥去了、來此巳是左右通報〔虛下、〕

〔內吹打開門介〕〔四將引生上〕

〔正宫〕〔引〕〔薔薇花引〕雁足傳書喜來個同心儔侶九重刑賞分寸不渝權奸聞已遭刑處

〔雜上〕李司農到、〔生〕有請、〔生出接老旦上進見介〕〔生〕昨日接旨、已悉兄長前來、備知梗概、但日前非兄長書來、幾遂叛臣之志、不但弟命危同朝露、天下事亦安可問哉、中心欽渺、感極涕零、謹當叩謝、〔拜介〕〔老旦答拜介〕〔生唱〕

〔洞仙歌〕一見笑顏舒謝當時遠寄書纔知

道鳳詔全無假說金牌取不然是功業付空虛壯士盡戕軀難復中原土

〔老旦〕聖上傳諭命將万俟卨及下書人王符、挪置營門、亂箭射死、並將一十二道金牌、軍前碰碎、以消衆忿、以釋羣疑、

〔老旦唱〕

〔雁過聲〕羣奸情罪輸鎖鋃鐺鐵案三曹主頃刻間歡騰中外清朝宁〔白〕這首級一經

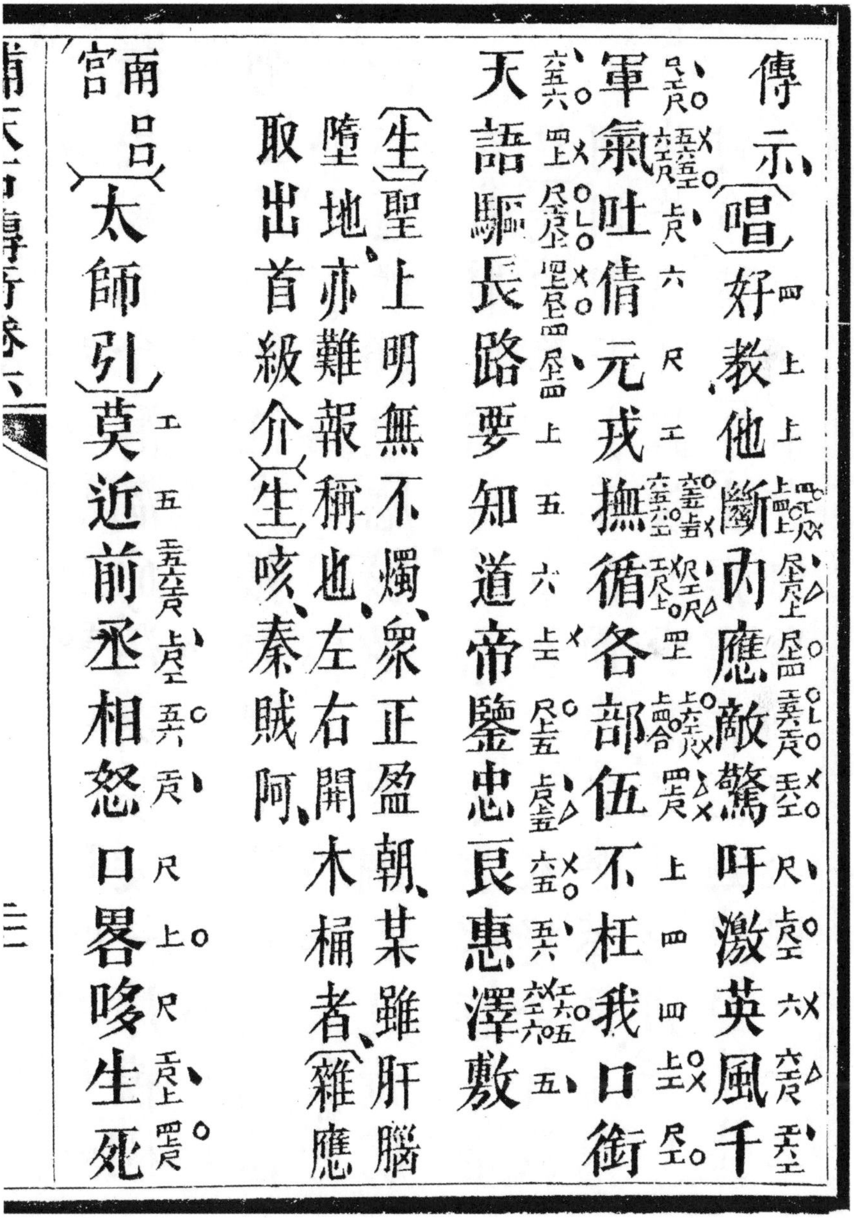

傳示〔唱〕好教他斷內應敵驚吁激英風千
軍氣吐倩元戎撫循各部伍不枉我口銜
天語驅長路要知道帝鑒忠良惠澤敷
〔生〕聖上明無不燭衆正盈朝某雖肝腦
墮地亦難報稱也左右開木桶者〔雜〕應
取出首級〔介〕〔生〕咳秦賊阿
南呂宮
〔太師引〕莫近前丞相怒口詈哆生死

予璋髑髏
可以祛瘧

須臾到而今淋漓血汚交鬢髮一片模糊那王氏胭脂繡虎張俊呵玉帳鈴圖因甚的自送頭顱也應駭煞千里關心兀虎虜

左右將此首級傳示三軍者〔雜應下〕〔老旦〕元帥渡河之事若何〔生〕本擬今日渡河因知兄長奉詔而來自應恭候兄長途勞頓且請後營少息改日還朝〔老旦〕遵命請了〔下〕〔生〕張憲岳雲過來〔旦〕〔小生〕有〔生〕拔令箭〔介〕郎將僞詔金牌一十二

道、發出轅門、傳集軍民、立時硨碎、并將
万俟卨王符二人、押赴高竿、亂箭射死、
〔旦〕小生接令應下〕〔內擊鼓作歡呼聲介〕
〔生〕傳諭各營將校、金人業已遁逃、就此
拔營渡河者、〔衆吶喊應介吹打起行介〕
〔生唱〕
【大石調】〔催拍〕儘從容千軍萬旗駕樓船歡欣
尺工 工 六五 工 六 五六 六五 五尺 六尺 工 五 五六
五五 六五 五 五 六五六 五 六五 上 五上 五上五 六
鼓舞似征蠻渡瀘征蠻渡瀘〔雜扮父老四
人帶壺漿等上〔白〕俺等沿河村老、聞知岳

元帥渡河而來民間秋毫不動眞是王者之師特來迎接〔小生報介〕啟元帥〔唱〕有許工六

六 工尺 工五六 上尺工五 六五 六 尺工 六五六 工 六 五 工 五上 五六 工六 五

多兒童竹馬父老商瞿都帶著簞食壺漿

六工 尺工 六五六 工 六 五 六 工 五六五 工六五 尺工六尺一 六 六 五六 五六 工六五

擁塞征駒一箇箇鞠腿歡呼好比炎旱極

四上 尺工尺工 四上

逢甘雨

〔生傳衆父老進見〕〔衆見介〕〔生〕父老們你等自金人擾亂以來光景如何〔衆〕呵呀

寫得出

元帥阿〔同唱〕

〔正宮〕一撮掉太平時雞犬復何虞亂離時人鬼竟同途幾年間老弱無安堵空戀著草舍與田盧感欷歔而今重倚將軍樹願春風吹來莫吹去

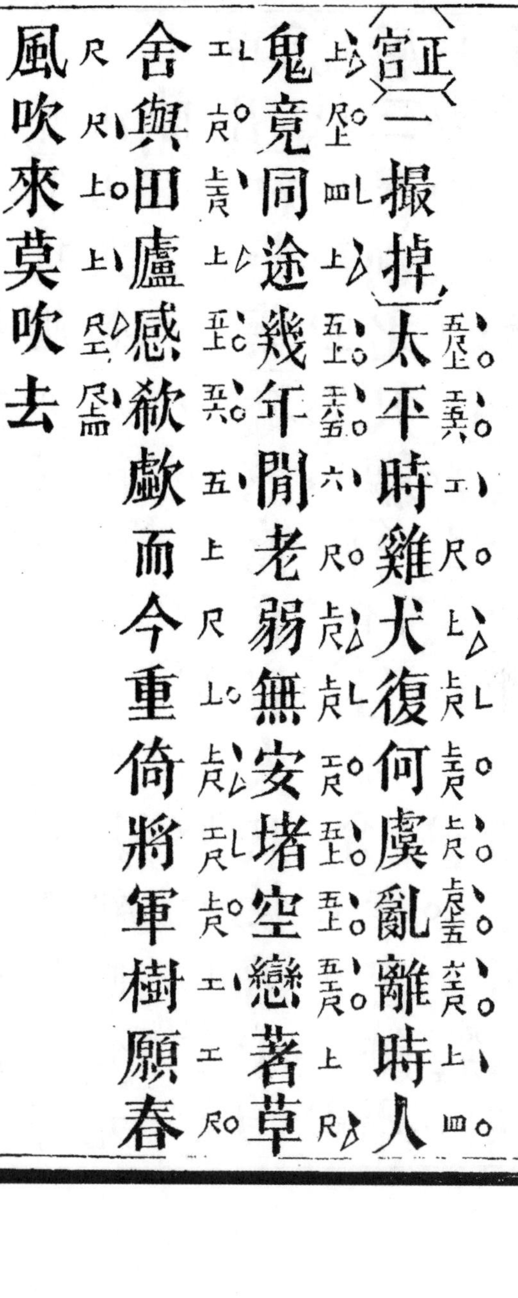

〔生〕好好生受你們回去罷〔雜謝下老旦〕戎裝上小將梁興啟上元帥太行山各

路忠義兵、聞知元帥渡河、特來迎接、(四雜戎裝扮李寶等上)太行山李寶董光傳選孟邦傑各領部軍、叩接元帥(同跪介)(生扶起、介)多多有勞將軍們了、你等深明大義本帥欣敬奚如(衆雜唱介)元帥、

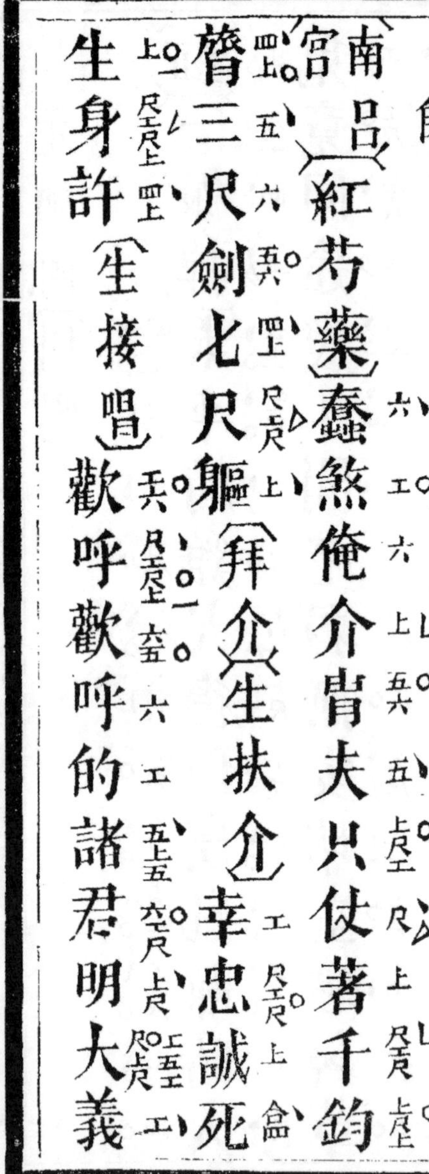

(南呂宮)(紅芍藥)蠢煞俺介胄夫只仗著千鈞膂三尺劍七尺軀(拜介)(生扶介)幸忠誠死生身許(生接唱)歡呼歡呼的諸君明大義

來歸附、無分我汝、待將來功成建節擁麾

上 尺上六〇 工 上 尺六上四〇 上四 合四〇 五 六 工 六〇 工 五 五六〇 工六 五六〇

旗、不負此相於、

工六 上〇 尺上 四上〇 尺上四 四

〔生〕諸君暫回、再聽宣調、〔四雜應下〕〔旦〕啟元帥、已渡過河北了、〔生〕咳、我想宗留守在日、刻刻以中興恢復為念、連次表請渡河、均為奸臣所扼、憤疾而終、口呼渡河者三次、我岳飛原係留守麾下之人、今日克踐此志、留守有知、必當笑慰於地下、吩咐祇備祭筵、待我望祭、以慰忠魂、〔內作吹打生拜奠酒介〕

抉關馬神髓

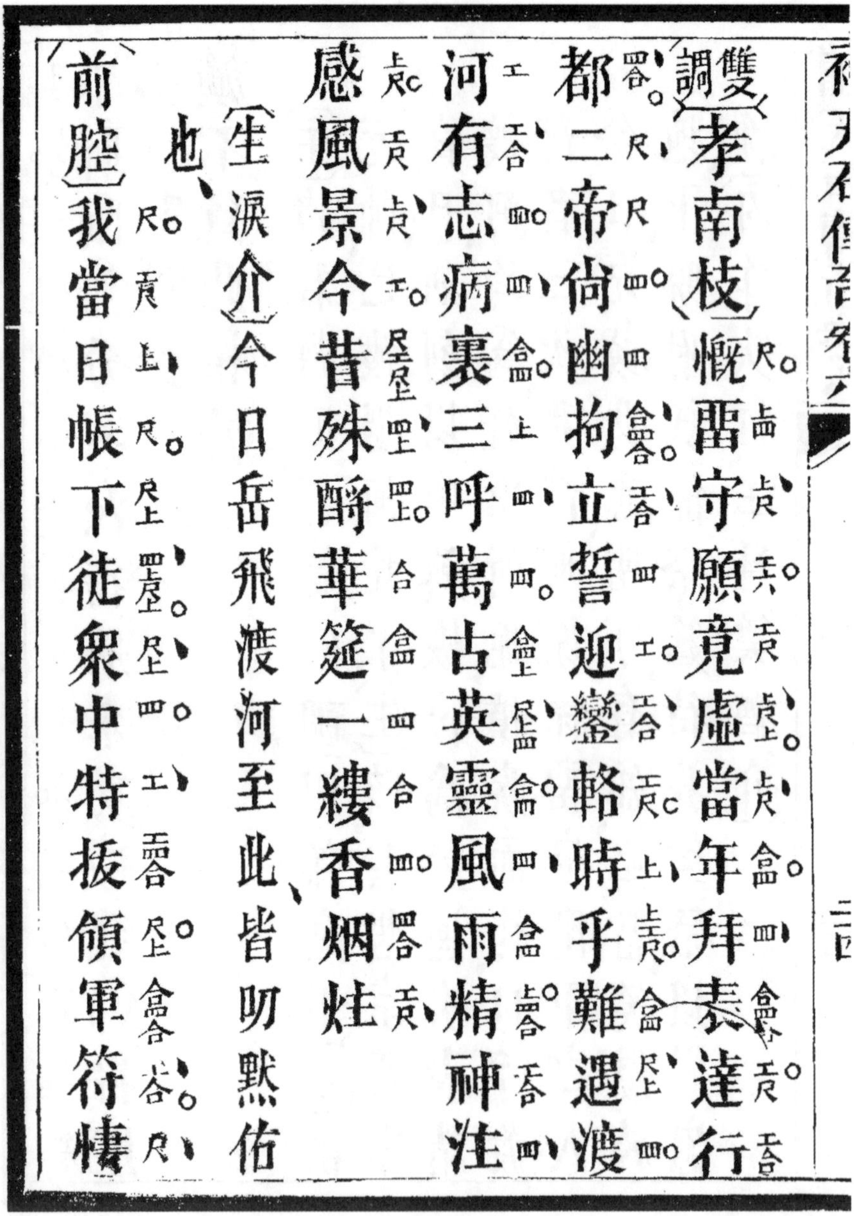

【雙調】【孝南枝】慨畱守願竟虛當年拜表達行都二帝尙幽拘立誓迎鑾輅時乎難遇渡河有志病裏三呼萬古英靈風雨精神注感風景今昔殊酹華筵一縷香烟炷【生淚介】今日岳飛渡河至此、皆叨默佑也、

【前腔】我當日帳下徒衆中特拔領軍符倖

我聞此語心骨悲

一結烟波杳然鐵人淚瀉

悽屋上烏哭斷西州路縈思朝暮畢生抑

鬱十載辛劬國運重興此日長河渡成公

志公在無〔白〕畱守呵、〔唱〕願你一靈兒先到

黃龍府

〔衆稟介〕啟元帥、一縷旋風、直沖河北而

去想畱守必來受祭也〔生淚介〕果然祭

奠已畢、就此起行者〔衆吹打吶喊擁生

同下〕

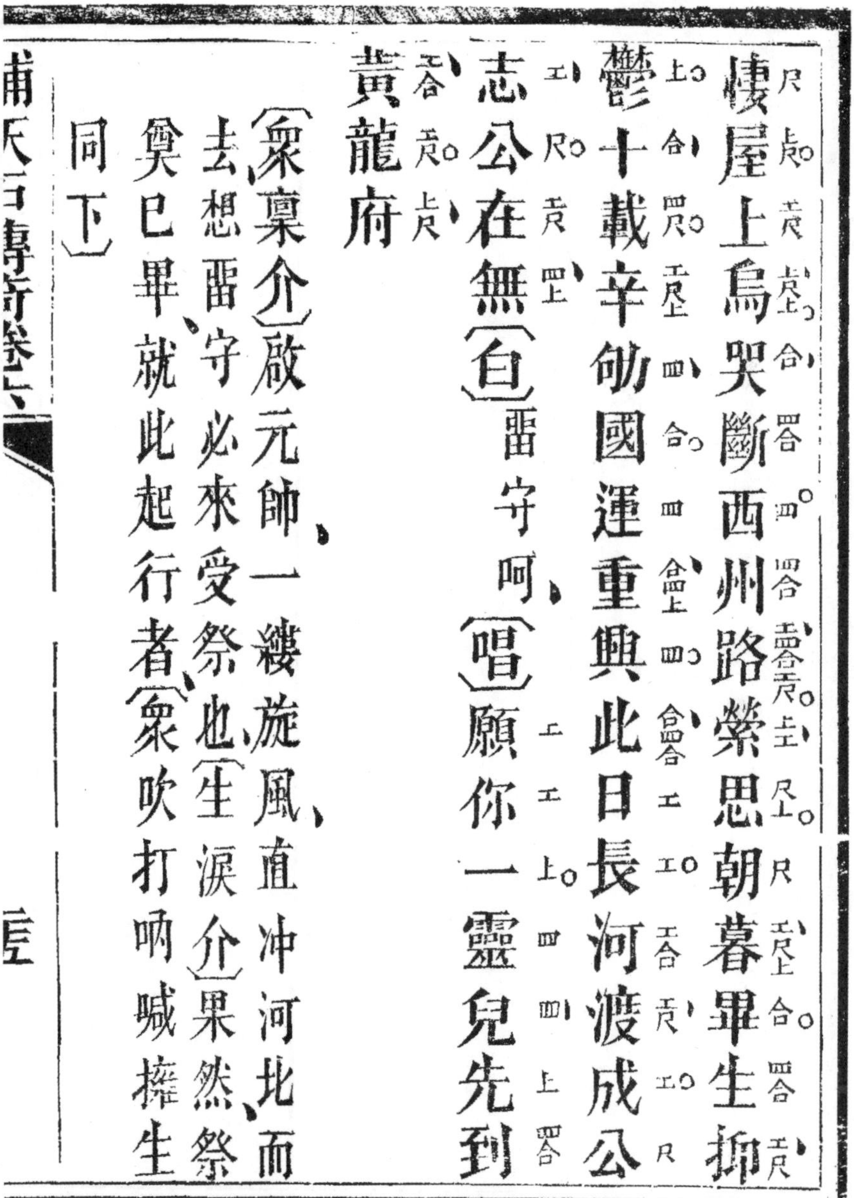

第四齣 殛龙

〔丙吹打雜扮四軍老旦副淨丑小生扮前四將引生貼上〕〔生唱〕

〔雙角〕〔新水令〕渡河來旌旆軍民仰破堅城如

工尺上尺 工 工 上尺 上六五 五 五六凡工 尺工 五六五 上乙 五 工六

催坏壞背嵬軍踴躍拐子馬潛藏誓掃豺

六 尺 上四 上尺 上工五 五六 工六 上四上 尺 尺 尺上 五 六 上 四上尺 工

狼頃刻的雷霆難阻擋

工尺上 工 尺工 工 尺 尺工 六五工 尺上四 合四上

〔集唐〕快取關山五十州。李賀 夢中先到景陽樓。劉禹錫 炎方朔雪天王地。杜甫 早晚星關雪涕收。〔駙李〕商本帥自抵汴梁、金人遠遁、遂卽修築先帝陵寢宗廟、撫綏萬姓、招集百官、前已飛章表請聖駕起鑾駐汴、自此轉戰而來、無堅不破、聞金師均已遠遁塞外、惟畱兀朮居守黃龍府、二帝尙畱五國城、欲爲乞盟之地、今兀朮立營前面、必有一番鏖戰、牛皐聽令、〔副凈〕有、〔生〕你帶兵三千、繞出敵營之後、如兀朮前營討戰、後壘必虛、你會同太行山諸將、卽殺散餘兵、立破黃龍府、盡換岳字旗號、使他退無所據、毋得違令、〔副凈〕得令、〔下〕〔生〕衆將開營討戰者、〔吶喊下淨扮兀朮維扮四番將四卒引上淨高座四將平立四卒傍立介淨百戰經營破汴梁。雄威烈烈氣堂堂。如何壞却秦長脚。內應無人黷自傷。俺金朝宗室梁國王兀朮是也。自遣秦檜南還。諸事稱心逞志。不料他事敗伏誅。日前傳聞臯示而來。好不令人惱恨也呵。

雙調集曲【江頭金桂】俺當年氣凌霄壤宋世烟塵攪得慌把康王小子逼走餘杭枉嗟咨

工 六 工 五 六五工五 上五 六五工 五 六 五

六五六 四上 尺工尺 上尺上 上尺 工 尺上尺 四尺四上 合四 四尺 上尺上 上尺工尺上 四尺上 工 六五 六

六五六 工六 五六尺 四尺 工 尺工尺 上尺工 六 工六 上尺工 四上尺工 工 工 六 五五 六五六

空惆悵劉豫邦昌蠢劣兒即憑著俺同牢

上尺工 四上尺工 工尺 上尺工 尺 上尺工四 工 五 六 工 五 六五六 四 四上 尺上四 六

牛馬順手牽韁可惜了伏內應秦丞相不

工 五 工六五 六 五六 工六尺工 四上 尺工尺 上四 合四合上 四上尺 上尺工 尺上四 六五六 工 六五五

然是湖山半壁擎諸掌上誰知道消息走

六五六 上六尺工 工六五 六五尺 上尺工 工合 四

三彭如今悔怎當

今岳家軍日肆强橫、俺主和滿朝文武、遠避塞外、留俺鎮守黃龍府、奈俺手下諸將、往往叛歸於彼、只得將劉豫族滅冀可稍警、不料前日料軍河北、竟無一人肯應、難道俺一世雄名、就倒翻在背嵬軍身上了不成、少不得大戰一場、便見分曉、就此開營者（生衆上）呔、兀朮、你今日將敗兵降、還不自省麽、（生唱）

六 工 五 上尺 上 五 六凡 工

【雙角】雁兒落帶得勝令 今日個中興賴我皇

六 工 六 五六 五六五尺 工 尺 上 五六 工 上工 上四 上 工 尺 尺

奮武多名將光燦燦星飛弧矢鉎瑞騰騰

尺 工 六五 六五尺 上 上五 工 六 工 六 五 五六 五 六 尺 工

日映扶桑朗呀我君臣發憤整綱常切齒

尺上 上四 上 六 二 尺 六 五上 五六 五上五 六六 六 工 上 四 上上

恨難忘試問你二聖在何方汴水是誰疆

上五六、五、六工尺六、五六、五六五、五六上、尺、六工尺上、四上、
休慌內應空誅秦相荒唐君父仇和難講

〔淨〕休得胡言、放馬過來、〔四番將與老旦旦小生貼遞戰四番將敗下生淨接戰淨敗下老旦等三戰四番將俱敗下復上戰殺四番將介生淨復上戰淨棄盔披髮敗下〕〔生〕兀朮大敗、諸軍就此趕上者、〔生衆追下〕〔淨急上〕不好了、諸將已亡、俺亦難以存札、不免退守黃龍府去罷〔雜帶血奔上〕啟王爺、黃龍府被岳家軍結連太行山豪傑奪去了、此刻歸路已斷、請大王且緩回軍〔淨〕呵呀、

劍匣中作霹靂吼聲

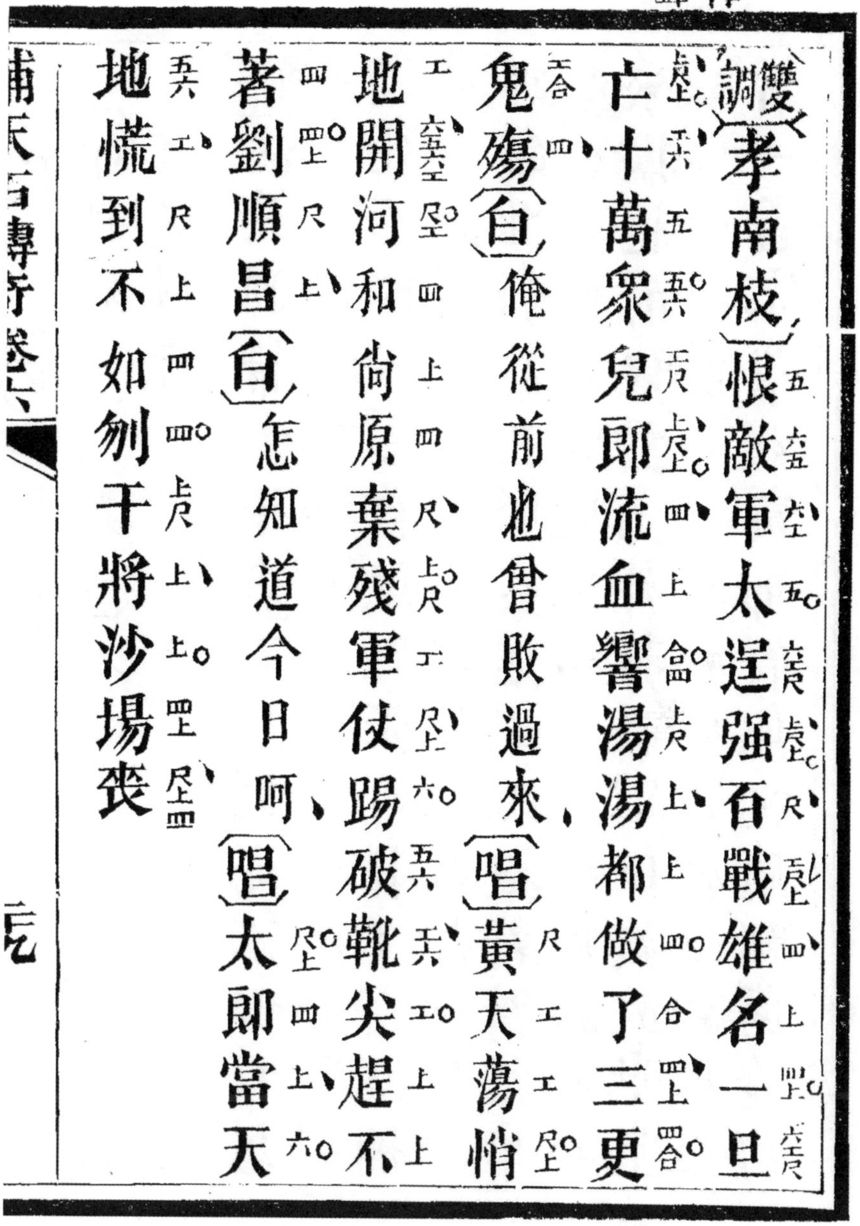

〔雙調〕孝南枝恨敵軍太逞強百戰雄名一旦亡十萬衆兒郎流血響湯湯都做了三更鬼殤〔白〕俺從前也曾敗過來〔唱〕黃天蕩悄地開河和尚原棄殘軍仗踢破靴尖趕不著劉順昌〔白〕怎知道今日呵〔唱〕太郎當天地慌到不如刎干將沙場喪

〔淨自刎下〕〔生衆上〕兀朮既亡，就此直抵黃龍府者。

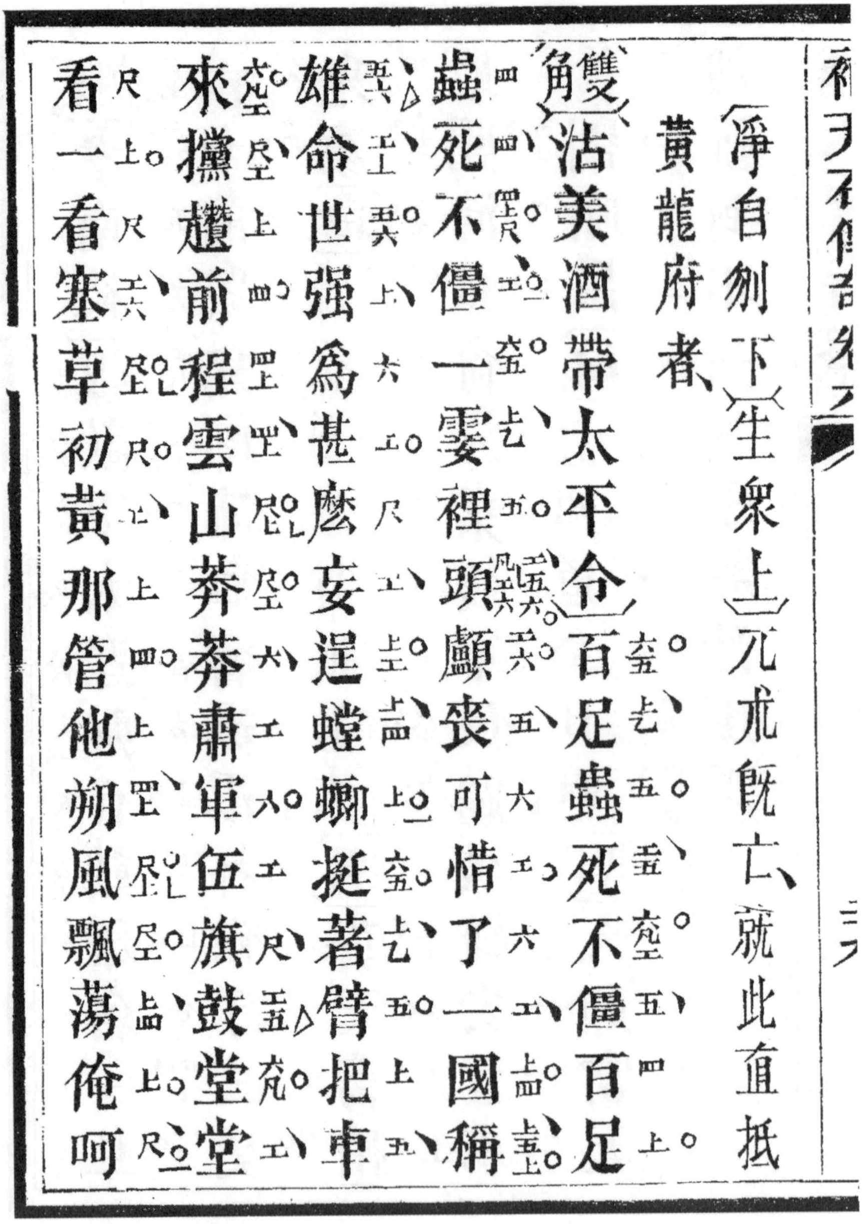

【雙角】【沽美酒帶太平令】百足蟲死不僵，百足蟲死不僵，一霎裡頭顱喪，可惜了一國稱雄命世強，爲甚麼妄逞螳螂挺著臂把車來攩。趲前程雲山莽莽，蕭軍伍旗鼓堂堂。看一看塞草初黃，那管他朔風飄蕩，俺呵

結更有聲有色

趁著這人強馬強看那厮兵亡將亡〔白〕前面已是黃龍府了、〔唱〕呀早望見岳字旗城頭搖颺

〔副淨引雜扮四將上接〔介〕請元帥進城者、〔生〕將軍到此多日了、〔副淨衆將〕奉令勦敵、焉敢後期〔生〕足見効忠君國也、〔衆〕豈敢、〔雜〕報元帥、韓樞使奉詔而來、已抵城下、〔生〕吩咐整肅隊伍、隨本帥出迎者、

〔衆應同下〕

凱

筵

第五齣　凱筵

〔外扮韓世忠四雜隨上〕

〔仙呂宮引〕〔劍器令〕不惜馬蹄忙且充個皇華節

尺 尺 尺 上工 尺工 尺上 尺 五六 上 上 尺四合

四合一 尺 上 工 尺 尺 上尺 工尺一 尺 尺 尺 上 尺四合 四一

簜想閫外將軍鏖戰多應鬢髮添霜

〔外〕〔集唐〕千里關河百戰來。吳融　威雄八陣役風雷。呂溫　當時柱佩將軍印。譱士鵰　盼青雲倦眼開。劉禹錫　下官韓世忠、因岳元帥屢次奏凱、表請回鑾、聖上大喜、特

情節聲口
體貼入微
摹寫逼肖
但覺生氣
滿紙

命下官先在犒勞、並迎二帝聖駕、一面料理渡河、來此已是、左右通報、〔丙〕吹打生上接〕〔生〕外執手衆跪迎介外各扶介〔外〕恭喜元帥、忠忱貫日、有志竟成、〔生〕不敢、〔外〕某碌碌居朝、不能稍助指臂、好不愧人也、

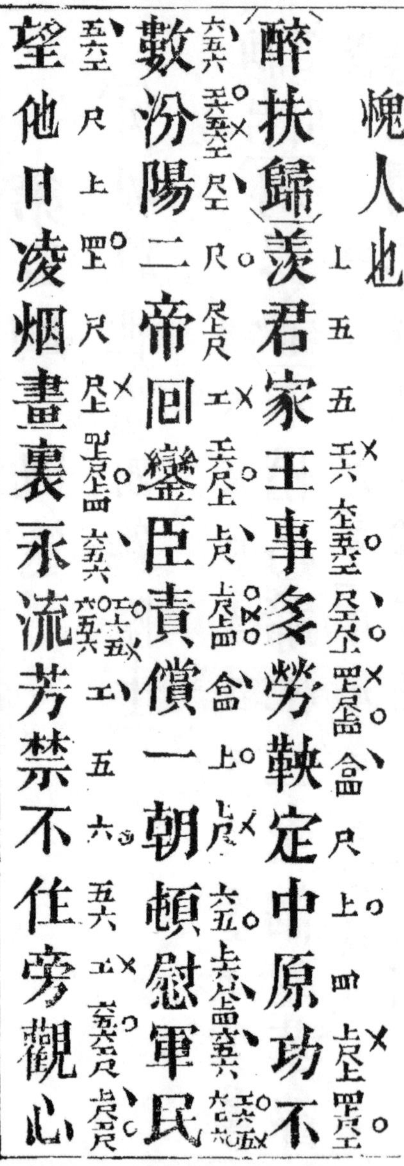

〔醉扶歸〕羨君家王事多勞鞅定中原功不數汾陽二帝回鑾臣責償一朝頓慰軍民望他日凌烟畫裏永流芳禁不住旁觀心

答語天然

上痒

【生】樞使說那裡話來、某被權奸播弄、幾遭不測、若非樞使赤手迴天、安能朝野肅清、成功於外、中心銘德、報稱難忘、

【皂羅袍】謝君家策畧非常把擎天玉柱振起朝綱若不是先拔朝中刺眼芒我怎能威行閫外無遮障【白】想起從前、好不慨嘆

人也、〔唱〕似射工海蜮含沙中傷似深山倀鬼暗掣廻纏感不盡君恩友誼兩難忘〔外〕聖上現已將次渡河、命某先往五國城奉迎二帝、〔生〕如此極妙了、吩咐排筵、今日一爲樞使洗塵、二爲衆將賀功、均各上帳同飲、毋須推讓、〔衆〕應介同〔唱〕

〔豆葉黄〕幸千秋名將作中興氣象早整頓乾坤如舊看九廟神靈歆饗艱難保障功

四上 上 尺 合 四 上 上 尺上 四上 尺 六 六五 上 五 六五尺 五六

仵開剏排喜宴大開戎帳排喜宴大開戎

五六五 尺 四 上 上五尺 上尺上 四上 五六 尺上

帳痛飲黃龍襟懷歡暢〔同下〕

僊

慨

天石傳奇卷六

尺幅中亦復廻龍顧祖

第六齣　仙慨

（丙吹打外扮韓世忠生扮岳元戎引雜扮四卒上副淨老旦旦小生貼淨丑洗粉並一雜共扮八將隨上介）生持酒奉外安席外答禮畢（生立白）左右、與各位將軍上酒（四卒應斟八將酒侍立介）外生上坐八將分坐兩旁介（生）衆將、今日歡飲、可憶本帥前言麽、（衆立起介）元帥一言九鼎、兆叶天神、小將們何幸得逢其盛、共敬元帥一杯、（丙吹打八將奉生酒生立飲乾揖八將八將長揖仍就席

陡覺的銀漢秋生別樣姿

九九乘除工尺不知何從著手也

分坐（介）（末）道裴扮徐神翁上（唱）

四 尺上尺 工 工 六凡 工尺上 尺尺上 尺上 六凡 工 六

（黃鐘調）（醉花陰）塵世千般困羅網祇仙人破

工 上 尺上 四 上 四 四尺合 四 合 四尺合 上 上 上 四尺 工 工

空來往看烏兔逐陰陽利和名萬種奔忙

工 尺 工 四 上合四 合尺上 合四 上 四 上 上四上 上四 合 五 六凡 工

筭不盡糊塗賬只仙人到處徜徉笑蝸角

六凡 工尺上 尺尺上

空勞攘

（末）（醮）誰同種玉驗仙經。高駢 揭鼓聲高眾樂停。李商隱 自有神仙鳴鳳曲。向寶 叔微詞、祇欲播芳馨。元柳宗我徐神翁、本名守信、字曰太吏、泰州海陵人也、嘉祐初於天慶觀得臻元化、道徹九霄、但問因緣於紫府靈通、三昧、不關參悟、於黃庭、常時游戲人間、豈復縈情塵世、前與宋康王題壁金鰲、忽忽如昨、近聞趙家恢復舊疆、中興有日、滄海桑田、又更一盤棋局了、那岳鵬舉忠誠摯性、本是再來人物、我仙家最重忠孝、不免往黃龍府觀看一回者（作駕雲介）（住雲介）此間已是、他們正當宴飲、不免隱身而進、游戲一番、（作進四卒不見介）（外生驚見介）呀、營

妙有關係
非同泛泛
問答

門靜肅、羽客何來、軍士們速即查問、〔末〕二公不必驚疑、貧道來有所而來、去有所而去、韓公曾有一面、何竟茫然〔外〕沉吟〔介〕呀、道者莫非徐神翁麽、〔末〕然也、〔生〕想就是金鰲題壁的徐神翁了、〔外〕正是、某昔日護駕明州、曾瞻丰采、今日到此、合有奇緣、且請暫佇雲駕、某等當細聆教言〔同讓末上坐、外生旁坐介〕〔末〕今日華筵、何缺歌舞〔生〕仙翁不知、二帝遠輅未歸、聖上鑾輿在路、臣子何心、敢躭逸樂〔末〕是阿、堂堂正論、所見過於所聞矣、貧道昨從汴梁經過、偶念興亡、撰得幾

歸家且覓千斛水淨洗從前箏笛耳

句俚歌欲在筵前一試、三公允否（外生既有新聲、願同傾耳（末）入閒俗川、恐不能歌、帶有二女、音律頗佳、不免喚來（作取箸噓氣向內場擲箸小旦作旦綵服同上（末）你二人可將我哀汴梁新詞、就此歌舞者（三旦）遵法旨（兩旦且唱且舞衆飲酒聽介）

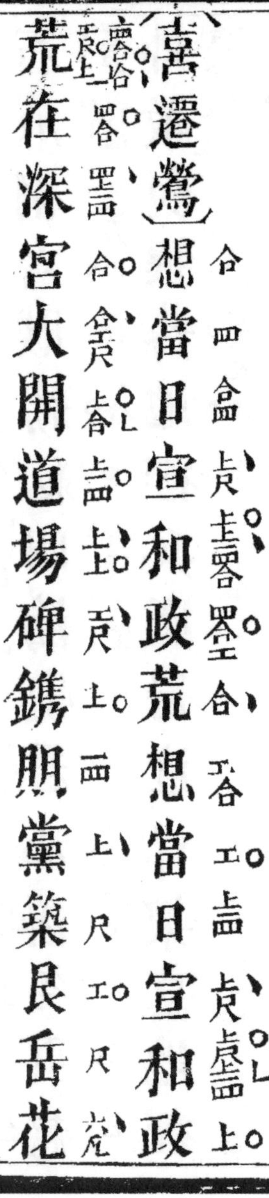

【喜遷鶯】想當日宣和政荒想當日宣和政荒在深宮大開道場碑鐫朋黨築艮岳花

各曲沉雄悲壯如現旃檀丈六之身神通廣大莫可端倪如觀飛仙劍俠

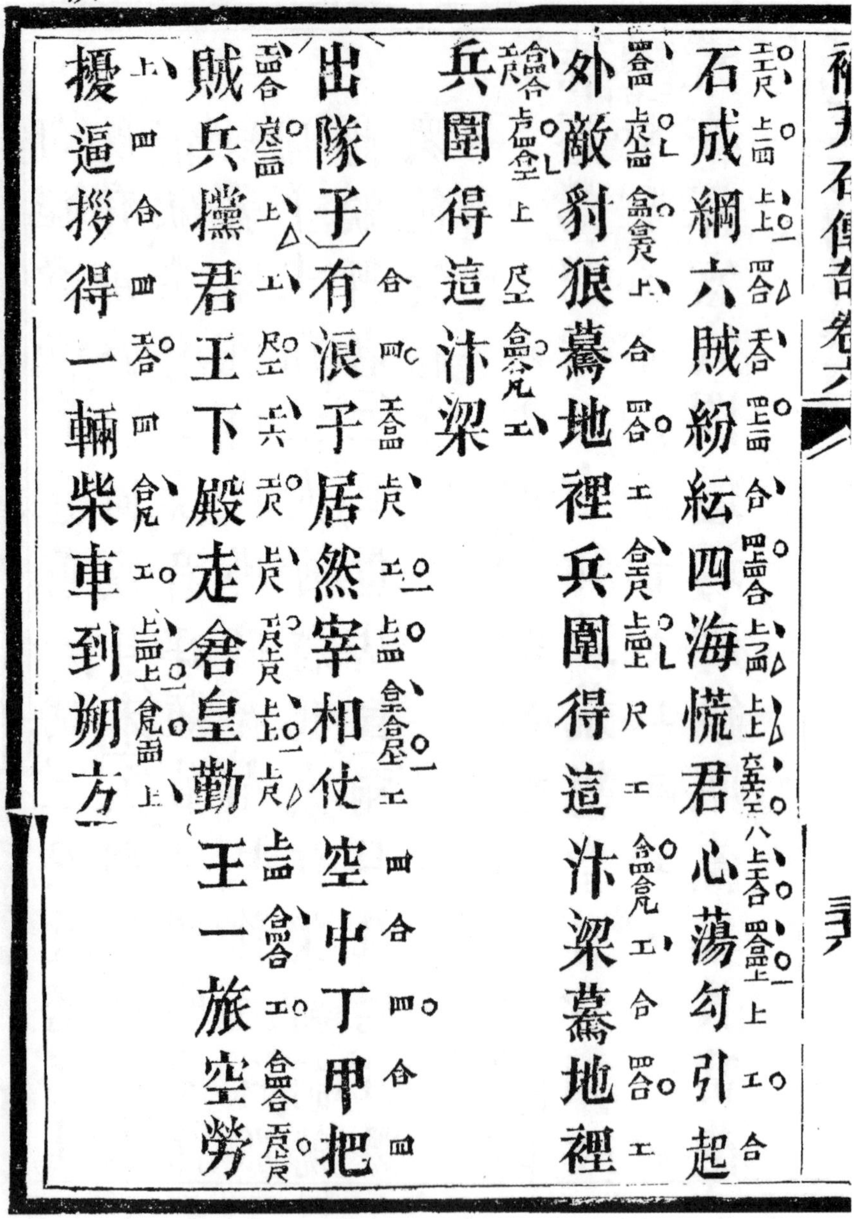

石成網六賊紛紜四海慌君心蕩勾引起外敵豺狠驀地裡兵圍得這汴梁驀地裡兵圍得這汴梁

【出隊子】有淚子居然宰相仗空中丁甲把賊兵攩君王下殿走倉皇勸王一旅空勞擾逼拶得一輛柴車到朔方

之舞電光陡發不能轉瞬如聽洞庭鈞天之樂風翻海上萬艘皆驚可貫金石可泣鬼神

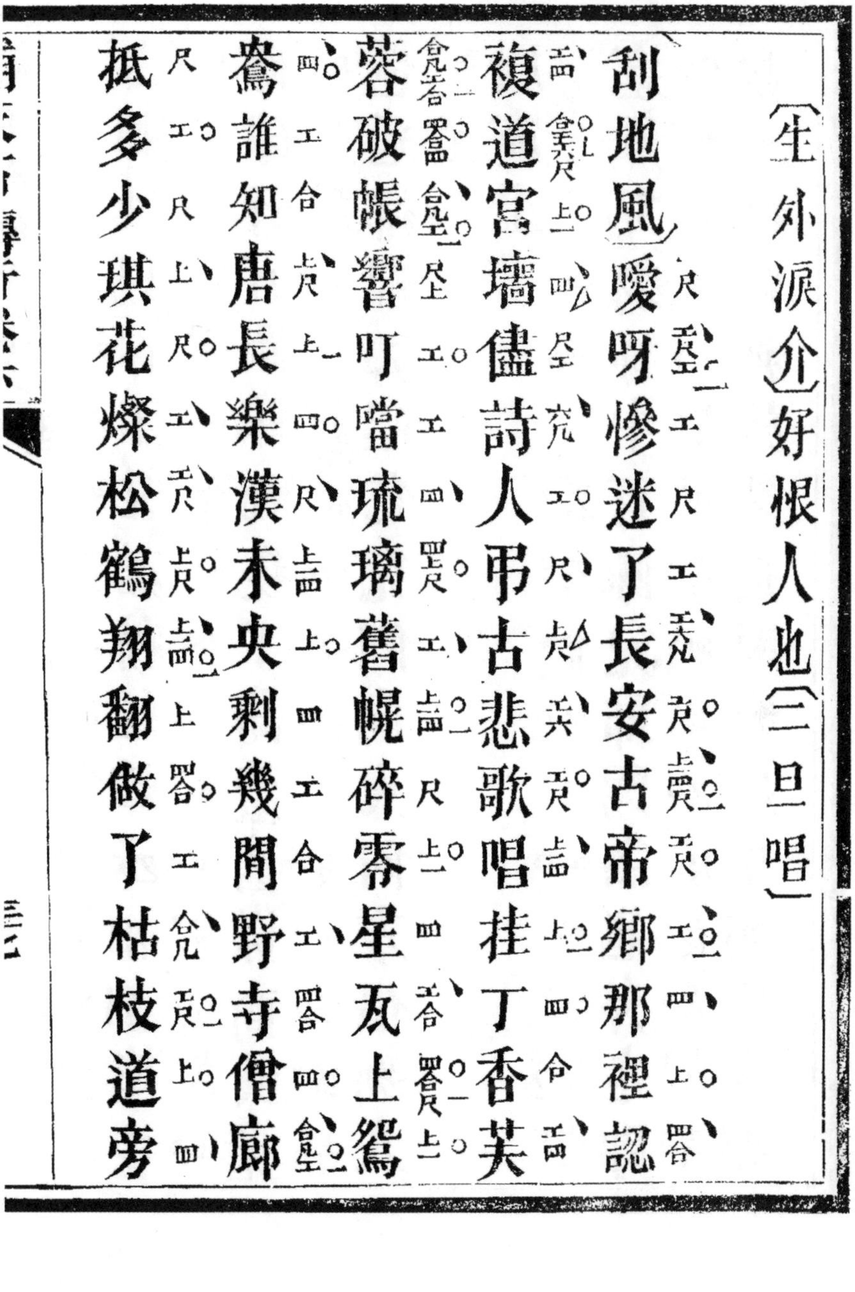

〔生外淚介〕好恨人也〔二旦唱〕

〔刮地風〕曖呀慘迷了長安古帝鄉那裡認複道宮牆儘詩人弔古悲歌唱徧丁香芙蓉破帳響叮噹琉璃舊幌碎零星瓦上鴛鴦誰知唐長樂漢未央剩幾間野寺僧廊抵多少琪花燦松鶴翔翻做了枯枝道旁

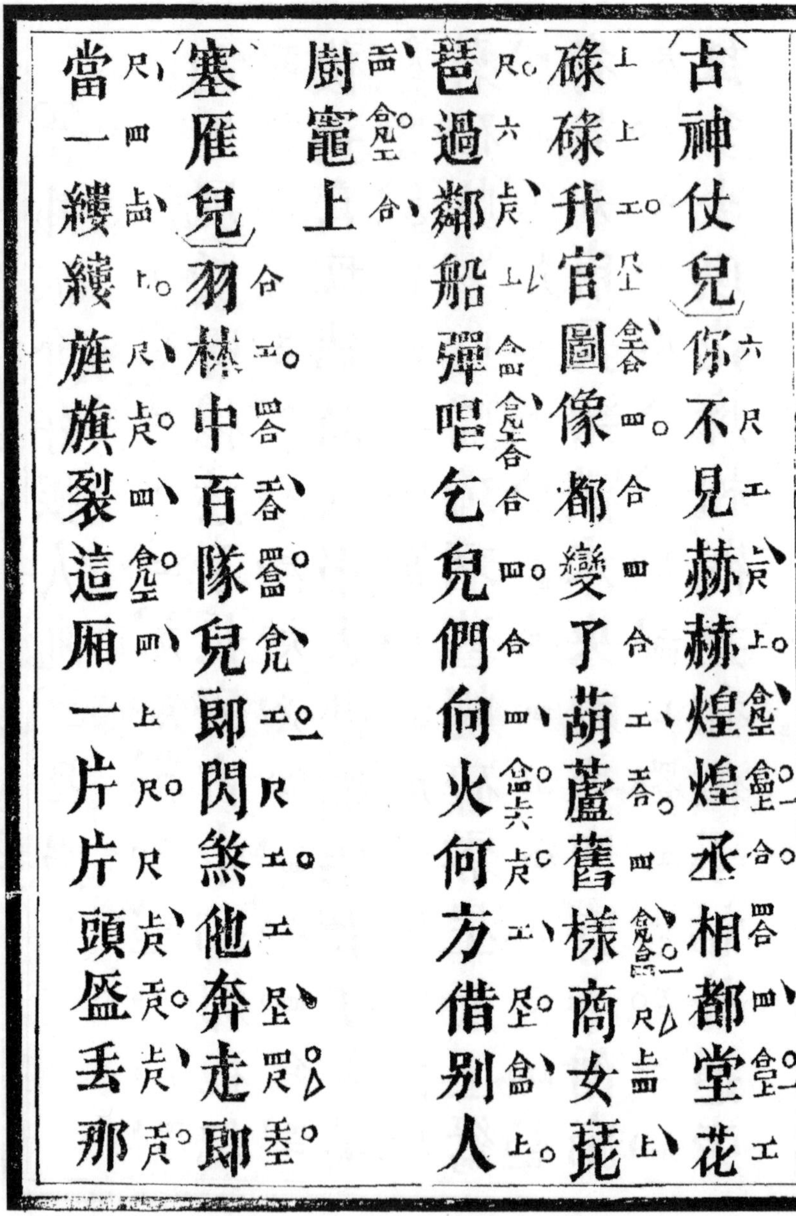

古神仗兒你不見赫赫煌煌丞相都堂花碌碌升官圖像都變了葫蘆舊樣商女琵琶過鄰船彈唱乞兒們向火何方借別人廚竈上

塞雁兒羽林中百隊兒郎閃煞他奔走郎當一縷縷旌旗裂這廂一片片頭盔丟那

鴈牧牛人吹殘長觱篥荷鋤人耕出壞刀鎗

〈蘇模遮〉餞離觴送白楊亂世離人生死難安放只有灞陵橋背上搖曳東風吹得楊花蕩

〈哨遍〉你曾見禁城誅蕩六街三市人熙穰

月明簫管歌樓唱飛不盡軟紅中十丈塵
香猛驚惶獵獵西風嗚嗚畫角吹變了雲
璈響一霎繁華凋喪美人荒塚青帘夕陽
燕泥兒污遍黃金柱馬糞兒高堆白玉堂
傷心幾遍悲涼幾度冷眼人黃粱一晌
〔生〕外淚〔介〕聽到此間、愈令人痛煞也、〔三
旦〕唱

長生殿彈詞一劇讀之驚心動魄不意哀汴梨又異曲同工令古才人真堪金鑄也

介白靈妙

急曲子〕今日個慶中興春風盈盎可記得

六 工 五 六 工 工 工 六凡工 工 合四 合 四 合

走金鰲彤貌倉皇卻不道前車可鑒倍教

四 上 四 合 合 尺 上 上 四 合 尺 工 工 五 上 四

人感念興亡借一個白頭宮女唱宮詞重

合 合 四上 四 合 上 工 合 工 合 工 六 工 四

把那開元細講

四 上 尺 上 尺

〔二旦暗下〕〔生外〕呀、二女子那裡去了、〔末舉箸介〕就在此間、〔生外〕妙幻仙蹤、可勝欽服、那曲俯仰興亡、某等皆所身歷、重提故事、不禁淚隨聲下矣、〔末〕將來九重

卿試擲地當作金石聲

水流無限月明多

囘鑾、郎煩多多致意、貧道就此別過下

〔耍孩兒〕逢場竿木翻新樣千杯酒把往事評量我不學東坡赤壁賦滄浪也不學庾信江南哀況那裡是杜家感興阿房火那裡是元結題碑浯水旁不過是漁樵唱世外人說興亡因果枯寂人作熱鬧排場

字字天然
疑有神助

〔末下〕〔生〕呀、那仙翁倏然不見、聽了此曲、見了此人使我等雄心皆如雪淡矣〔外〕正是〔生外合唱〕

〔一煞〕我兩人百戰走沙場渾身血裏瘡幸得功成汗馬邀天眖〔生唱〕我待要翠微載酒還乘興〔外唱〕我待要湖上騎驢不挽轡〔合唱〕何日裡離塵網待聖主鑾輿回馭訪

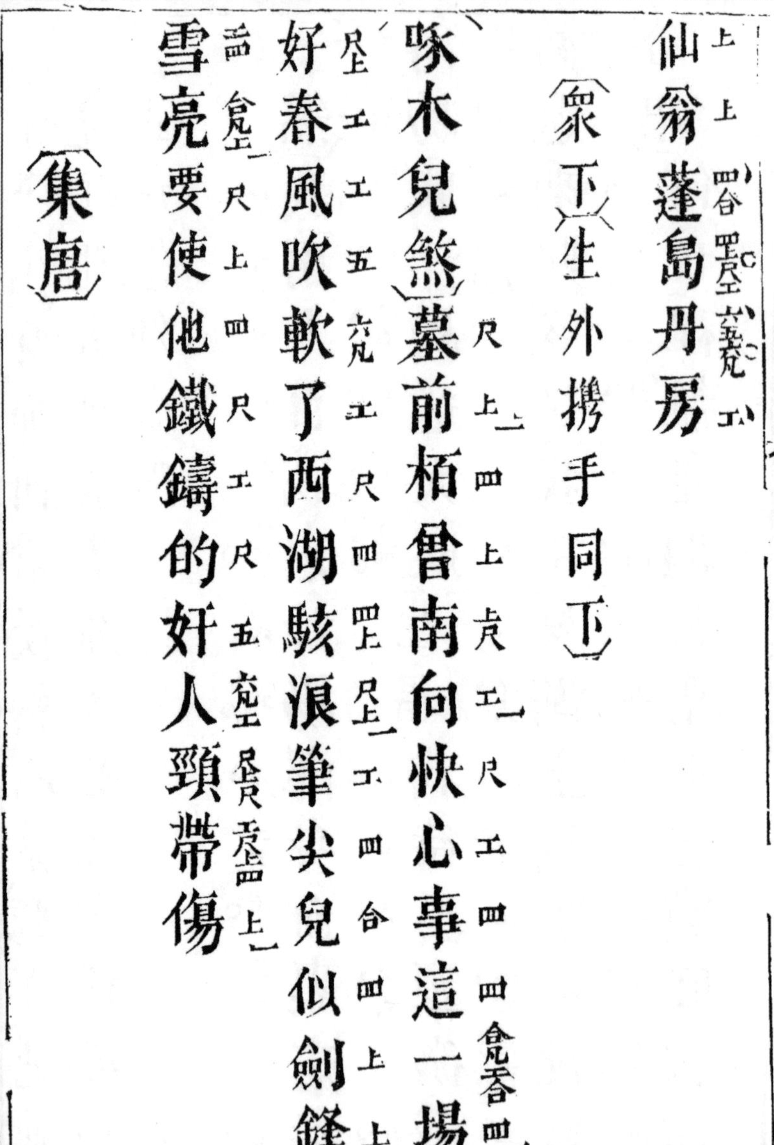

險語破鬼胆翻成奇豔

仙翁蓬島丹房

〈衆下〉〈生〉外攜手同下

啄木兒〔煞〕墓前栢曾南向快心事這一場好春風吹歛了西湖駭浪筆尖兒似劍鋒雪亮要使他鐵鑄的奸人頸帶傷

〈集唐〉

動地驚天物不傷　崔　崖
誰能高叫問蒼蒼　李　玖
賢豪雖没精靈在　白居易
笑向天西萬里霜　楊巨源

〔其二〕

長吁一注濕青雲　杜　甫

龍鬬雌雄勢已分　常建
從此玉皇須破例　司空圖
人間能得幾回聞　杜甫

補天石傳奇卷七

第七種

賢使君重還如意子

紞如鼓

酬乘　賜泉

繪賑　鼓圓

酉州乘

浦天石專守卷七

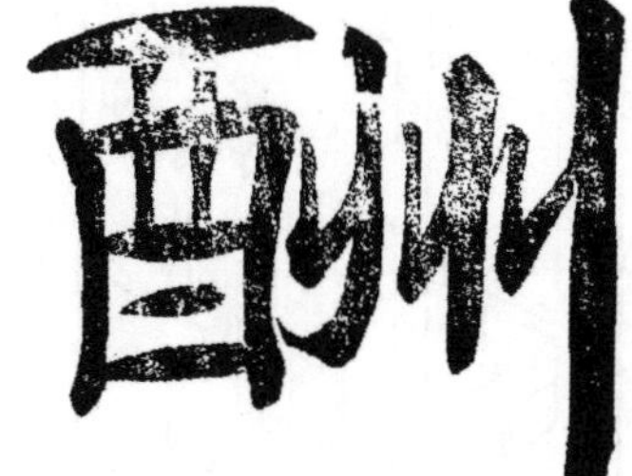

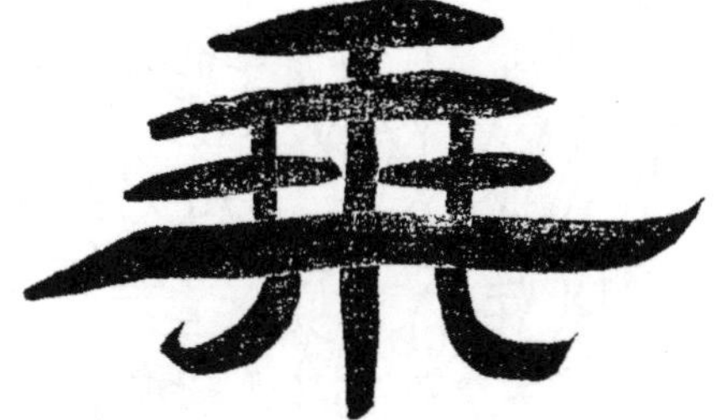

同人參評

補天石傳奇卷七

鍊情子　塡詞

吹鐵簫人　正譜

統如鼓　酬乘　賜泉

　　　　繪賑　鼓圓

第一齣　酬乘

（生三髯扮鄧伯道末丑扮兩院子隨上）

【仙呂宮引】【卜算子】南渡厠賡歌，歲月匆匆過。領郡吳江民物和，政喜無叢脞。

工 六 六五 工 工 工 上 尺 尺四 上四 尺
工 上 尺 四 四尺 四五 工 尺 上 上尺四 合四

【集】世間難得自由身。羅隱 節操懃誇似古人。高駢 今日龍鍾人共老。劉禹錫 猶將談笑對風塵。鮑防 下官鄧攸，平陽襄陵人也。皇朝開國之初，祖父建勳，伊始下官幼承先蔭，早歷仕途，自今上渡江以來，以中庶子出守吳郡，到任年餘，民安物阜，這也不在話下。只是年逾不惑，予息杳然，未免中懷悵觸耳。【老旦扮賈夫

（人貼扮侍婢隨上）

【南呂宮引】【臨江仙】誥錫花封榮顯荷，鏡中白髮

工六 尺 工 工 四 上 尺上 工 尺 上 上尺

皤皤。思量往事幾摩挲。孩提丟道路，患難

四上 四 尺 工 尺上 工 尺上 上尺 工 上 上 六 五 五六工 工 工

苦風波。

上四 尺上四 上四

【集唐】自傷齧滯去關東。李頎 骨月流離道路中。駒居戎馬相逢更何日。杜甫 偏承霄漢渥恩濃。錢起 （見介）相公、你年將過甲、息尚零丁、不孝有三、無後為大，想起

奇警酷似
徐青籐

寒心酸鼻

我那孩兒、中道捐棄、好不慘痛人也、

劉潑帽分明一顆菩提果、平白地吹落泥渦、析薪他日誰爲荷、顧影手頻搓、禁不住啼痕墮、

（淚介）（生）夫人且免愁煩、你豈不知彼時賊兵追急、勢難兩全、吾弟早亡、僅遺一息、自當竭力保護、止可丟棄吾兒也、

曲意幹旋妙在極真極確才人之筆狡獪[illegible]爾

〔金蓮子〕烘烘賊勢逞追戈孑孑的遺孤靠什麼難同載只圖留一個輕重兩權衡事急奈之何

〔淚介〕〔老旦〕雖然如此、但我兒哭追已及、相公竟將他繫縛樹間、未免太狠了、〔生〕夫人、彼時四面賊兵、欲逃無所、下官情急計生、知道賊中紀律頗嚴、不許輕肆擄掠、故將吾兒縛樹、囑他遇賊哀求、或可免難、吾兒雖小、性頗伶俐、必能傾會、

倘天不絕命、未必便遭殺戮、但此時道路間關、無從問訊耳、

〔秋夜月〕沒騰挪巢覆無完卵尋思古語定
四、 四上△ 上尺、 尺○ 上 工、 四合○ 四、 四○ 上 上、 四 四尺、

非訛置之死地生猶可難的是路途長遠
上尺上○ 四、○ 四○ 上 四上、 尺上○ 四上乚 四合○ 工、 四 四 上 尺上○ 四合、 四○ 四

信無人邏
上○ 四 四上、○ 四合、

〔內報〕公檄到、〔末下接上生折閱介〕呀、原來奉使赴越郡公幹、期限緊急、院子卽傳祗候起程者、〔末應下〕〔生〕夫人我呵、

豈俗吏所能

〔正宮〕十棒鼓〕彈琴燕寢焚香坐消得公餘課
工工六工上尺工工尺乱上尺工
驀然奉使涉關山秦碑禹穴烟雲過頓使
工工五六上尺工工上尺上六工工尺尺上尺工上四
我詩狂酒狂消除磊砢分他古人座題壁
上尺上尺四上尺上尺四上六工六五六五四上
名酩我
四上四上尺

〔老旦〕是惟願相公早回〔先下〕〔眾皂門子承吏上擁生行繞場下〕〔外小生淨副淨扮四胡人牽馬上〕

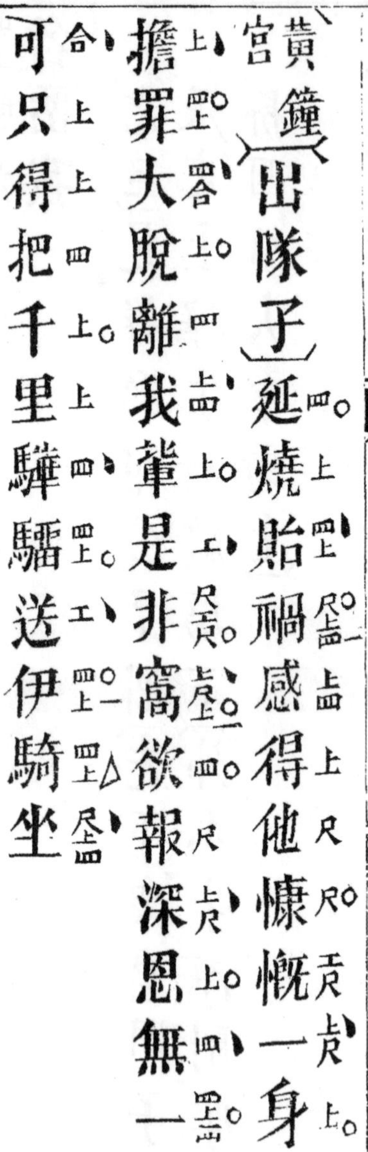

〔黃鐘宮〕〔出隊子〕延燒貽禍，感得他慷慨一身擔罪，大脫離我輩是非窩。欲報深恩無一可，只得把千里驊騮送伊騎坐。

〔外〕拳毛颯爽氣蕭森。〔小生〕萬里秋風躍戰心。〔淨〕欲報卿環酬一諾。〔副淨〕不須市骨問千金。〔合〕俺們乃上黨石王部下衆頭目，便是那年與鄧長官比鄰，分掌車馬。不料我們失火，延燒甚衆，石王火禁最嚴，犯者必死，只得向鄧長官推卸，難得他慨然認罪、並無異言、後來他遇赦潛回、水遠山遥、俺們時常感念、不能相報、今幸奉使之便、覓得一騎千里駿馬、特地送他、聞得遷任吳邦、因此繞道而來、未知可能得見、來此已是、〔喚介〕那一位在、〔末上見衆驚覷四顧介〕呀、呀、列位何來、〔衆〕相煩通報鄧爺、說上黨蕃部衆頭目求見、〔末〕呀、列位不知、家爺奉使往鄰郡公幹未回、未知列位可能等待、〔衆〕我們不能久候、也罷、留此稟揭在此、並將千里馬留下、鄧爺回來、自然知是我們一片誠心也、

點綴語絕佳

〔畫眉序〕〔衆唱〕俺不是犯琱戈、進獻轅門誠意頗爲喞環報德、特送個千里明駝、不須要盤問囉唆、趲前程我難延情悃、忱乞念蕃人衆費盡了長途牧莝、

〔末〕既然如此、只得從命了、〔衆交馬與末別下〕〔末〕奇哉、看他們情意諄切、想來說話不謬、但千里馬貴重無比、不知相公怎樣施恩於他、來此報答、且待相公囘

諢語妙

來、稟知定奪便了、〔丑上〕專權須得派門公。要賺銀錢也易容。怎奈官清無個事。看來祇好喝西風。老哥、快拿來分、〔末〕分什麼、〔丑〕好欺心、私的吃了、公的也須大家得些、〔末〕老弟、這送馬是沒有門包的、〔丑〕扯淡、靠山吃山、如何壞了例子、就是沒有門包、馬耳朶也割他一隻、不然馬糞也拾他一撮、我一刻不在、就被你輕易放過了、〔末〕老弟休得混言、〔丑〕咳、阿哥、你不知如今時事、官府的禮數可缺、爺們的規矩、是斷不可少的呢、正是少了爺們舊例錢。猶如肋骨不生全。〔諢下〕

宋

第二齣　賜泉

〔生〕便服末丑隨上、

〔高大石調引〕〔梅花引〕吳山越水繫歸鞭要覊連敢自便王事無閒且浣風塵面却念羌胡情不淺一騎來從萬里天

〔生〕下官自越郡遄歸、知有上黨胡人以千里駿足來獻、係我舊日鄰居、因曾就

摑掌見血之語

雄渾跌宕妙語天成

伊罪、特來報謝、胡壯坦直、諒本貞誠、但現當四郊多壘、分應隄防、角影風聲、動掐疑議、況下官荷國厚恩、又怎肯輕受他人一介、偏偏彼此參差、無從退却、這便如何是好、【作愁介】

六 六 五上 六 五 五上六六 上六 六工六 工 上六 五 六工六

集曲【荼蘼花】江山半壁恨衰年不能㲄沙場

上尺 工尺上 上 尺 尺上 六工六 工六 五上六 上六 尺 上 上尺 上尺上 尺 尺上六 上尺

百戰裏屍馬革平生願感髀肉重生兩鬢

六 工 尺 六 尺工 工六 上六 工六 五 上 尺 上尺 尺工 六 工 六

要這個千里馬難著鞭仰天長歎縱然有

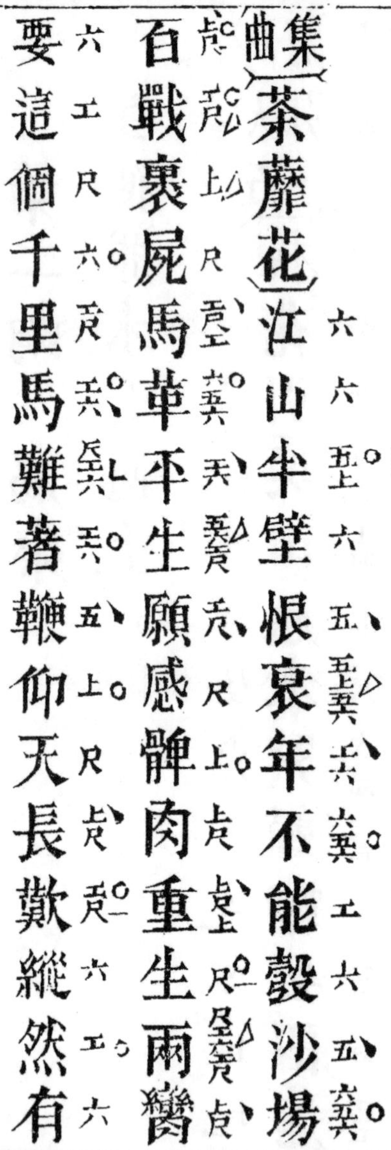

黃金能買骨問何處可招賢

嗄、有了、不免擡寶陳情、奏獻聖上便了、童兒整備文房四寶、〔丑〕是、〔生暗下更衣冠上〕作修表〔介〕家人過來、表章一道、差官郎日齎帶千里馬、貢獻朝廷者、〔末〕應〔介〕〔生〕正是、聊將遠道瓊環物、藉表微臣獻曝心〔同下〕〔外蒼髯扮周伯仁二雜隨上〕

六 五六 五上 五六工 上四 五工 四 上尺四 尺四 工 六工

〔越調引〕〔霜蕉葉〕新亭淚濺往事如流電此去

尺 尺上 四上 尺四上 上四 尺 尺 上尺 工 上四 合四

艮朋重見感霜雪染上髭鬚

〔集唐〕人事音書漫寂寥。杜甫 鑄時天匠侍英豪。譚用之 宜陽出守新恩至。張蠙 王事敦人敢告勞。獨孤及 下官周顗、表字伯仁、汝南安成人也、職授護軍將軍、與鄧伯道交契有年、前日聖上黜陟天下長吏以吳郡爲循良第一、並訪知他載米趂任、只飲吳中勺水、帝心嘉悅、敕賜飲泉以獎清德、特命下官往彼宣詔、來此已是、左右通報、〔雜〕報介生冠服上跪接介〔外〕宣詔介〔介〕詔曰、朕中興以來、惟日孳孳、以社稷民生爲念、能使百姓安其田里、政平治最與朕共此者、則惟良二千石是望、今臨軒策吏、博採庭聞、當以爾吳郡循良爲第一、恐章服金帛之賜、不足以爲卿榮、特以天平山白雲泉賜卿爲湯沐之區、卽以風勵天下、白雲比潔、綠水同清、卿其勉哉、欽此、〔生〕謝起〔介〕萬歲、〔生〕外見〔介〕〔外〕伯道政聲洋溢、帝眷優隆、令人欽羨、〔生〕豈敢、念弟呵、

〔江神子〕五馬愧旬宣領名郡時愁素餐只

合簿書黽勉說甚青錢誇萬選朂微臣晚
節彌堅
〔外〕伯道呵、
〔前腔〕敕陽白雲泉雅稱你高士翩翩一片
冰心愈顯從今膏澤潤無邊被三吳爲霖
舒卷

志士惜日短，讀之幾欲擊碎唾壺

〔生〕是、〔前腔〕友誼話拳拳，敢自欺。一寸心田辜負九重垂眷。怕秋風白髮漸蕭然，宵貪閒黃綢被戀。

〔生〕就此排宴者。〔末丑應介〕吹打定席，外生對飲介〔生〕兄長渡江以來、飲量可還照常、〔外〕咳、可知我周伯仁呵、

曲肯伯仁語

〔前腔〕敢道飲中仙逢麴車也未流涎遇知己千杯不倦澆愁拚把情懷遣看老子興還不淺

〔笑介〕〔生〕妙呵、兄長豪致依然真可喜也、那王茂宏刁元亮諸故人、可還丰采如故〔外〕都好、那王茂宏、

〔前腔〕意致尚翛然一門中朱紫聯翩更兼

疊重還二字得此一襯愈覺精光四射

用史中實事作補筆妙

同秉朝權〔白〕那刁元亮、〔唱〕清剛不屈操揄

選終日裏討論儀典

尚有要言、未經問及、令姪自吾兄捨卻

所生、救全以來、作何光景、〔生〕舍姪名綏、

從幼經弟撫育成名、今已筮授盧陵令、

弟婦亦同赴任矣、

〔前腔〕佳兒稱象賢宰盧陵邀福自天將老

母輿板歡然竹林差喜得阿咸不做那景

笑然波致

韻人韻事令人神往

升豚犬

（外）這纔不負兄苦心培植了、（生）兄長郡城咫尺錦峯山、舊爲吾家高密侯居址、人稱鄧尉、梅花最盛當移樽於彼、作平原十日之飲、然後整裝何如、（外）笑介最好、（生）

【仙呂宮】【解三醉】廿四番花風剛轉理行廚好上峯巔美人步踏莎塵軟蕁綠華踈影翩

清妙

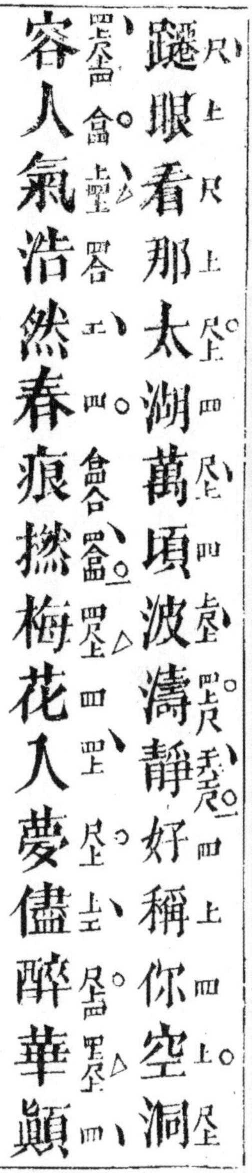

躚眼看那太湖萬頃波濤靜好稱你空洞

容人氣浩然春痕撚梅花入夢儘醉華顛

〔外〕這也極妙了〔生〕且請後亭少憩〔外〕請

〔同下〕

補天石傳奇卷十

是仁人語
是循吏語

第三齣　繪賑

（生）愁容冠服末丑隨（上）

（仙呂宮引）（望遠行）餓夫載路水旱偏交疊遇咎
五工　工　五　五乙　四　尺上　尺　尺　上尺四　四　尺

積災生長吏有干天怒忍教他百萬蒼黎
上尺　工　工　上尺　工　尺上　尺　尺四合　四四　尺上　尺　尺　上　尺上　四　合

都做了閻浮鬼部願哭請形廷恩注
六　五　六　尺　尺工　六　五乙　工　尺　上　上　上尺　尺四合　四

（集）烏紗巾上是青天。司空圖　邑有流亡愧俸錢。韋應物　試上吳門窺郡郭。皇甫冉　空江浩蕩景淒然。張泌我鄧攸、化民無術、治事有愆、本年亢旱之後、繼以秋霖、田禾一概損盡、萬民號慟、方寸如焚、必須大加優賑、方可回甦、我想尋常報災、未足抒情、不免將災荒眞景、摹繪一圖、上達天聽、必可立沛恩綸也、作繪圖且繪且唱介

【長拍】四野哀呼四野哀呼那不是啼春嬌鳥變做銜風病鷺可憐煞繁華古郡錦繡

哀絃急管酣暢淋漓好文章偏于題縫中寫得極其出色

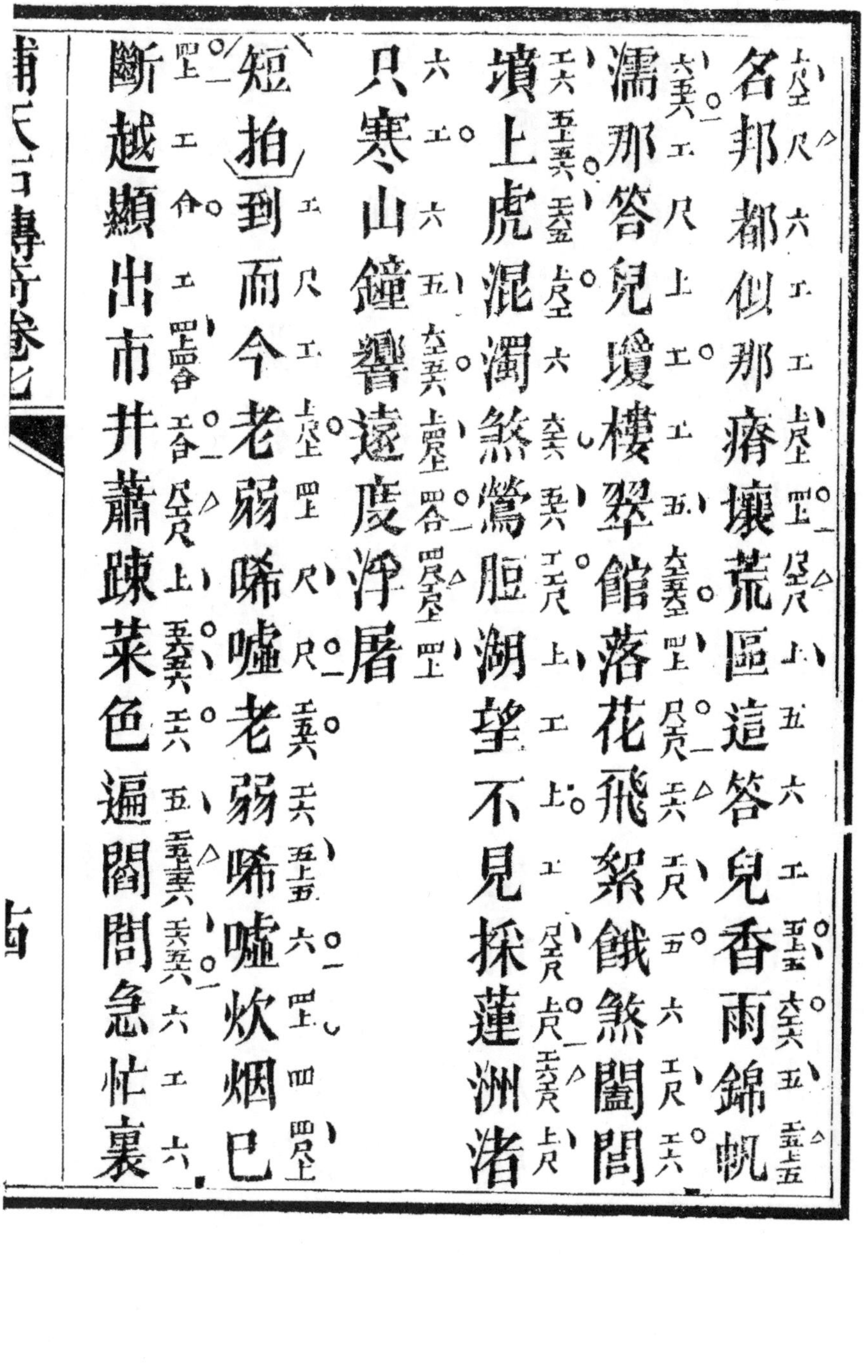

名邦都似那瘠壤荒區這答兒香雨錦帆濡那答兒瓊樓翠館落花飛絮餓煞閭閻墳上虎混濁煞鶯脰湖望不見採蓮洲渚只寒山鐘響遠度淨居

短拍 到而今老弱唏嘘老弱唏嘘炊烟巳斷越顯出市井蕭踈菜色遍閭閻急忙裏

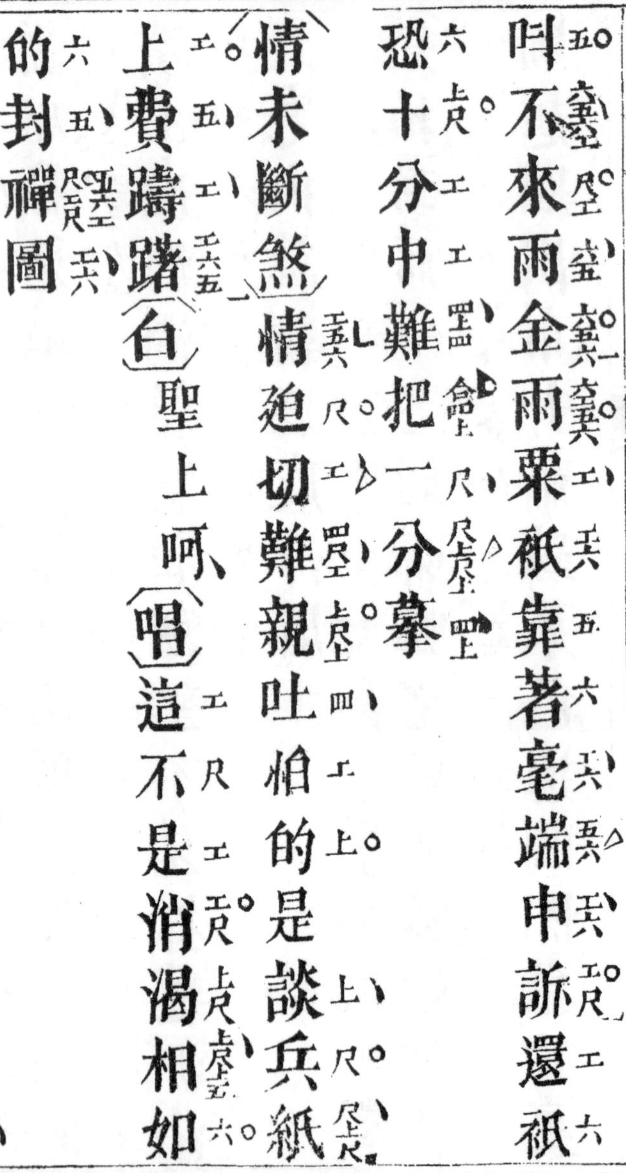

叫不來雨金雨粟祇靠著毫端申訴還祇恐十分中難把一分拏〔情未斷煞〕情迫切難親吐怕的是談兵紙上費躊躇〔白〕聖上呵、〔唱〕這不是消渴相如的封禪圖

圖已繪就、院子吩咐祇候、往郵亭拜發、〔末〕領鈞旨、〔作門皂擁行〕〔行到介〕〔淨扮差

官上〔生〕拜奏淨接飛馬下〔生〕衆吏且退、衆應下〔生〕緩行作聽〔介〕〔内衆〕咳、我們衆人、眞眞要餓死了呢聞得本府相公、上奏朝廷、不知何時方得開賑、看來總是等不及的了、〔作號哭聲〕〔介〕〔生〕聽作沉吟搓手〔介〕呀、你聽百姓光景如此、我鄧攸身膺芻牧之任、可不仰承天子德意眼睜睜使蒼赤流離、於心何忍、罷罷、願以一身擔罪、庶免萬姓流亡、不待報命、就此開倉發賑便了、傳伺候回衙〔末傳〕〔介〕〔衆上〕同行作到升坐〔介〕傳各里長承行諸吏進見、〔雜扮里長書吏上〕〔生〕你們聽者、本府目擊災荒情廹、恐詔命遲來、急難濟事、今假便宜、只得先行開賑、你等各司其事、務宜盡心協力、倘有參差、國法具在、〔唱〕

〔仙呂調〕〔混江龍〕且便宜展布哀哀黎庶望來蘇、一壁廂條綱立紀、一壁廂造冊分途、〔白〕

尺 五工 六 尺六 凡尺一 五 五 上尺 上五六 上尺上 尺

尺一 尺 工 尺 六 六 工 上尺一 尺 工 尺 尺上四 合 六 六一

那設廠之處、專督紳士里長、宜散不宜聚、則無擾擠之虞、宜久不宜多、則可源源而

關係實用之言寫得如此明透豈尋常嘲風弄月者所能

【滾】〔唱〕一家家巫山風冷斷猿啼一處處西

尺 工 尺 尺上 六 六 尺 工 上尺上 六 尺 工 尺 工

江水涸肆魚枯禁不得虛糜侵蝕禁不得

工 上四 合 工尺 工 尺 工 上 尺 工 尺 尺 工尺 上 六 工 尺

鬨訇奔趨禁不得朝三暮四禁不得自有

上 五六 六 六 工 上 尺上 六 六 六工 五尺 六 凡上 尺 尺上四 合四

而無但願得雨粟繽紛天上來但願得汎

工上 一 尺 上 尺 上 尺 六 六 六 五六 五六 工 工 尺 五六

舟陸續鄰封助巴得箇九重沛澤立時間

六 上 上 上 尺上 四合 尺 工 尺 尺上 六 六五 六工 工 上 尺

四 合四 五六 尺

萬井無虞

繪聲繪影呼之欲出

（衆）啟相公、各路飢民、尚待設廠分賑、所有本城內外、啼哭嗷嗷、可否即時頒發、（生）就此傳示祇備者（衆應下生作高坐吏門子上侍介雜扮衆飢民上里長書吏作按人散米介（生）你看衆飢民、煞是可憐也、

工 上 尺 尺 伬工 仩五、 六。 伏六、 伬工。 仩六、 伬六 伬四。 上、

（油葫蘆）這一箇蹇步伶仃似病軀若個扶

工 上 尺 六凡。 工 仩尺、 伏尺。 伬工、 仩伬工。 六、 工 上 尺 上。 尺 合、

這一箇鳩形鵠立鶴同癯這一箇目昏不

四四。 伬工、 伬上。 四、 工 上 尺 仩伬工。 六、 伏尺、 上 伬上。 仩五、 仩伏。 上、 上 工

見來時路這一箇口喑說不出多言語這

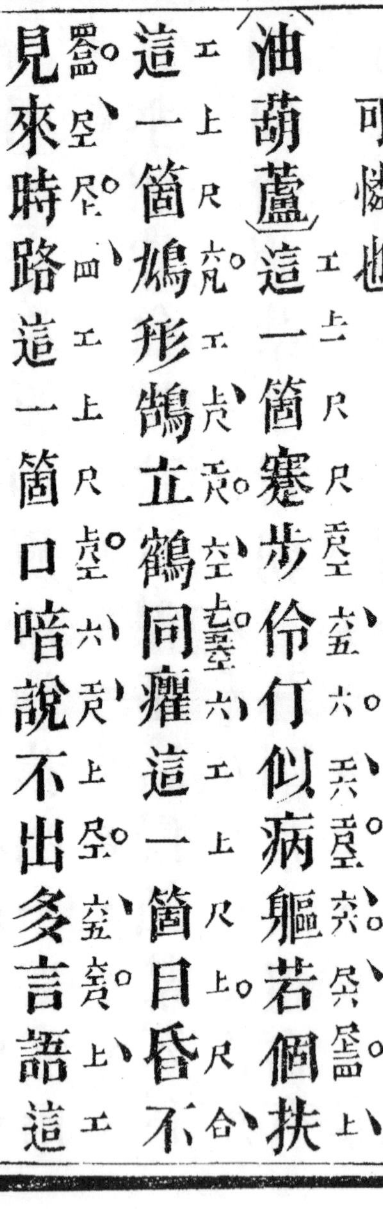

上 尺 尺上工 六凡 工尺 上尺 工尺上 六 工 上 尺 工 工 尺 尺上尺上 尺上

一箇耳雙聾走向隅看了這衰翁弱息身

尺上四 合四 工 上尺 工 尺 尺上 合 四合 合四 尺上尺 上

傴僂怎能彀春風一例起三吳

〔眾〕飢民歡呼下里長書吏稟〔介〕啟相公、今日暫時散給、未定規約、當連夜造册、明日按照章程清散、〔生〕郎速造辦者、〔眾〕應下生下坐唱〔介〕

五 六 六 五六 六五上 尺上 工 尺 工 上 上 上尺 工 上尺

〔煞尾〕念黎民同胞與敢學他皇華矯制的

工 尺上四 合 六 工 尺 工 尺 上 尺 工 工六五上 尺

汲長孺愧煞我瘡已成痂醫力痛〔同下〕

第四齣　鼓圓

〔外淨白鬚小生副淨扮衆鄉民上〕

〔仙呂宮〕〔油核桃〕好清官奉詔將行戀羣黎徘徊俄頃想當初甘雨隨車應幾何時澤遍蒼生

〔衆〕〔外〕水遠山長步步愁。高適〔淨〕江南江北路悠悠。許渾〔小生〕臨川太守清如鏡。

是實事

張頂〔副淨〕匹馬今朝不少留。張謂〔合〕我們乃吳郡第一、鄉父老便是自從鄧相公下車以來、乘風布化、近悅遠來、四境偏災、民鮮流離之苦、片言折獄、訟無淹滯之虞、我們熙熙穰穰、過了這幾年、不料奉詔內徵、即須卸任、我們如失怙恃、只得向帝都哀求借寇一年、未蒙允准、今日相公起駕、闔郡士民、紛紛趨送、各譜歌謠、我們村裡、編了一套就如鼓俚歌、男婦大小、牽羊担酒、前往攀車、不免再往各家邀集諸人者、〔同下〕〔生冠服末丑隨上〕

【仙呂】【引】【卜算子】綸綍降彤廷官近中書省蕭

工 工 五六 五六 工 尺 工 尺 尺四 合四 四

條膝下苦零丁漫說嘗蕭境

工 六 五六 尺 四尺 工 工 尺 上 尺 合

【集】悠悠旌旆繞山川。武元衡 莫漫傷心話目前。杜甫 日暮不辭停五馬。羊士諤 皇恩只許住三年。白居易 下官鄧攸、治吳三載、奉職多愆、蒙聖上不責開倉之罪、徵拜侍中、宦情雖淡、帝眷難酬、未敢陳情、遽遂初志、定期今日起程、就此請夫人同行者、院子請夫人上堂。【末應介】老旦扮夫人小旦扮侍婢隨上唱【

〔仙呂調〕〔賞花時〕職在蘋蘩任匪輕又報瓜期

尺 五六工 六五 六 五工六 上四 五工尺 尺 上六工 六 工

促遠行骨月苦飄零庭階悽冷白髮早星

尺 上四 上尺 工 五工尺 上六工 六 六 尺 尺 四 合四 上 上尺 上工 五

星

六五工

〔見〕〔介〕〔生〕夫人聞得沿途餞送紛紛恐應接不暇須當早行〔老旦〕是〔生〕乘騎老旦小旦乘車雜扮車夫末丑隨行〔介〕〔生〕唱

〔八聲甘州〕長安日近喜無多琴鶴好趲途

六工五 六 五 六五工 五工尺 上工尺 凡工尺 六工五 六 工 六五上工五 六工五

程雲山黯黯似勾留牽我離情〔老旦接唱〕膝下斑衣誰慰我眉皺難舒眼淚傾說甚麼受天恩榮華暮景

〔虛下〕〔外淨小生副淨扮四鄉民丑旦扮村婦貼作旦扮二童用花鼓四面懸掛胸前餘人隨意執樂器上介〕我們衆鄉民來此候送本府相公你看一騎一車蕭然就道可見相公清德也〔作迎上介末控馬引生上〕呀前面人聲喧沸想又

是百姓們來送了、院子傳諭後車緩行、且在郵亭少駐者、（末）傳介外衆跪介吳郡第一鄉衆村民叩送相公且請緩駕者（生）本府在任、並無德惠及民、何勞你等餞送（衆）相公下車以來、百姓日沾恩庇、今日遄往、小人們頓失怙幪、乞留不允、好生依戀也（衆）爭敬酒介（生）接介百姓們、本府臨別贈言、願你們

天安樂（生）尋常鼠雀休爭競歲時力鑿與躬耕各安生業自心平忍欺凌切莫到公庭

絕好音節

〔衆〕多謝相公金言，小人們撰得幾句俚歌，名喚紞如鼓，倘相公不嫌瑣煩，歌來一聽，以表敬意。〔生〕生受你們了。〔衆作打鼓和樂齊唱介〕

〔寄生草〕紞如鼓，響鼕鼕，屠羊釃酒來相送。車如流水馬如龍，雲泥頃刻天淵迥，民生憂樂告深宮，田禾桑柘連雲擁。

〔么篇〕紞如鼓，鼓雙環，縹緲五色雲霞燦，典

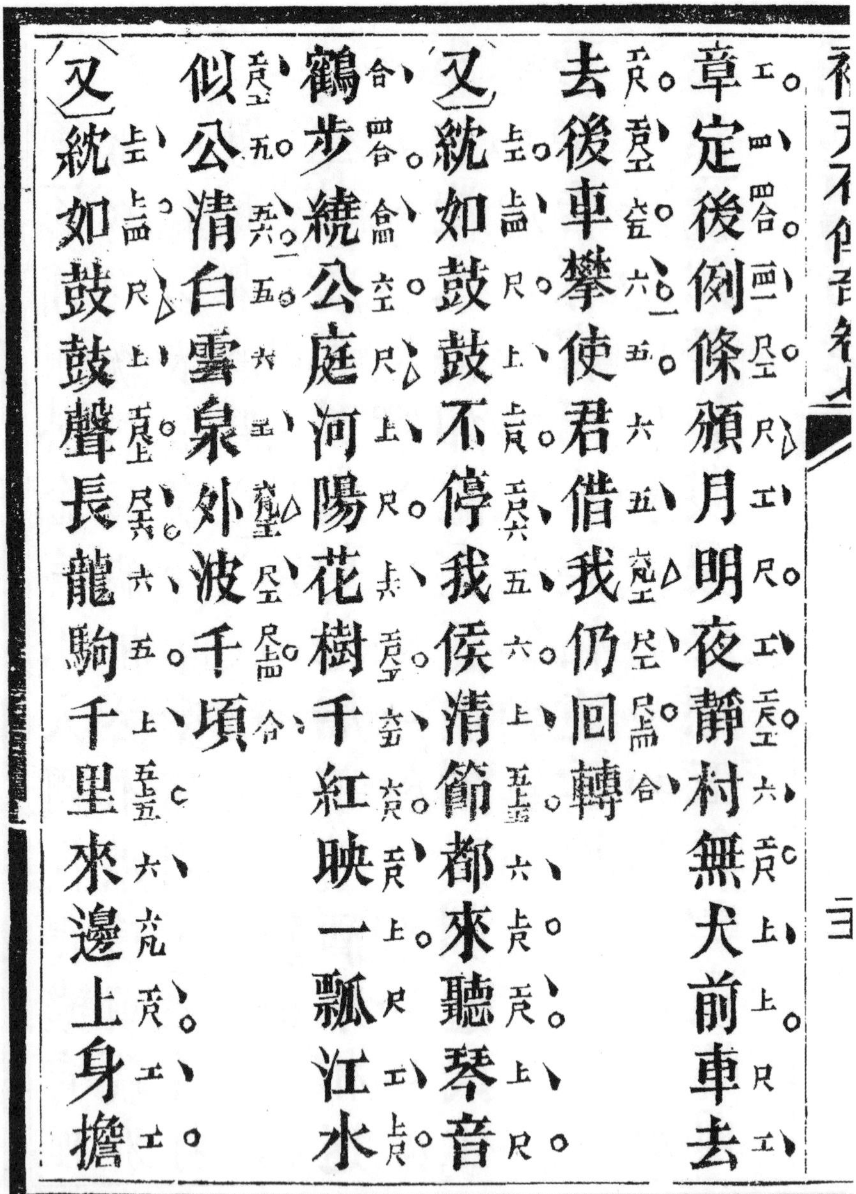

章定後倒條須月明夜靜村無犬前車去

去後車攀使君借我仍回轉

又

統如鼓鼓不停我候清節都來聽琴音

鶴步繞公庭河陽花樹千紅映一瓢江水

似公清白雲泉外波千頃

又

統如鼓鼓聲長龍駒千里來邊上身擔

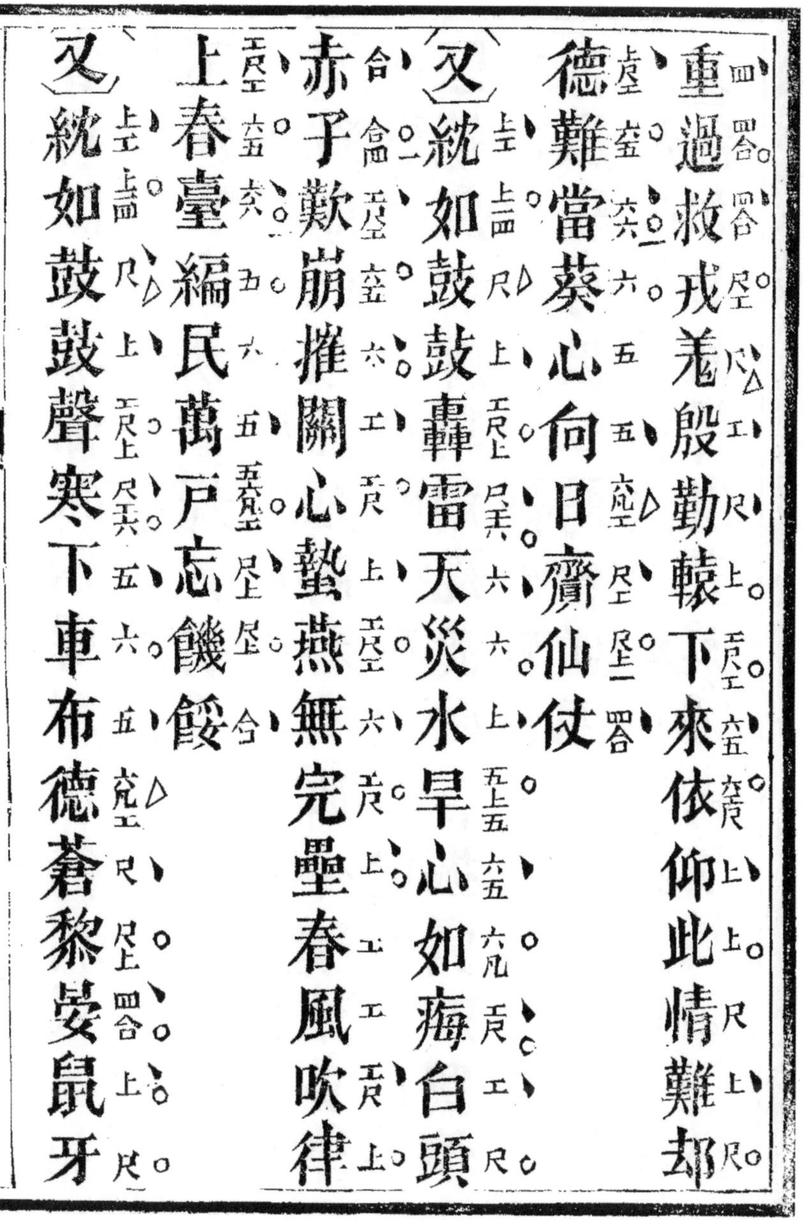

重過救戎羌殷勤轅下來依仰此情難却
德難當葵心向日齋仙仗

【又】統如鼓鼓轟雷天災水旱心如痗白頭
赤子歎崩摧關心蟄燕無完壘春風吹律
上春臺編民萬户忘饑餒

【又】統如鼓鼓聲寒下車布德蒼黎晏鼠牙

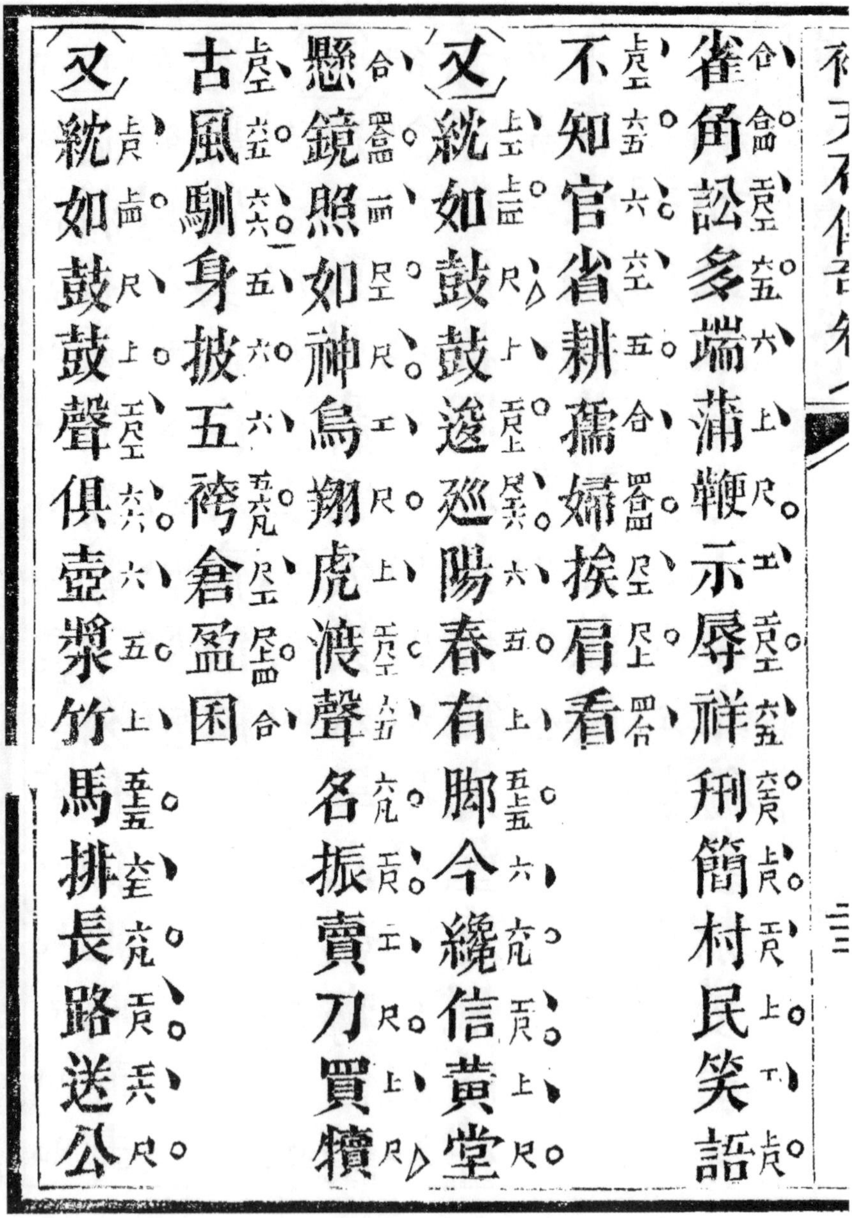

雀角訟多端蒲鞭示辱祥刑簡村民笑語

不知官省耕饁婦挨肩看

〔又〕紞如鼓鼓遶巡陽春有脚令纔信黃堂

懸鏡照如神烏翔虎渡聲名振賣刀買犢

古風馴身披五袴倉盈囷

〔又〕紞如鼓鼓聲俱壺漿竹馬排長路送公

八闋得古樂府之神為傳奇特開生面

合 合四 四合四 尺工 尺尺工 工 尺 工 上尺工 五六五 六凡 五尺工 工 工尺 上 工尺

把盞又牽裾迎公記得歌來暮秋風莫便

五尺工 五六五 六五六 五 六 六 五六五工 尺工 尺上四 合

憶蓴鱸好從雲漢敷甘雨

〔生〕難為你等一番情意、本府聽之、煞是慚愧也、〔作細視介〕呀、那中間穿綠少年、好像吾兒模樣、不免喚上前來一認、〔向末介〕你把那中間穿綠之人帶上來、〔末應帶貼近前介〕〔生〕你這少年、姓甚名誰、可一一報來、不必驚恐、〔貼〕相公聽啟、念小人呵、

〔正宮〕〔普天樂〕苦飄零言難罄離襁褓兵戈警渾忘卻何邑何名任流離萍踪蓬梗到此間權作螟蛉低眉牧犢有志難撐

〔生〕你那本生父母、可還記名姓、〔貼〕小人年幼、父母鄉貫全然不知、只記得賊兵追緊、我父親將我綑縛樹間、說道倘遇賊兵、即哀哭求救、後來果然、賊首哀憐不殺、留在賊營脫逃至此

畫筆

旁襯好

【錦腰兒】罷得這虎口餘生蹈潭穴幸全軀命記得樹頭細縛是椿庭到如今思量起心寒胆冷

（外）淨前跪（介）敢相公那賈姓少年的繼父，見他像個好人家子息，認爲嗣子，後來賈老身亡，他一人自耕自食，我們都說他是成器的，不知相公何故問及（生）本府從前曾有一兒散失，與他所說相符，且面貌亦甚相像，故而詳詢（衆）呀，如

引証好

往往尋出許多陪襯令人叫絕

此說來、分明就是公子了、（生）且慢吾兒雖自幼分離、記得他左足心有黑痣二顆、且待驗來、

（前腔）昔重耳駢脇奇彤楚項王重瞳再生鼎角龜文兩堪証且向那左足心摩挲認定

（衆）脫貼足生起同驗（介）呀、果有黑痣二顆、如此說來、真吾兒也、與公子更衣相

幻梅真極

見、（末傳介外衆虛下）（老旦小旦雜推車上作同進介）（貼更衣上哭拜介）（老旦抱貼介）呀、吾兒今日纔見你面、兀的不痛煞我也、（哭介）（貼）孩兒今歸膝下、母親不要傷心了、（同哭介生老旦貼同唱介）

【仙呂集曲】【解袍歌】萬般憂消除俄頃猶疑是夢、中合迸容顏半晌才看定正匆匆道路遥征且把那衣衫更換禮拜相迎吩咐著僕

把七情哀樂一時并奇語亦真語從古無人道及

水晶如意玉連環

夫小住車馬休行拚今宵話別把鼉更等疑而信喜又驚把七情哀樂一時并顧天地拜神明把一箇破天荒緣會與世人評〔外衆同上〕恭賀相公夫人非常大喜〔生笑介〕呀衆父老

【玉連環】歡慶這鼓兒打得離亭成樂境樂境比黃泉得再生再生何幸何幸臨歧遠

勝一錢持贈持贈珠還合浦依然玉在階
庭階庭橋梓把甘棠映
〔生貼上馬老旦小旦乘車雜推車末隨
下〕〔外衆弔場〕兄弟們、你看鄧相公把我
等衆百姓、看待得如兒子一般、奈他蕭
條膝下、幾疑天道無知、今日平白地認
了個滴滴親親的兒子去了、咳、這是做
好官、倒底便宜呵
〔集曲〕〔梅花郎〕無兒伯道自來稱循良豈得無

徵應民還予予郎民就裏機關天幸是民是子能平等便要他死還魂天也肯〔同下〕

〔集唐〕

相逢且喜偃兵前　李益

只是當時已惘然　李商隱

十歲佩觽嬌稚子　元稹

明珠解去又能圓　盧綸

〔其二〕

白髮新添四五莖　翟塗

到來相見似前生　羅隱

共欣天意同人意　王維

休向津頭問去程　司空圖

補天石傳奇卷八

第八種

眞情種遠覔返魂香

波弋香

警綜　取冷　籲冥

判醫　乞香　合綜

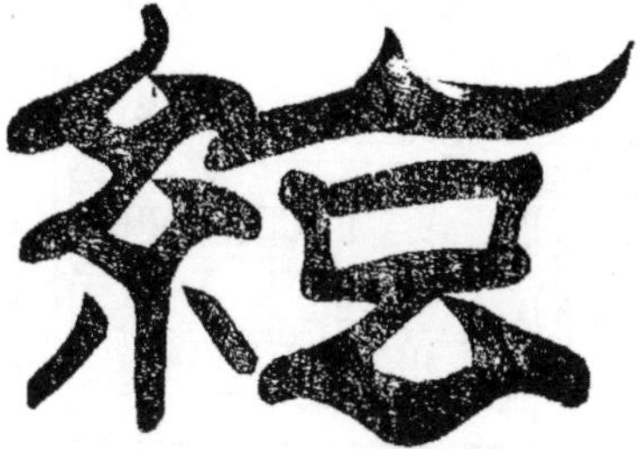

同人參評

補天石傳奇卷八

鍊情子　塡詞

吹鐵簫人　正譜

波弋香　警紘　取冷　龥冥　判醫　乞香　合紘

第一齣　警紘

〔生巾服扮荀奉倩淨扮蒼頭丑家僮隨上生唱〕

羅浮山色
忽然一現

南呂引【戀芳春】閥閱家門，清狂性格，逢人羞說華簪，好是放懷詩酒。寄興山林糟粕，六經用恁儘一卷黃庭，參審風流甚仙佛緣慳，爭如兒女情深。

【鷓】東風吹雨度青山。盧綸世上浮名好是閒。岑參長倚玉人心自醉。雍陶春情不斷若連環。李瀕小生荀粲，表字奉倩，潁川人也，先父文若公，助一匡於末季，功著魏朝、阻九錫之崇封、誠爭漢室、謝世以來、載更朝市、小生系雖華胄、志戀名山、不求紫綬之榮、好究黃庭之秘、娶驃騎將軍曹洪之女曇香、完姻一載、伉儷敦篤、形影相隨、今夕小苑花香春宵月朗、不免整設杯盤、與娘子小酌一回、蒼頭吩咐排筵、請娘子出來、〔淨應介〕是

〔旦扮曹曇香老旦扮管家嫗貼扮侍婢隨上旦唱〕

〔商調〕〔梧桐樹〕東風護繡衾、春睡渾難醒、曉夢

清遠道人得意之筆

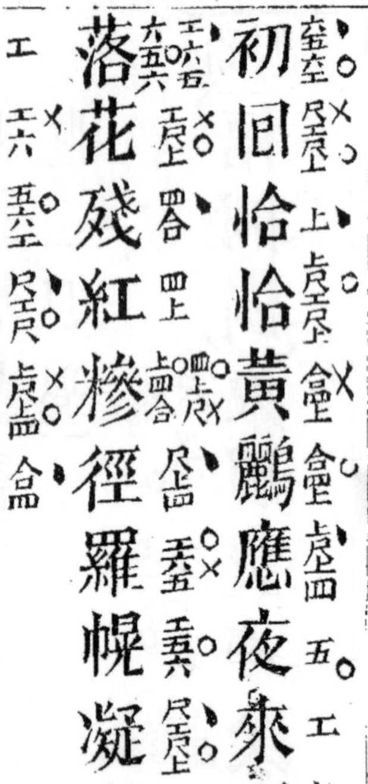
初回恰恰黃鸝應夜來風雨聞欹枕多少
落花殘紅糝徑羅幌凝寒侍婢開粧鏡畫
眉人隔紗窗問

【集唐】天遣多情不自持。張祜 碧欄干外繡簾垂。韓偓 綵鴛靜占銀塘水。杜牧 春色人間總未知。張仲素 〔見〕介〔生〕娘子、今日春色融和、正好花前小酌、〔旦〕妾身亦有此意、〔對〕坐飲介〔合〕唱

債字絕妙

秀冶

〔仙呂〕〔玉交枝〕花風信穩團萬紫千紅如錦雨絲風片光陰債隔疎籬小桃紅沁啼禽繞樹綠成陰三眠弱柳陪人寢對花前淺酌細斟對花前淺酌細斟

〔淨丑暗下〕〔生〕卑人撫琴娘子鼓瑟以寄雅興何如〔旦〕正好酬答春光也〔生〕取琴瑟過來〔老旦〕貼各取上生旦各彈介〔合唱〕

情生文文生情令人驚疑莫測

【醉扶歸】雲和一曲瓊漿飲冷笑他山高水遠覓知音碧障梧桐杳杳深綠搖海水滔滔浸（生白）呀琴瑟之中忽有促節哀音却是爲何（作緩彈唱介）又分明懸崖千尺挂枯籐秋來赤緊霜風噤

（生作斷琴絃介）呀忽然琴絃斷了（旦）此絃纔上不久何故驟折（生）是（作沉吟介）

句句作擢
戕之讖

【步步嬌】正好蘭閨把匕綫品藕地先成讖

縱然是機兆原無朕一柱一綫須當自審

低首暗思量幾番欲語唇還噤

〔旦〕相公呵、

商調【高陽臺】我念你宋玉悲秋相如病渴惺

惺相惜惺惺綢繆燕婉果然一刻千金沈

心坎裡別是一般疼痛

雋妙

吟見旁人離別猶難遣也怎肯教覓封侯樓上登臨說什麼他生未卜盡今生比翼同林

（淚介）（生）娘子且免愁煩夜凉風露撤過杯盤者（攜手介）

南呂宮

尚按節拍煞寬懷且把羅衣袖休辜負凝香燕寢準備著嫋嫋餘音向枕上尋

〔生旦先下〕〔老旦貼吊場〕〔貼〕媽媽、你看相公娘子、好不情深繾綣也〔老旦〕正是、莫說你們年輕的、就是我老年人、想起老伴、也是放不開的、將來你有了伴兒只怕比相公娘子還要肉麻呢〔貼〕啐〔同笑下〕

取

冷

第二齣 取冷

〔生愁容凈蒼頭隨上生唱〕

工 工 尺 上 上工 尺工 上 尺 工 上 上尺合

〔商調引〕〔三臺令〕終朝搓手徘徊難堪病眼微

四 上 上 五六 上工 尺工 尺 上尺 工 上 上 四上 尺四

開玉骨竟尫羸怕的是殘年難耐

天有不測風雲、人有旦夕禍福、不料娘子一病纏綿、看他形容瘦損、服藥無靈、如何是好、蒼頭、前日你訪的甄姓醫生、人人說來脈理高強、何以連日毫無見效〔淨〕相公、病深藥淺、一時那能就好、待老奴再去請他來一胗、〔生〕如此速去速來、〔淨〕曉得、〔下〕〔生〕娘子方纔思睡、此刻想已蘇醒了、〔下〕郎扶旦上貼隨上旦作病容伏案緩緩仰首低唱介

〔集賢賓〕染沉痾驀地人無奈終日價袖鞸鬢歪喘吁吁餘氣絲兒在好一似醉夢沉埋加上些魂驚魄駭心坎內燄發烟催萬

沉鬱纏綿令人不堪卒讀

紫玉臨風
欲化烟

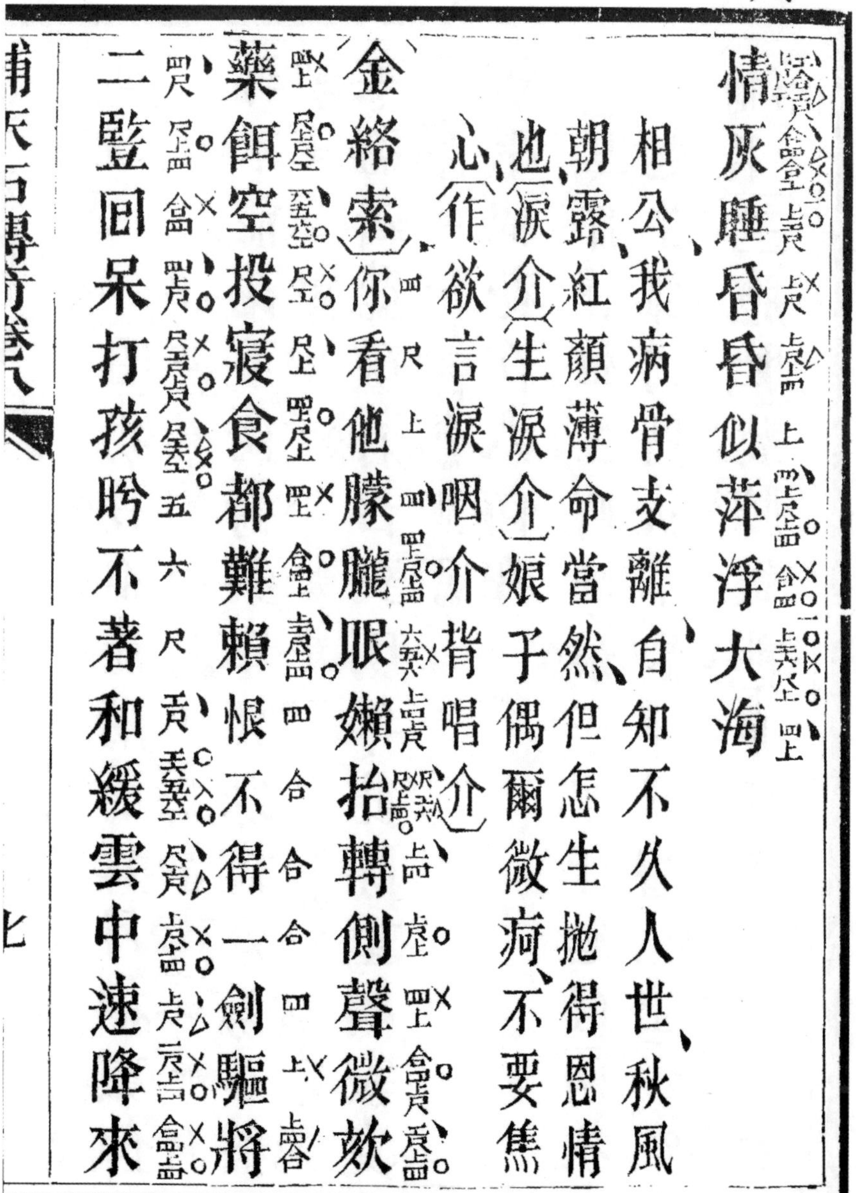

情灰睡昏昏似萍浮大海

相公我病骨支離、自知不久人世、秋風朝露、紅顏薄命當然、但怎生拋得恩情也〔淚介〕生淚〔介〕娘子偶爾微疴、不要焦心〔作欲言淚咽介背唱介〕

〔金絡索〕你看他朦朧眼嬾抬轉側聲微欸藥餌空投寢食都難賴恨不得一劍驅將二豎回呆打孩盼不著和緩雲中速降來

紙上隱隱有哭聲

畫就了一幅慘慘悽悽絕代佳人絕命圖

〔旦〕相公啊〔唱〕我再不能階前拜月搖環佩再不能花下傳籌笑舉杯踈櫺外傷心煞寒梅新蕊破蒼苔到明年此際重開寂寞粧臺問花在人何在

〔旦〕作昏暈〔生〕阿呀娘子娘子甦醒〔貼〕扶起生郎同貼扶下〔副〕爭扮醫生上

〔仙呂〕〔玉胞肚〕裝腔做態口喳喳身價高抬

著眼

今之覔醫者大抵招白虎進門耳

三指頭脈訣全無一枝筆藥方亂開你貪

性命我貪財刼盜同情的甄轂才

自家姓甄、名叫百祜、行醫多年名聲頗頗人人說道百祜百祜分明白虎白虎、進門、病人叫苦衆人說你的醫學狠足、足者轂也、就公送我一個美號叫做轂才、那些人就一陣的甄轂才把我叫出名了、列位不知、我們做醫生的、有些口訣、瞎新聞打探幾件、假充行道時髦、古湯頭硬記數名、便是潛心學者、入富貴之門、先串夥長隨門客、遇危難之症、須整備兔脫龜潛、搖頭看他人立方、不是不是眞不是好、炫已長、側耳聽主翁諭話其然其然豈其然別翻空論其實不知南北東西、又何必望聞問切道言未了、請我的又來也、〔淨上〕先生請了〔副淨〕請了、〔淨〕荀府奉邀就請去來〔同行介作〕到介〔生上〕〔淨〕啟相公甄醫生請到下〔見〕介〔生〕先生、連日病體愈增、尚求細診〔副淨〕相公不妨、在下從來手到病除、這病是十拿九穩的、今日進內診了脈、再說話〔生〕請、〔副淨〕請、〔同下〕〔淨〕咳、你看我相公

活畫妄庸人口角

靈樞素問所未載

爲了娘子的病、弄得形神交瘁、飲食無心、天呵、但願娘子早些病好、不然恐相公也難支持了、（生副淨同上）（副淨）相公何如我說前日的藥是起死回生的仙劑、今日脈象大不相同、好了許多了、（生）先生、我看光景甚是不妙、還求細細診治、（副淨）不必多疑、但夫人陰陽相搏、火鬱於中、將有焚如之患、一面用藥涼解、一面相公露坐中庭、取些寒冷之氣、爲之熨貼、自然和散、醫者意也、這是從求古方少有的、（生）是（急下副淨寫方介）

【中呂宮】【駐雲飛】一味胡猜，記不得湯頭沒主裁。不是吾心歹，是你人應壞。嗏，把我錯邀來，病魔危殆。分明是小鬼閻羅，暗把陰符帶，須知道白虎當門便受災。

（同净下）（生上）咳，娘子，倘有不測，我荀粲也不願苟生人世矣。醫生之言，諒必不謬，就此向庭中取冷者。

取冷光景畫也畫不出

願以身化靈丹而後返魂香可乞也伏筆入妙

【仙呂宮】【八聲甘州】魂飛不著骸拚孱軀喫苦

取冷庭外霜華侵背儘悽風獵獵頻挨（作）

寒戰口噤（介）恨不得氷雪肝腸頓化來向

閨中立把靈丹代憂猜向蒼天苦告哀哀

就此歸房與娘子熨貼者（內喚介）相公

快來（生慌應介）呀呀來來了來了（急下）

第三齣　籲賓

〔淨扮蒼頭上〕

越調〔杏花天〕主人家文錦襄機可奈他遭家不濟咳、你便是終日悽悽還惹得旁觀出涕

俺乃荀府蒼頭是也、可憐我相公因娘子身亡、時時淚濺、刻刻神傷、堂前無排

多管是閣著筆兒未寫淚先流

敘述哀楚盡致

解之親、膝下乏承歡之子、今日命備具香筵、設立文房四寶、不知又有什麽癡情癡想了、道言未了、你看相公愁容可掬、又早出來也（生素服愁容拭淚上丑扮家童隨上生唱）

【清商怨】夢中彩雲何處飛、要留仙無計、生生的割斷柔腸、神魂不附體、空向庭除徙倚望粧樓、猶疑是玉人未起、簾挂沈犀、憯

一萬聲長吁短嘆五千遍搗枕搥床心事活活寫出

眼銘旌㕜

小生為娘子患病、藥禱兼施計窮力竭、不料終成不起、後約難期、前塵如夢、兀的不痛煞人也、吾想娘子為人、溫敦厚靜、那一件是夭壽之徵、何以竟傷薤露、分明是閻羅殿上胡亂拘人、我當籲告蒼天、洩此幽憤、蒼頭香筵已備齊了麼、〔淨〕俱已備齊、請相公行禮、〔場上設香几一旁一几安筆硯介〕〔生拜起介〕默禱已畢、就此撰文者、〔倚案握筆且唱且書介〕〔雜扮四鬼卒上二鬼上梁伏二鬼左右

屈子天問後又有此一段奇文使作四聲猿者見之定當把臂入林

繞柱毎生終一調衆鬼作指點笑怒介

〔生唱〕

尺 上尺 尺上 尺 工尺上四 合四 工六 五上五六 上 上尺上四 上四 尺 尺

〔入破〕草莽臣荀粲啟無限傷心事一寸心

工 上 尺 尺上尺上 上尺 工 尺 尺上 工五六 上尺 尺上尺上 六 五六五六 工尺 工 上

思維終始瀆尊嚴敢陳俚鄙咫尺天威臣

尺上 上 上尺 合四合 工合四 工 上尺 上尺四 合四 上尺 工 上 尺上 尺上 尺 上尺

謹誠惶誠恐頓首稽首伏念微臣娶妻曹

工尺上 五六五六 工六 工尺上 上尺 工 上 上 尺上四 合四 尺 工 上 上尺 工尺上 五上

氏敦伉儷克任蘋蘩重職秉性賢而慧詠

上 上 尺 上四 上 尺 工 上 尺 上尺上四 上四 上 尺 工尺 上 尺

好無乖戾臣初願不貪榮利長安耕鑿只

此調琵琶擅場讀之幾欲後來居上

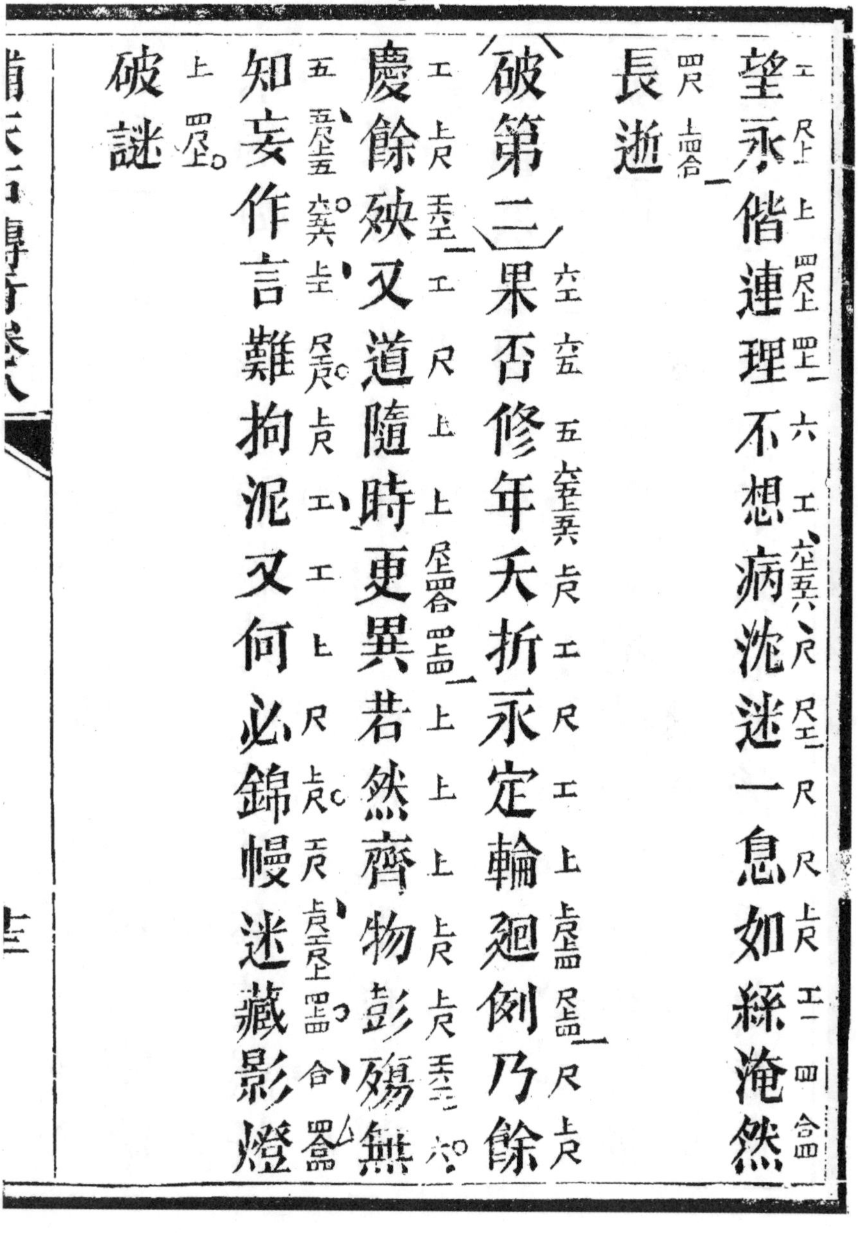

望永偕連理不想病沈迷一息如絲淹然長逝

〈破第二〉果否修年夭折永定輪廻例乃餘慶餘殃又道隨時更異若然齊物彭殤無知妄作言難拘泥又何必錦幔迷藏影燈破謎

衮第三臣當日求醫心力瘁到處占靈筮情竭悔生根從前聽蔓囈或且蓍黄誤計呼吸存亡髮縷千鈞難繫最堪悲他一刻彌留我百身莫替

歇拍東方割肉黔婁掩被今生休矣詠雎鳩弋鳧雁警鳴鷄只恐此後光景都如夢

竟欲平反二十一史列女傳洵鬼董狐也奇絕快絕

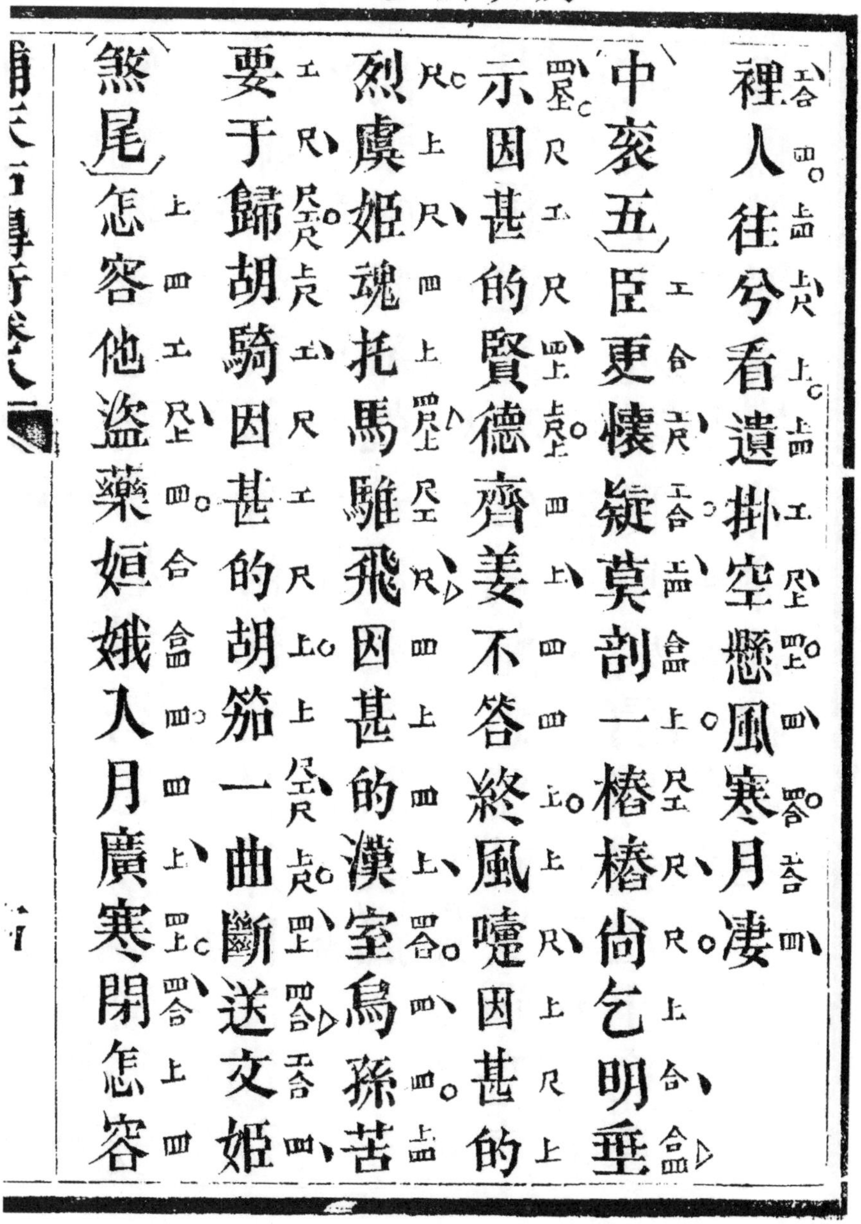

裡人往兮看遺掛空懸風寒月淒

【中袞五】臣更懷疑莫剖一椿椿尚乞明垂示因甚的賢德齊姜不答終風噎因甚的烈虞姬魂托馬騅飛因甚的漢室烏孫苦要于歸胡騎因甚的胡笳一曲斷送文姬

【煞尾】怎容他盜藥姮娥入月廣寒閑怎容

索性拉雜問來一吐胸中憤激筆墨有靈天亦難乎夢夢

主拔舌地獄者先自舌撟不下

他醜無鹽老齊宮眉案齊怎容他讒衛姜

不掃新臺茨怎容他淫兇呂雉匹配開基

高帝叫雌雞戕殺戚妃兼戕漢惠

（出破）若還說死生禍福悉聽神安置恐冥

冥出生入死難防弊特冒昧舒忱上帝臣

惟願權歸眞宰待命悚惶之至

〔跪焚疏四鬼卒接疏跳舞下〕〔生唱

餘音忙煞了三分兒顛�胸臆彼蒼蒼無言下覷恐笑我淺見書生是管窺

蒼頭收拾祭筵者〔淨應介〕〔同生下〕

判

醫

一喝三口
工尺韓

第四齣　判醫

（四鬼卒跳舞上淨扮判官末扮閻王上末唱）

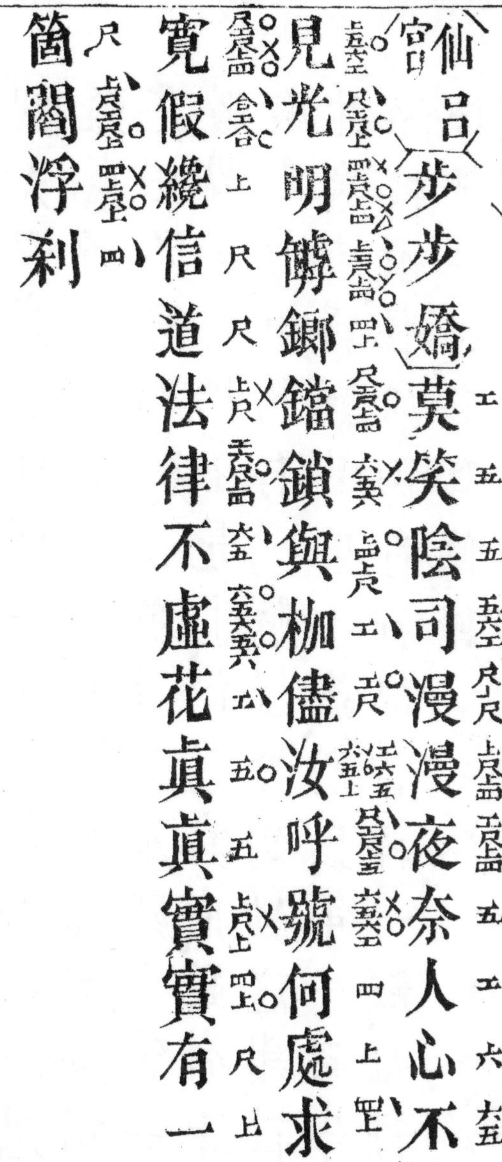

【仙呂宮】【步步嬌】莫笑陰司漫漫夜奈人心不見光明觧鋃鐺鎖與枷儘汝呼號何處求寬假纔信道法律不虛花真真實實有一箇閻浮利

〔集唐〕天漢冥冥欲問誰。羅隱莫矜好巧鬼難欺。韓渥年年檢點人間事。羅鄴禍福茫茫不可期。白居易孤乃森羅殿上第一殿閻羅秦廣王是也、俺這冥府、雖有十殿之分、但凡有一應疑難鈎勒之事、往往冥主發歸我處承辦、所以第一殿事務較煩、譬如陽世首郡首縣一般、每每勞無可紀、責有攸歸、

〔園林好〕比量著情賒罪賒頃刻間千差萬差看丹筆重如山架休寫意喬坐衙休寫

奇想天開從此看去勝讀一部南華

意喬坐衙　尺凸仜四

昨奉眞主檄旨、查枉死城中、紛紛投到者甚多、其中輕死致命者固有其人、而爲庸醫悞殺者、亦復不少、是以帝心震怒、分查人世庸醫、陽祿將終之輩、一概發令重加勘問、並以神醫華陀仁心愛物、久登仙籍、邀請同司其事、想必就來鬼卒們速卽通報（淨）啟大王、陽世有一文士、因妻亡忿痛、疏告天庭、疑係幽冥有弊、狂言無忌、小卒們拾得文稿在此呈覽（末覽介）呀、那生無知唐突、好可笑

也、

四、上 尺工 尺上 四、五 六 五六 尺 工、上 五 尺工五

〔僥僥令〕狂生眞放達、信筆妄塗鴉、居然肆

六五 六 工、五六 五、尺 上 上 尺上 四、四 尺上、四 上、上 四

口把閻羅罵、是必把大輪廻說與他、大輪

四 上、工尺 上、

廻說與他。

〔淨〕啟大王、據此文所訴想、又係庸醫所誤、今日旣勘此獄、且帶他生魂來此一觀、以慰其志、自免饒舌、〔末〕也罷、鬼卒速去帶來、〔一卒應下〕〔外扮華陀上〕

趣語妙

至語可參

〔南呂宮引〕〔步蟾宮〕往事迴思真可詫，觸權奸無端禍芽。幸丹梯有路得凌霞，笑與盧扁臂把。

何須將伯喚芎藭。別有靈丹備藥籠。地下偷逢曹吉利、問他曾否愈頭風。〔進見介〕〔末〕今日奉請仙師同勘各獄、多多攀駕了。〔外〕豈敢、但想九流三教、莫不創始於前、敗壞於後、真令人可嘆、即如儒釋二教、至今畔道離經者、指不勝屈、何況

惝惘情狀
摹寫入妙

此瑣瑣庸醫、爲我輩之羞乎、〔末〕正是、〔生作倦容同鬼卒上〕

〔又引〕〔大勝樂〕一枕蘧蘧蝴蝶化驀地裡儘人牽搭長途滿眼昏沙此是何人渠廈

小生夜睡、神魂飛越、不知此此是何處、邀我者又係何人、好不困悶也〔鬼卒稟介〕啟大王、狂生帶到了、〔末〕仙師在座且不必進見、令其在東廊祇候、目擊我們光景便了、〔卒應帶生處下〕〔淨〕鬼卒們祇候者、〔外末上座淨執簿旁立介〕〔四卒分侍

〔介〕〔末〕請問仙師、查陽世名醫雖少、亦間有其人、如果陽祿將終、自當獎以善報、此等有功無過之人、免加傳詢、以允公評、〔外〕極是、〔末〕帶衆醫生無功無過者上來、〔卒〕應帶四雜扮醫生上〔外末〕閱簿〔介〕〔末白〕你等平日行醫、雖無實效、亦未草菅人命、但其中尚有區別、〔指二人〕〔介〕他二人功過相等、可即放回、〔三雜〕謝下〔末〕又指〔介〕你二人一則故作身分、任人屢招、遲遲而往、躭延人命、一則利心太切、明知才不濟事、因循不決、使人不及預防、悞人不淺、殊不知人當死生危急之時恃你等爲長城之靠，坐視湛然，伊誰之咎。今罰你二人轉世爲鳴蟬，終日呼風吸露，至竟毫無實際，人已兩無所益，其蜕仍歸藥餌之用，還你本來面目。你這緩到誤人的是。〔唱〕

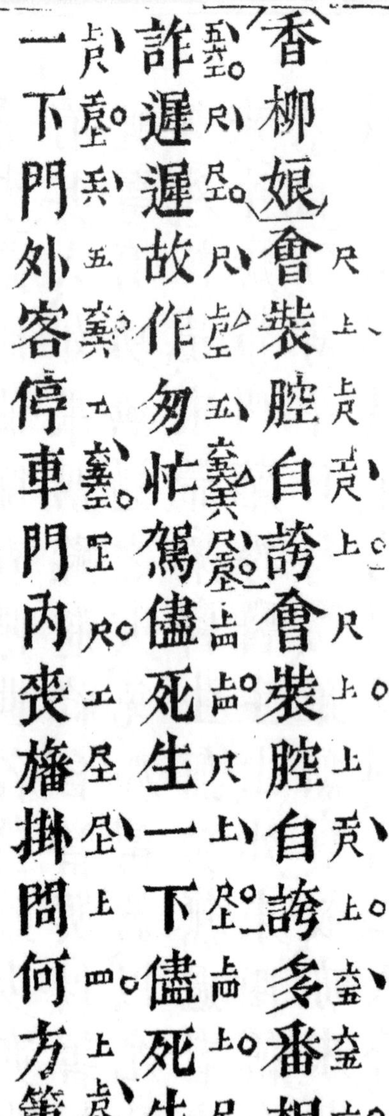

〔香柳娘〕會裝腔自誇，會裝腔自誇，多番相詐，遲遲故作匆忙駕。儘死生一下，儘死生一下。門外客停車，門內喪旙掛。問何方策

馬問何方策馬富貴豪家暮迎朝迓

你那遷延誤人的、

前腔

見沉疴暗嗟見沉疴暗嗟欲辭難捨

隔靴搔癢把湯頭下竟養癰成大竟養癰

成大雙手枉搔爬且自裝聾啞問居心那

搭問居心那搭蟻戀腥猳希圖資謝

諢語皆有深意蓋天下自詡其能者正不乏人也

帶下候著（三雜謝下）（末外）帶那些無功有罪之輩上來（卒應帶副淨丑二雜扮四醫上）（丑）阿哥、你我來此做甚（副淨）不是閻羅王吞鐵丸停食不下、便是老判官挺大肚氣脹難消、聞得大名刮噪、特來飛牒相招（丑）噯、且把他小鬼頭兒做榜樣、不怕他牛頭馬面不求饒（向卒介）老哥、我看你面枯骨瘦背低高、敢有些痨傷未好（卒驚介）呵呀、先生你得放手時須放手、乞留我殘生過此宵（進介跪介）（外閱簿拍案介）呀、你等何嘗以醫爲事、人以禮相聘、本望起甦性命、你等陰

試問習申韓者以爲何如

陽寒熱、亂投其劑、使人夫妻父子、骨月慘傷、你已脫然事外、此等心腸、險逾盜賊、蓋盜賊之來、尚能防備、你等既受重托、儼然上賓、以救人之名、行殺人之實、其圖財損人之見、實與明火執杖者無異、律重誅心、斷難倖免、著你們轉生爲糞蛆、終日翻攪汚穢之中、自爲得意、死後仍炙烤其身、供人藥物〔副淨丑雜等哀求介〕〔外〕不必多言、判官、〔淨〕有、〔末〕此數人罪大惡極、候勘判完畢、先令遍嘗地獄各刑、然後再令托生、〔淨〕啟上仙師大王、他既不知醫家望聞問切爲何事、理

爲得暢快

應先抉其目再割其耳、裂其口、斷其手、然後再試他刑、〔外末〕極是、他們呵、

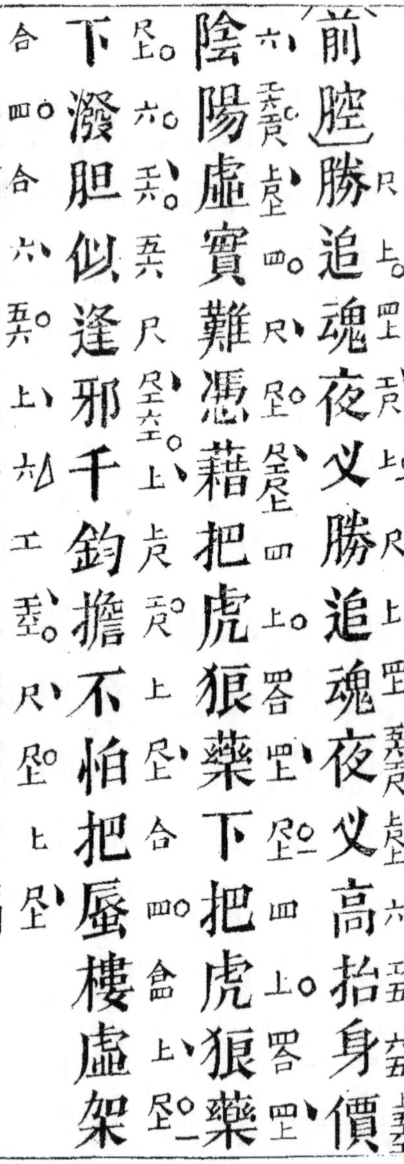

〔前腔〕勝追魂夜叉勝追魂夜叉高抬身價陰陽虛實難憑藉把虎狼藥下把虎狼藥下潑胆似逢邪千鈞擔不怕把蜃樓虛架把蜃樓虛架虺毒如蛇剛刀沒欛

〔副淨等〕謝過大王、〔外末〕那前二人一并帶來〔卒〕應、帶前二雜上、〔外末〕你們聽者、

普天下受庸醫之害者銷郤多少塊壘

〔前腔〕問岐黃這家問刀圭那家醫名空掛誤人性命輕聊且〔白〕那鳴蟬呵、〔唱〕托高枝大杍托高枝大杍風露向空撾脫蛻還元化那糞蛆呵、翻溷坑上下翻溷坑上上下信口唅呀快沁咀哂

〔衆雜號哭下〕〔末〕仙師不知有一狂生因失耦疏告天庭、疑我冥間有弊、特命其

在此親覩情形、諒必徹晤矣、將那東廊儒生傳進來、(卒)下帶生上生拜起立介(末)取那疏稿與他看、可是你作的麽、(生)是小生所作、(外)接看(介)且住、你是潁川荀姓、那荀文若是你何人、(生)是先父(外)原來是故人之子、荀生你可知我非他人、三國時華陀是也、(向末介)大王、那荀郎年幼恃狂、文才却有可觀、且係忿怒使然、尚希寬恕、(末)仙師所命、怎敢不從荀生、你見此時審斷、可還心服麽、(生)大王聽啟、

一口咬定不放

〔仙呂宮〕〔風入松〕當時痛怨幾爭差怨書生井底鳴蛙今朝悔恨都消罷知法律森嚴非假〔生〕拜白小生尚有干請、〔唱〕念亡婦魂歸那搭乞全恩查一查

〔外末〕撿簿介〔末〕荀生、你妻陽壽未終實緣你悞聽庸醫、致遭枉死、凡未奉拘喚之鬼、百日之內、魂依棺壠、不赴陰曹、此時那裡得來、〔生〕哭介〔外末〕好一箇情癡

之子也、〔外〕大王、今日偶遇此生、莫非緣會、伊妻既屬枉死、當可復生、〔末〕仙師、我陰曹但有追魂之條、却少回生之術、況死已多久、安知不皮肉銷化、〔外沉吟介〕呀、有了、向知波弋國、東山之上、有種異香、從前燕昭王之時、曾經入貢、此香一經薰染、死者卽時肌肉復生、立甦枯骨、從前無人經管、未免輕褻、後奉上帝勅令太倉淳于意專轄其地、始知珍重、苟生如能辦誠心、不憚途遠、可望求取回生、〔生喜拜介〕〔外〕咳、苟生呵、你好孟浪也、

喚醒癡夢不少

【南呂宮】【梅花塘】平白地草疏麻笑你多牽惹

該自恨延醫引鬼撾更無端取冷熬長夜

【白】但也怨不得人事、【唱】倖生枉死也有箇

因緣話休驚詫指你箇回生徑路賒

那波弋國、遠在西北海外、恐你瘦弱書

生、不能跋涉、【生】仙師、只要有此異香、那

怕人間天上、小生總要去來、

此癡生出勇來忠孝節義皆如此也

〔中呂〕〔縷縷金〕縱海角與天涯此香終有主人家路雖遐一騎能行馬肯辭勞乏猛拚萬里走風沙不得寧甘罷不得寧甘罷

〔末〕小卒們、速將荀生生魂送歸者、〔生〕我荀粲好僥倖也、〔唱〕

〔仙呂〕〔清江引〕大王恩德如天大海量能寬假指點仗仙師枯樹囘春乍〔外末唱〕只看

你至誠心破工夫去浮海上槎

上尺、四。上五、五六六。尺上四上、尺四合。四、

〔生〕拜同卒下、〔末〕請問仙師、那曹氏死本未拘、生亦無礙、似可毋須奏請罷、〔外〕自然、請了、〔末〕請了、〔同下〕

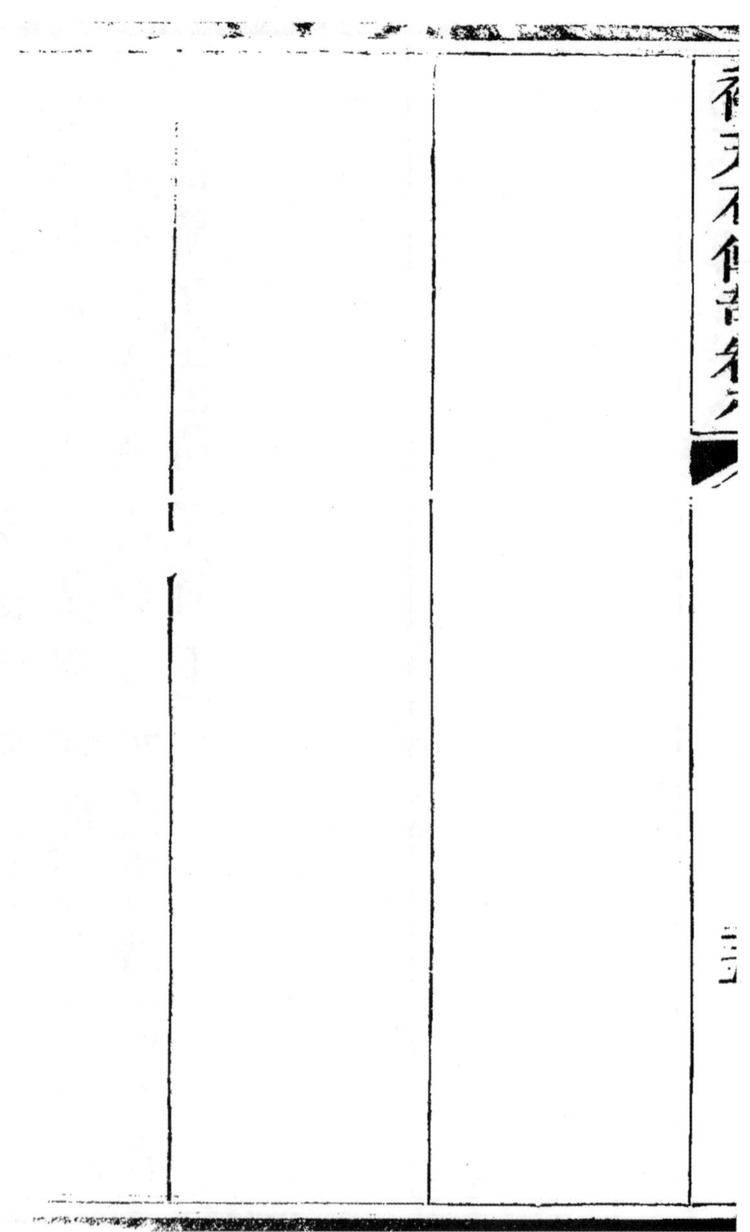

第五齣　乞香

〔生〕行裝策騎丑扮家僮挑行李上場上設一古廟介〔生〕〔集唐〕身似流星跡似篷。吳商人心迴互自無窮。張籍蓬山此去無多路。李商隱步步猶疑是夢中。令狐楚我荀粲櫝題天表、親入幽冥、蒙華仙師指示仙香、娘子回生有望、辭家以來、行程許久、幸已出關渡海、一路塵沙撲面、好不驚慘人也、

〔仙呂宮引〕〔探春令〕為妻房跋涉路途遙遍海隅

工　工　尺　上　上　工　𠄘　尺一　工　上　上

尋到秉志誠不敢心煩躁巴得個返魂香

和藥擣

〔虛下〕末扮土地神上〕俺乃西遼關外一個土地神便是、昨奉華陀仙師之命、現有潁川荀公子遠赴波弋氷香、恐其路上難行、令俺默相護衛、咳仙師那知此地人跡稀少、俺土地神的香烟比告朔的餼羊更難、怎得有人來呵、

〔又〕引河傳〕低低立廟似雜職衙門一般風

尺上四 尺上 四 工尺 工 上 尺 工 工 五 六工 尺上 上 四 上

凋樹木偏多人跡香烟絕少小神靈難壓

四 上 上尺上四 合合四

伏妖魔擾

〔虛下生丑上〕〔生〕童兒此間有所古廟、不免少息片時、〔丑〕是〔生〕下馬坐門外介內作風起一大蛇從內竄出直撲生介〔生〕阿呀、嚇死我也、〔驚倒丑逃下蛇繞場作勢下〕〔生〕漸漸蘇甦介原來大蛇巴去、好不倖煞也、

上 六五六 尺六 四 上 上 尺 合六 尺 四 四 四

〔六么令〕叢叢樹杪捲腥風頭角飛翻磨牙

爲得怕人

尺上、四。尺上乚上。四、上。四尺、尺。四上、四。四、上。上四

吐舌不相饒逼人近似縛綵垂涎滴滴珠

合四△上、四。四上、上。四上乚合四。上、

光耀垂涎滴滴珠光耀

〔丑暗上〕相公這廟宇冷落、恐不止一蛇、我們還須努力向前、〔生〕是呵、〔作上馬虛下〕〔末〕你看荀公子果然到來、方纔大蛇之險、若非吾神默護、豈不受厄、他前途尚有驚駭、須索暗暗隨行者、〔虛下〕〔生丑上〕〔丑〕相公、你看前面樹木陰森、到了夏天、却好來乘涼呢、〔內作風起介〕〔生〕呀、何故狂風驟緊、〔內扮虎跳上〕〔丑驚倒虎坐

事極離奇
光怪人皆
惝怳迷離
寫來有聲
有色

丑身介生驚倒漸醒見虎又倒介〔末上
趕虎下生慢慢開眼起看介〕呀猛虎已
去、童兒那裡不好了、被虎啣去了、〔丑漸
醒起看介〕相公、相公那裡、不好了、被虎
啣去了、〔各見驚喜介〕〔生〕童兒、我在這裡
〔丑〕相公、我在這裡〔生〕咳、我二人、被虎嚇
昏、眼目異視、以致你我對面不見、煞是
可憐可喜也、
四 上尺 上 工 工五 上 尺工 四上 工 五 六 五六 五工
清江引急煎煎煎前行脫難跑又聽得長嘯
六尺 上六 五工 五 六 上 五六 五 四 上 四 四上 尺工 尺 上 上
驚山倒風來倀勢驕曳尾排牙到瘦書生

工六五尺上四

渾不殼一餐飽

〔丑〕相公如今脫了驚駭、不免趕向前途、歇息了罷〔生〕我也走不動了、〔同行介〕前面隱現房屋、想有居人、快些攢行者、〔盧下〕〔內放烟火介老旦小旦貼副淨同上〕俺們乃山中一隊狐兔、修鍊多年、通靈變化、此間久無人跡、頃在山頭、見一少年書生、隨一小童乘馬而來、煞是可愛因此改換頭面、好引他入來〔副淨〕我先在門首答應者〔老旦小旦貼盧下〕〔生丑急上〕此間已是〔生下馬介〕〔副淨〕二位何來、〔生〕小生欲往波弋國、到此已晚、乞求借宿一宵、〔副淨〕且待稟知老安人、〔虛下〕〔小旦郎上〕三位請進〔生丑進門介〕〔老旦小旦貼同上背介〕呀、好個美俊郎君也〔轉見介〕〔小旦貼作含羞避下〕〔老旦〕相公何來〔生〕小生荀姓、欲往波弋國、輕造貴府、多多有罪、〔老旦〕好說、天曉至此、想未用膳就此進餐者、〔生〕多謝了、〔副淨邀丑下〕〔生老旦對飲介〕〔生〕媽媽尊姓、〔老旦〕老身巫姓世居此地先夫亡故多年、僅存一女待嫁、請問相公曾娶夫人了麽〔生〕成婚一載、不幸亡故了〔老旦〕呀、相公如此青

年、老身家貧頗厚、相逢萍水、定有前緣、

不嫌小女貌陋、就請入贅此間可好、

〔雁兒舞〕春風年少紅鸞星照我女兒是絕

色花枝不甘蜂鬧雙星今日渡仙橋天遣

順風吹客到

〔生〕多承媽媽雅意小生立志不再娶的

了、〔唱〕

〔園林好〕聽爾言頓添煩惱爲糟糠中心痛

焦逆耳言乞求免告匹夫志難移掉匹夫志難移掉

【老旦】呀、誓不再娶【生】是、【老旦】相公既然執意、不敢免强、就請安置罷、【丑】階上執燈同行介【生】媽媽請便、【老旦】老身別過了、【下】【丑】相公、難得這家多情欵待、我們回來、再來擾他罷【生】不必多言、睡罷【同下老旦小旦貼副淨同上】【老旦】可奈那書生不肯中計怎好【副淨】不妨、少停他們睡熟、我們立刻作法、這二條性命總

蛇涎虎嗌脫難須臾而一瞬之間幾遭狐媚作者警世深矣

在手掌之上、〔合唱〕

〔醉扶歸〕怪書生情性偏乖拗鐵錚錚不肯把親招那知道牢籠定計在今宵到門買賣難丟掉甕中捉汝肯輕拋管教他癡呆兩命消磨了

〔末引四小卒上〕小神一路隨來、可喜苘生見色不迷將來前程遠大、但諸妖惡計又生、獺當救護、小卒們可變作獵戶、手執鷹鎗火炮、直叩他門、吾隨後來也、〔卒〕領法旨、〔下〕郎變上同行〔介〕來此巳是、〔火炮攻門介〕〔老旦小旦貼副淨急上〕咊不好了、此輩何來、〔末〕喝〔介〕吠、衆妖任者、衆驚伏〔介〕〔末〕該死孽畜、此生奉華仙師之命而來、你待怎麼、

〔安樂神〕你只好藏身荒島、誰教你白日妄

工 六 六 工 六 五六 工 工 六 工 五尺 五六 五六

興妖無端畜類賊桃夭陰陽混亂瘀迷竅

五六 工 四 上 上 尺四 五 五六 工 上 四 尺 尺上 合 四上 尺

工 六 五 六。六 工 五六 五 尺。工尺 工 上尺四。四 四 上。尺

那知道書生崇義氣不肯負同牢你婦與

上 四上 四

在今朝

郎請荀生來見者、〔卒應下〕〔同生丑上〕〔生〕呀、尊神何來、〔末〕荀君聽者、我乃此間土地、奉華仙師之命、在此保護你前受虎蛇之厄、〔指衆介〕今遭狐兎之災、皆我默相驅逐、幸巳無恙、今前途保重、就此別過了、〔生〕呵呀、小生幾死復生、全仗尊神救濟、理當拜謝、〔末同拜介〕請了、〔帶衆下〕〔生〕童兒、天色巳明、再往前進罷、〔行介下〕

假名士著

貼扮道童上

【青歌兒】伴靈山長年歌嘯採仙藥白雲瑤島山中甲子任滔滔不死靈苗待守個有緣人到

遇合情緣証有無。一莖仙草待中途。如何塵世尋常藥偏要黃金善價沽。我乃淳于仙師道童便是奉師父之命、在此守候荀生、前面來的、想必就是也〔虛下

〔生丑上〕童兒、你看此間水秀山靈、宛然仙境、恐淳于仙師、就在此間、前面有人不免問訊則箇、〔下馬拱手介〕道長請了〔貼〕請〔生〕請問此是何山、有何仙客居住〔貼〕且慢、來者莫非求取波弋香的麼〔生〕道長何以得知、〔貼〕我乃淳于仙師弟子前日華仙師到此奕棋曾經言及、今日吾師他出、知道君家必到、特命我在此奉候留下波弋香一丸相送、家師多多致意此香一到、死者即能呼吸相通、重生肌肉、將丸置入口中、立時起坐如常矣〔生喜接介〕家仙師贈賜、不敢久擾仙

居就此望空拜謝〔拜介〕

尺 上 四上 四 上四 尺六 五六 五 工 五六 上 上尺 四上

〔園林好〕謝仙長元機高妙鑒微枕不須求

尺工 六 工 六 五 五六 上尺六 四 上 合 四 尺工 尺 上 上 四

禱波弋香預握先邀倘回生恩再造得回

上 尺 五六 尺工

生恩再造

〔起向貼揖謝介〕〔貼〕仙凡路隔不便久留

不請〔貼〕〔下〕〔生〕童兒，我們就此趲行回去

者，〔上馬介〕

蘊藉入妙

蓄眼

情未斷煞得仙香真奇寶莫認作癡人容

易討臉些兒萬水千山一命消

〔加鞭笑、下丑吊場做鬼臉介〕阿唷唷你看我相公、為了娘子、奔波道路、性命都不顧了、我於今認得此間道路得便再來、面見仙人、求他幾千顆、回去、開個大大的藥材行、豈不大發其財但恐怕為了妻子、肯出重價、為了父母、又捨不得出錢的怎好、正是、回去廣開藥肆、發賣靈丸救死、若然人不相信、請看荀家娘

天笑下

驚才絕艷
元人高座

第六齣 合絃

〔生巾服笑容淨丑隨上〕

〔南呂宮〕〔浣沙溪〕人初愈喜更疑嫋亭亭如舊丰姿他三生魂夢初回蝶我一縷柔情不斷緣仗情癡邂逅仙翁秘密傳返魂真個神奇

取碎錦成全璧宛若白吐珠璣

情天片石

〔集唐〕一旦悲欣見孟光。李頎 幸將身贖返魂香。竇鞏 如今正好同歡樂。李白 海燕雙棲玳瑁梁。沈佺期 小生自得仙香回家、謹依仙傳秘旨、拯救娘子回生、果然靈異非常、豈但起居如恒、而且精神陡勝、今日特備几筵、焚香望謝、你看娘子早出堂來也、〔旦〕艷服上老旦貼隨上〔旦〕唱

〔香遍滿〕纏綿生死重見紗窗落燕泥往事昏昏難盡記感多情蕭史依然得並棲展

天然丰韻的是麗生口吻

簡雋

轉白尋思重相見悲攙喜

〔集唐〕欲語潸然便淚垂。耿湋一堪成喜一堪悲。后土夫人扶持自是神明力。杜甫若問旁人那得知。崔顥〔見介〕相公、妾身已入黃泉、感君縈求碧落、日前草草回生、至今忽忽如夢、〔生〕正是、今日請娘子同謝仙師〔生〕旦同拜起〔介〕同唱

〔劉潑帽〕一家歡聚叨靈賜五雲中鶴駕難羈香烟一瓣達瑤池垂憐意念癡捨下仙

方秘

〔生〕撤過了〔淨丑〕應介〔生〕旦分坐介〔生〕娘子可知那甄醫生在陰曹受罪麼〔旦〕他怎樣受罪〔生〕卑人夢中親入幽冥適當冥主邀同華仙師將那些庸醫一箇箇

〔商調〕〔梧桐樹〕鋤鐺鎖玉墀冥法般般治變箇淨蛆齷齪翻塗厠我當時牽筆抒冤氣那如聞語如雷頂刻長繩繫赫赫三曹對案

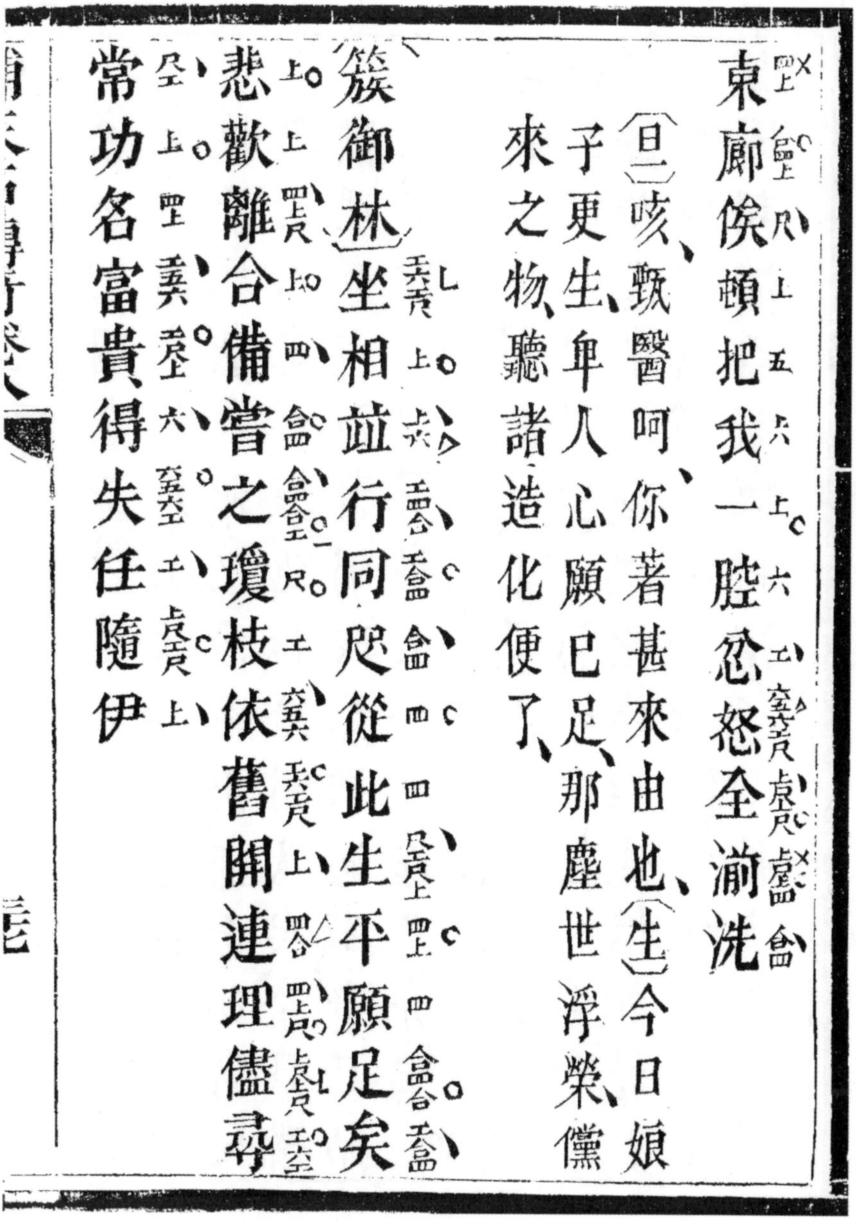

東廊俟頓把我一腔忿怒全湔洗

（旦）咳、甄醫呵、你著甚來由也、（生）今日娘子更生、皁人心願已足、那塵世浮榮、儻來之物、聽諸造化便了、

【簇御林】坐相並行同咫從此生平願足矣悲歡離合備嘗之瓊枝依舊開連理儘尋常功名富貴得失任隨伊

蒼頭吩咐擺筵我與娘子就此對酌〔淨應設席生旦對坐飲介〔生〕憶自那日與娘子琴瑟雙彈忽然絃折即遭此奇變卑人不忍再覩此物塵封久矣今日聯歡理應重彈舊調取琴瑟過來〔老旦貼應下取上各置案上介旦作悲介〔唱〕

〔仙呂宮集曲〕〔玉桂枝〕傷心重記撫湘琴斷縷殘縧羅華筵雙淚交滋果然有先機如是看凝塵封漬看凝塵封漬〔生唱〕怕人亡物棄

奇妙得未曾有

深藏若寄金徽絶玉軫歙斷高山遠流水
没世不相期音樂徒虛耳

〔生〕取絃作拂拭〔介〕你看斷絃如故、想起前情好不令人慨嘆也〔撫絃介〕呀、琴絃久斷、纔經手指摩挲、忽然聯接無痕、奇哉奇哉〔旦起看介〕呀、果然〔生〕嗄、我知道了、娘子返生之香、蘊天地之精華、曾經单人手接、緊密持囬、琴絃著手、呼吸感通、亦見人物同情耳、

大珠小珠落玉盤

【一機錦】竝不曾覓鸞膠續舊絲又不曾舞鵾絃誇絕技又不曾訪齊魯尋師摯旣不見鴛鴦五色滋又不是黎洞玉流澌多管是指上仙香觸處生春也人再圓物似此

〔旦〕相公所見極是今日此樂非比尋常

【前腔】要彈得月兒高佇影遲要彈得鶴兒

絶妙好詞
別有天地
非人間

飛摩雲起耍彈得魚兒聽躍清池還比似瑤松逸韻移還比似玉井清泉澄直到得織女牛郎下界相隨也萬千年無別離

〔生〕娘子你看早則月兒上也、夜寒風露、不如歸去休〔攜手同下〕

南呂宮 慶餘

有情眷屬應無二破涕爲歡如此可憐煞塊壘難消借酒卮

點睛

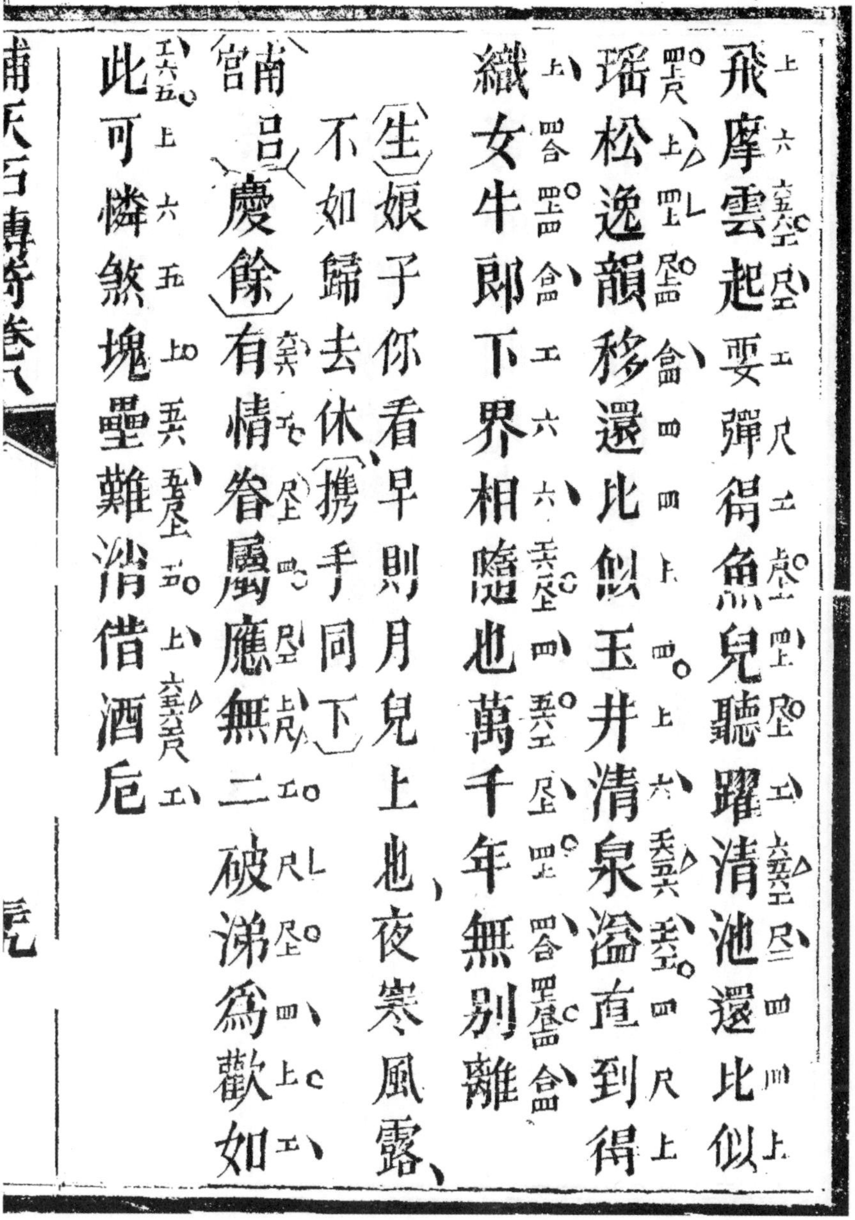

〔集唐〕

多情多感自難忘　陸龜蒙

欲話姻緣恐斷腸　天竺牧童

寄語世間兒女子　吳融

誰能高叫問蒼蒼　李頎

〔其二〕

悠悠生死別經年 白居易
錦瑟無端五十絃 李商隱
否去泰來終可待 韋莊
南方歸去再生天 沈佺期

ISBN 978-7-5010-7429-7

9 787501 074297 >

定價：220.00圓（全二册）